麦田在歌唱

刘君君 著

北方文艺出版社

2021年·哈尔滨

图书在版编目（CIP）数据

麦田在歌唱 / 刘君君著 . —— 哈尔滨：北方文艺出版社，2021.12
　　ISBN 978-7-5317-4981-3

　　Ⅰ.①麦… Ⅱ.①刘… Ⅲ.①诗集 – 中国 – 当代②散文集 – 中国 – 当代 Ⅳ.① I217.2

　　中国版本图书馆 CIP 数据核字（2021）第 021303 号

麦田在歌唱
MAITIAN ZAI GECHANG

作　　者 / 刘君君
责任编辑 / 滕　蕾　　　　　　　　　　封面设计 / 刘　佳

出版发行 / 北方文艺出版社　　　　　　邮　编 / 150008
发行电话 / （0451）86825533　　　　　经　销 / 新华书店
地　　址 / 哈尔滨市南岗区宣庆小区 1 号楼　网　址 / www.bfwy.com
印　　刷 / 廊坊市广阳区九洲印刷厂　　开　本 / 710mm×1000mm　1/16
字　　数 / 398 千　　　　　　　　　　印　张 / 24
版　　次 / 2021 年 12 月第 1 版　　　　印　次 / 2021 年 12 月第 1 次印刷
书　　号 / ISBN 978-7-5317-4981-3　　 定　价 / 88.00 元

序一

热爱生活　享受生活　感悟生活

　　君君是一个热爱生活的人。我与她相识很早,并接触很多,这一是源于我与她的老公周进良是好朋友,二是她的女儿是我的学生。君君喜欢锻炼,经常来学校图书馆打球,我的球技很孬,但她却经常与我对打,并不在乎我的球技。在她的身上持有一种淳朴自然、天然无邪的美质:好说好笑,说话也直来直去,没有一丝的矜持和做作。我很喜欢这样的性格。君君也是一个享受生活的人,这从她的游记中可以看得出来,她去海南,到西北,看草原,逛花城……但君君更是一个感悟生活的人。她善于从生活中悟道,在作品中明理,把她的观感通过作品告诉读者,让读者与她一起共享自己的对生活的知、情、意。

　　君君的作品善于日常叙事,充满生活的本色和烟火气,翻开她的作品一种生活气息扑面而来,让人很快融入其中,没有矫揉造作、拿腔作调的媚态和雕琢,靡弱和唯美的倾向,有一种天然的生活质感和原生态的纯净,有一种从容的谈话风,有如贾平凹所说的使散文"复归生活实感和人之性灵"。因而也表现出了这样的特点:

　　1.浓厚的乡情。君君生于农村,在她的身上迄今仍保留着一种农村女孩的纯美天性,有一种"淡淡妆、天然样"的素朴和纯净。尽管她大学毕业后走入城市,并一直在高校工作,但童年和少年时代的农村生活给她留下太深

麦田在歌唱

的印迹，以致在她的作品表现出了浓厚的乡情。如《穿过指尖的快乐——忆端午》写自己小的时候跟妈妈一起包粽子的情形，不仅写了包粽子的过程，也写到自己笨手笨脚的学包粽子的感受："粮食的质感、叶子的脉络，枣儿的圆润在小手中穿梭。每包成一个，自己喜不自禁，还要比一比谁包的好看，温馨的场景仍然历历在目。"把自己包成粽子之后喜不自禁，兴趣盎然的情绪写得真切自然。更重要的是作者在作品中对故乡的眷恋，对儿时生活的怀念："我们怀念那时候缓慢的时光，饱满的粮食，原生的香气，穿过指尖的亲情……但是，我们还能回去吗？"这种诘问，更让人回望过去，怀恋以往，让旧日的时光在心中荡漾。如《记忆里的乡村美味》中对吃菜粥的叙写：先是写熬菜粥的选料，要用新打的黄豆、玉米，还要黄豆炒熟用小石磨磨细，与用碾子碾碎玉米和切碎的新萝卜缨一起放到锅里熬。这样熬出来才是真正香喷喷味道独特的菜粥。然后写自己吃粥的感受："那粥可真香啊，是我最怀念的儿时美味，谁家熬了菜粥，能香半个庄，左邻右舍的孩子们开始央求自己爸妈，也给熬顿菜粥吃。写到这，我不自觉地舔了舔嘴唇，那香气仿佛就在鼻尖缭绕。"这不仅是对美食的怀恋，更是对过去农家生活的一种向往。如《那些年我们追过的电影》中回忆起在农村追逐看露天电影心情激动的情形："星空下，银幕上，那些经典的画面，那些熟悉的旋律，令我们沸腾、痴迷、向往，最是难忘。"现在"说这些电影名字的时候，那一幕幕画面就在眼前闪现，那些经典台词仿佛就在嘴边，而那些经典的旋律随时都会在耳边响起。看过无数遍啊，而今依然喜欢，那是怎样的魅力啊"。"多年之后，我依然怀念它们。"这些过往的回忆，都充满乐趣，给人一种温馨之感。如在《我的棉布乡村》中写自己渴望一双塑料凉鞋，缠着爸爸买。有一次爸爸给二哥买了一双凉鞋，怕女儿要，便略施小计说："君君，给你买了一双凉鞋，你试一试吧！"她美滋滋地赶紧去试，可是鞋太大了。于是爸爸说："哎呀，这可怎么办呢？鞋买大了，给你二哥穿吧。"儿童的稚气油然而生，充满童趣。于是此事便成了家中经典笑话，经常被大家提起。同时，她也写到了故乡的怀恋。如《水的怀念》中对依山傍水、山清水秀美丽的家乡，尤其是对母亲河还乡河的赞美："我曾在这条河里洗衣游水，看大人们捉鱼捞虾，看悠长的溴水容云纳月，映青山落晚霞，霞色生花；西岸垂柳，东岸俊杨，四时美景，尽收河中。"这条河"陪伴了我的童年和少年的美好时光"，给她"留下了快乐美好的记忆"。除此，还有《星空下的露天电影》《饺子的光芒》《秋色生香》和《想念麦田》等。由此可见，她对故乡一往情深，满腔乡愁流泻而出。这种乡愁不只是一种怀乡和恋家的情结，也带有地域色彩和美学意味的图像。

2. 真挚的友情。君君是一个很重友情的人。她不仅有美好的天性，也有很好的人性。她心底敞亮，乐于助人，所以与周围的人亲近和谐，交友很多。如在《不渝初心，且行且歌——我眼中的诗画家秋彬》，写了与画家秋彬相识相交的情况。初识秋彬，她对其横溢而出的才华十分钦佩。尤其看到"秋彬心性纯善，崇尚自由，对世界对生活充满好奇和美好的向往，葆有他这个年龄少有的可爱天真之气"和那种"无所为而为"的精神，她觉得在当今世界"十分难得"，于是便成了好朋友。如《微笑的蒲公英》中讲述了与"优雅清丽的女孩"王峥的友情，在《大风中的女孩》表达了与"每天都在与疾病、与时间博弈的女孩"柴丽丽的真情。君君不仅与这些美好的女性交往，更不忘恩师和长辈。他们是她生活中的引路人和楷模，她从他们身上学到了如何做人和如何处事。如《我的高考故事系列六：黄维明老师》中她这样赞美高中老师黄维明："黄老师严谨、认真、敬业、耿直的品格以及热爱读书、努力学习的良好形象，深深地影响了他的学生们。后来我们同学们聚会，说到黄老师的时候，都以我们曾经有过这样一位好老师而感到骄傲和自豪。"还有《我的高考故事系列七：励志周老师和魅力马老师》中表达了对古道热肠的周继武老师的感谢之情。每逢"有同学病了回家不方便，老师从家里熬好汤粥送给学生"。在她的长辈中有特别善良的改国姨和人缘极好的马叔等，这些人的言行都潜移默化地深深地影响了她，成为她学习的典范。

3. 淳厚的亲情。君君爱家乡、爱友人，更爱亲人。她怀恋亲人的散文写的真切自然，质朴生动。如《我的高考故事系列四：我的父亲母亲》写得情真意切，感人肺腑。她的父母十分疼爱自己的孩子，所以"我和哥哥弟弟们也从未被爸妈打骂过，这也是我和哥哥弟弟们感到骄傲的事情"。父亲为了全家人的生活早出晚归，母亲费尽心力，尤其是父母为了她能够考上大学而

麦田在歌唱

不惜一切，因为女儿是他们的希望和骄傲。文中写道："高考完那天，父亲骑着自行车去接我。那天下着瓢泼大雨，父亲骑着破旧的自行车带着我和行李在大雨中行进。看着艰难带我回家的父亲，我在心里默默祈求着：老天，我已经这么难了，你就让我考上吧。"这是多么感人的情形啊！让我们看到了父女情深的人间真情。所以多年来她"感谢父母，感谢他们一直宽容、忍耐、爱护我这个家里唯一的女儿，给我一次又一次机会。有磨难、有眼泪，有开心、有幸福，这就是生活本真的面目吧。如今，我也成了他们眼中的骄傲。我会尽最大努力让老父亲的晚年过得更好，不留遗憾"。这里虽然没有什么赞美之词，但感恩之情、孝女之心渗透于字里行间，流泻于笔墨之中。再如《我的高考故事系列三：我的姥姥家》写姥爷姥姥对自己的疼爱："每到开花的时候，姥爷许我掐两朵，插到我家的花瓶里。我手捧两朵硕大的芍药花招摇过街，引来小伙伴们艳羡的目光。""冬天，姥姥有个火盆，姥姥边烤火，边给我烤些玉米、黄豆之类的东西。"这种对隔辈人的喜爱、疼顾之情跃然而出，令人感动。这些虽然截取的是生活的片段，字里行间都流露出感人肺腑的血脉亲情，但却流溢出强烈的人性美和人情味，让人怦然心动。

  4.深厚的爱国情。君君热爱祖国的锦绣河山、壮美景观，经常游览各地的美景美点，这大大丰富了陶冶了她的情操，净化了她的心灵，也激发了她写作的激情。她几乎每到一处，便有感而发，挥笔成文，让我们领略到各地的美景风物，同时也看到她融入自然、陶冶性情的喜悦之情。看她的游记，如同一本画卷，美丽多姿，令人耐读。如《带着老爸看草原》中这样写高山草甸的美景："我环顾四周，忽然开心起来，天哪，这里的花草真好看！翠色之中，万花点点。雨雾中，红的、黄的、白的、紫色的花草格外鲜润娇美，露珠在青翠的叶子上、在安静的花朵上轻轻颤动着，滚动着，悠然，安静，它们在山顶上，在天空下，仿佛有一种遗世独立的傲娇。"她犹如一个画家，将红黄白紫青色搭配和谐，融于画面，写得动静结合、高低错落，写出了一种情致与韵味。她不仅描摹自然景物，而且将自己对祖国的热爱，对自然的喜好融于景物之中，用自己的情感、思想给自然景观添加生气和诗意。如在《延安印象》中，她游览了各个令人心驰神往的有纪念意义的景点，并抓住了延安的主色调——红色展开来写："延安最美的色彩当属红色，红火火的剪纸、红亮亮的腰鼓、红彤彤的狗头枣、红艳艳的山丹丹、红羞羞的脸蛋、火一样红的激情信天游……"同时她展开丰富的想象："当我登上宝塔山的时候，想到有多少叱咤风云的伟人曾在此徜徉，心里有一种说不出的奇妙感觉；夜晚的清凉山似乎更神秘，仿佛能听得见发电报的滴答声。于是发出诘问：为什么当年人民向往延安，因为"延安是自由的象征，是新生活的希望。这里代表光明与自由，理想之光让贫瘠的黄土高原盛放着绚丽妖娆的精神之花"。由此，她写出了自己的深刻感受："人是要有一点精神的，精神上有信仰、有追求、有激情的人，才能具有真正的幸福感，这就是为什么那么多人放弃优越的物质生活而追随延安的原因；自由、理想、希望这些看似虚幻的概念，在当年的延安展现得多么切实而美好。延安，让我看到人格的魅力、信仰的力量。"这是她对参观延安的生命感悟，也是这篇文章的文眼，因而使得这篇文章熠熠生辉。

可以说，君君的散文有自然美、人性美和社会美，是"人性、社会性与大自然的调和"。当然，她还只是一个业余作家，文笔还不精练，文意还不精粹，但因为她感情的真挚、心意的真切，使得作品很有意味。可以这样讲，假以时日，持之以恒，君君一定会成为一个有个性、有品位的作家。我们期盼着！

杨立元
2019 年 10 月 25 日

序二

思君如流水

前几天，刘君君老师打电话说，要出一本文集，我很为她高兴。这是她的心血集结，也是她的时光流水。

细读其文，都是那么纯净、清新和澄澈，仿佛作者的心里住着一个纯洁可爱的孩子。就如她写的一首诗歌——《我喜欢清澈的事物》。

> 我喜欢清澈的事物／比如孩童的歌声／多么像素白的雪花啊／齐齐地降落／那么清澈。
>
> 我喜欢清澈的事物／比如无邪的眼神／比如纯洁的思想／爱与善的光／那么清澈。

君君的诗文总是能够采撷生活的美好，一缕清风，一段甜蜜，抑或一个瞬间，一份感动。我时常惊叹于她如此丰富而细腻的文字。

我也曾问过她为什么会写下如此美好的文字，她回答：《牧羊少年奇幻之旅》这本书里说，每个人生来都是有天命的，我想，我的天命就发现美，感受美，追寻美，记录美，让更多的人因为我的视角和描述感受生活中的美好，也算是我的一点人生价值吧。

尼采说："我们来这世上一遭，本就应该跟最好的人、最美的事、最芬芳的花朵倾心相见，如此才不负命运一场。"我想，君君老师柔美至真的心，澄澈如泉的眼，在命运的洪流细水中，才会邂逅如此多的美好和芬芳。

君君老师热爱自然，喜欢融入自然，清风流水间，充满了她的好奇和欣喜。她爱花朵，也写了无数的花儿。她在《小院抒怀》写童年时代玲珑可爱的小草花；在《月亮花·葫芦梦》里，她把葫芦花想象成可爱的月亮花。

那白白的，像月亮的颜色；浅浅的，是月亮的笑纹；轻轻地，是月亮的叹息，就连那既不香也不甜，说不清道不明的葫芦花味，也疑心是月亮味。实在让人感叹：何等空灵慧心，才有此通感妙笔……

她为梅花赋小诗：

我愿是 / 一弯小溪 / 请将你的疏枝 / 横在我的波影里
我愿是 / 一片雪野 / 请将你的傲姿 / 嵌入我的风景里
我愿是 / 一缕清风 / 请将你的暗香 / 飘进我的灵魂里
我愿是 / 你前世的回眸 / 请将你最后的爱 / 融入我的生命里。

读此，仿佛雪霁初晴，一纤纤女子遥遥踏雪寻梅而来，口吟目盼。雪几许，梅几何，情深暗香沉。

在《春天，我们去看花》里，她写山野的梨白桃粉："大山一旦醒来，便是春风百里。当一场浩大的花汛来临，山坡上、旷野中，梨花、桃花、苹果花，红的、白的、粉的，次第开放，仿佛掩饰不住的惊诧和喜悦，在阳光下舒展、盛放，春光四溢，万千气象，那是任谁也无法抵挡的视觉盛宴。"

她写"城中桃李愁风雨，春在溪头荠菜花"。她写小时候姥爷种的芍药，写校园里的丁香、荠菜。她的文字就像一朵朵小花，开放在心灵的田野里，芬芳着这个世界。

所有美好的事物都在她的笔下沉淀、放逐、飞翔。在抒情散文《雨》中，"我

麦田在歌唱

喜欢站在廊檐下,看雨线落在果蔬丰盈的小院里,看雨珠在叶子上、花朵上滚来滚去,那种似乎流着泪的颤动,让你联想到一种叫作深情的意绪在心里翻腾……"

林语堂在《生活的艺术》中亦说:"如果我们没有'情',我们便没有人生的出发点。"发乎情,止于美是她写作的情不自禁,甚至冬天,在她的笔下都是如此的美好。在《冬季感怀》中,她写道:冬日的美艳与神韵均来自一个素素的"白"。从初雪微微到大雪飘飘再到春雪落落,那一场场浩大的白,是冬天最华美的背景。

当然,她的抒情散文并不止于描摹自然风物,在《先祖的风雅》《何不重拾典雅》《靠近草木》也有着对生命及人生的体悟和追问,对古典文化的呼唤和探幽。

如《靠近草木》,她感叹:"我们何尝不是一株植物啊!站在植物面前,人类往往超具优越感,摆出万物之首的架势。其实,我们远未读懂草木。那些看似单纯的植物,却知时节,藏天机,对人类有着巨大的恩泽,有着救命之恩甚至是精神的救赎。"

在《何不重拾典雅》中,她急切地呼吁:让我们重拾文字的雅义之美,曾经固守的优良家风,棉布的朴素温暖,针线的温情和体恤,慢工细作的纯美味道以及邻里相助的古道热肠。

读君君老师的美文,徜徉在美好的字里行间,你能享受着自然风物的抚慰,感慨四季交替时光的飞逝,更感悟着人生的真谛和诗意的生活。

君君老师热爱大自然,更深爱着她的家乡和亲人。笔墨情深,于家乡处处留痕。在《我的故乡,我的河》《记忆里的乡村美味》《水的怀念》等文章中,字里行间无不流露出对家乡深深的怀念和淡淡的乡愁。如《想念麦田》里,有她深深地叹息:"那时候,我以为这青青的麦田会年年如此,永远如此,一辈子都不会变。没有想到,多年后,因为缺水,我们村北那片美丽的麦田,早已不见了踪影……那些美好早已成为的回忆。我也成了一个真正的麦田守望者,守望着我们那一代人的青春、成长和梦想。"

在《我的棉布乡村》里,她深情地述说:"我的乡村是一篇温暖如棉布的散文，我慢慢地叙述那如烟的往事，许多人、许多的物件都已不在，那些难忘的、怀念的、难以割舍的意绪如一首歌、一部电影，稍一触碰便浮现出来。谨以此文，纪念我再也回不来的棉布乡村、我的亲人。"

她的诗文里出现频率最多的词句是"美好"，就如她美好而淳善的心灵。"身若雪中梅，心似花间月"，是读者给她的评价。读她的诗文及随笔游记，仿佛畅游在涓涓流淌的心河里，灵魂深处总是那么细微，那么一种无声的美的东西，在她的笔下静静地抒发着、轻吟着，无与伦比。

君君老师有一句很特别的QQ签名：活在细微的时间里，活在真切的美好中。这确实是其真实生活的写照，披着草香春风行走，沐着韶光诗意生活，每一篇文章都让我们读出"美好与深情"，让我们时时"思君如流水"。

君君老师2017年夏天开设微信公众号"君君的小书屋"，仅仅两年余，为我们奉献了一百多篇心地澄明、隽秀诚挚的文章，结集成书，为我们，也为她自己打造了一个清新悦目的精神小花园。她就像开放在家乡田野上一朵永不凋谢的小雏菊，装点着世界的美好，以情深意切的笔墨，触动着人们内心最柔软的地方。

正如她在《膜拜草原》中，写道："草原无边的绿消融了我，我变成了一棵草，任高原的风吹拂。多么想，让这蓬勃的绿的生机渗入我的肌肤里，滋养我一生的活力。我摇曳其间，野野地攒动，尽情地接受来自草原深情而隆重的洗礼。"

我们也正在尽情地、愉悦地，接受来自君君老师文集深情而隆重的洗礼。静水流深，沧笙踏歌。

且让我们一边思"君"如流水，一边欣赏君君老师从平实生活的韶华"流水"中，为我们灈取的脉脉深情。

李秋彬
2019年孟冬于道惟堂

目 录

一　抒情散文卷

初 …………………………………………… 003
春天的模样 ……………………………… 005
想念麦田 ………………………………… 007
春风十里不如读书的你 ………………… 010
春天，我们去看花 ……………………… 013
清明时节 ………………………………… 016
时绕麦田求野荠 ………………………… 019
梨花又开放 ……………………………… 022
活捉"小清新" …………………………… 025
初夏，美好的一天 ……………………… 029
蔷薇处处开 ……………………………… 031
回不去的小院 …………………………… 034
陌上随想 ………………………………… 037
雨 …………………………………………… 039
捡蘑菇 …………………………………… 041
月亮花·葫芦梦 ………………………… 045
热爱草木 ………………………………… 048
云妖娆 …………………………………… 051

繁花之上青萍末 … 053
南湖，我们"一起走过" … 056
先祖的风雅 … 059
秋色生香 … 062
最是秋叶浪漫时 … 065
那些动人的时刻 … 067
小院抒怀 … 070
雪落迟迟 … 074
冬季感怀 … 077
冬天的欢喜和喜欢 … 079
水的怀念 … 083
我的故乡，我的河 … 086
繁　盛 … 089
我们都是女王 … 091
新年快乐 … 093

二　诗歌卷

梅花 … 097
柳 … 098
凤凰岭的春天 … 100
那些青翠的时光（外一首） … 102
油菜花的春天 … 103

梦回小院 ·· 104

野长城 ·· 105

响水湖怀想 ·· 107

静 ·· 109

六月的校园 ·· 110

热爱草原（三首）···································· 112

时光如此完美 ·· 115

初秋 ·· 116

致银杏树 ·· 117

致落叶 ·· 119

春雪落落 ·· 121

我是雪花（外一首）·································· 123

献给长白山的歌 ······································ 125

冬日絮语（外二首）·································· 128

我喜欢清澈的事物 ···································· 132

喜　鹊 ·· 134

雾（三首）·· 136

残荷 ·· 139

时间（三首）·· 141

三　生活随笔卷

穿过指尖的快乐——忆端午 ···························· 147

记忆中的乡村美味 …………………………… 150
饺子的光芒 …………………………………… 153
钓鱼小记 ……………………………………… 156
星空下的露天电影 …………………………… 160
那些年我们追过的电影 ……………………… 163
我的婚礼 ……………………………………… 167
我的棉布乡村 ………………………………… 170
生命里的那束光 ……………………………… 173
何不重拾典雅 ………………………………… 176
也说生命的意义 ……………………………… 179
苹果树 ………………………………………… 182
你连接了吗 …………………………………… 185
关于装修那些事：（一）其实我也不太懂，我只是
　　信任你而已 ……………………………… 188
关于装修那些事：（二）由信任结下的善缘 …… 191

四　人生故事卷

佳人陪伴的时光 ……………………………… 197
金一南的图书馆员生涯 ……………………… 200
不渝初心，且行且歌——我眼中的诗画家秋彬 …… 205
微笑的蒲公英 ………………………………… 208
大风中的女孩 ………………………………… 211

有点特别的大舅 ………………………………… 214
80岁的同学聚会 ………………………………… 216
马叔的故事 ……………………………………… 218
我的婆婆 ………………………………………… 221
改国姨的幸福生活 ……………………………… 225
梦想点亮奇迹 …………………………………… 228
一张旧地图 ……………………………………… 231
失踪的小孩 ……………………………………… 234
我的高考故事系列（一）：我们那个时代的高考 … 237
我的高考故事系列（二）：小药片 …………… 239
我的高考故事系列（三）：我的姥姥家 ……… 242
我的高考故事系列（四）：我的父亲母亲 …… 245
我的高考故事系列（五）：素娟表姐和凤兰表姐 … 251
我的高考故事系列（六）：黄维明老师 ……… 254
我的高考故事系列（七）：励志周老师和魅力马老师 256

五　游记卷

带着老爸看草原 ………………………………… 261
膜拜草原 ………………………………………… 264
温暖之约——月坨岛、菩提岛之行 …………… 266
阿那亚的美好时光 ……………………………… 270
向往的生活 ……………………………………… 273

迁西印象 ·· 276
丰润向北，大山明媚 ······································ 279
那年，我们去大西北（一）····························· 283
那年，我们去大西北（二）····························· 286
那年，我们去大西北（三）····························· 288
那年，我们去大西北（四）····························· 290
那年，我们去大西北（五）····························· 293
那年，我们去大西北（六）····························· 295
延安印象 ·· 298
夕阳下的响沙湾 ·· 301
南国有佳木 ·· 303
海南岛之行（一）：祖国是如此辽阔 ··············· 306
海南岛之行（二）：蓝海椰风 ························· 308
海南岛之行（三）：椰田古寨 ························· 310
海南岛之行（四）：请到天涯海角来 ··············· 311
肇庆，你想不到的美 ····································· 313

六　图书及影视评论

我最初的诗与远方——读《撒哈拉的故事》有感 ······ 319
她叫阿勒泰李娟——读《遥远的向日葵地》有感 ······ 321
因为消逝而怀念——读《古典之殇》有感 ··········· 324
旅行，是拯救人生的最好方式
　　——读《一个人的朝圣》有感 ················ 327
遇见自己——读《牧羊少年的奇幻之旅》有感 ········ 330

是什么遮蔽了我们的天空——读《遮蔽的天空》有感… 332
与众不同的女孩——读《傲慢与偏见》有感 ………… 335
拥抱生命的阳光——读《生命的重建》有感 ………… 338
不能重来的人生——读《重返19次人生》有感 ……… 341
热爱生命——读《活出生命的意义》有感 …………… 344
幸运的小豆豆——读《窗边的小豆豆》有感………… 347
出发,让我们重新热爱生活
　　　——读《外婆的道歉信》有感 ………… 350
地球的美好时代——观《流浪地球》有感 …………… 353
梦想时刻——观芭蕾舞剧《天鹅湖》有感 …………… 356
记忆中的一道彩虹——观歌舞剧《红色娘子军》有感… 359
十方世界是吾心
　　　——品读秋彬画作《十大奢侈品》有感 ……… 362

一　抒情散文卷

初

初萌的芽芽，初开的花朵，初生的娃娃是多么可爱，又是多么令人欣喜！"初"真是一个很奇妙的字，凡是与"初"字组合的词汇，都有很美好的意境。比如初春、初夏、初秋、初雪、初见、初恋、初心……

还有初一，大年初一喜洋洋，春节是一年中最盛大的节日。

百度上说，"初"有以下几个意思：开始的、开始的一段时间、第一个、第一次……

好吧，让我们细数"初"的美好。

初春是万物萌动的时节，一切都是新的。叶子是好看的嫩绿，花朵是清芬的诗歌，太阳的光线拨动着温暖的弦，是谁在春天里唱歌？斜风细雨中，紫燕在丝柳间穿梭，所有原初的生命都在展示温柔的力量。

初夏，完美地结合了春天和夏天的好，像一个优生的婴儿。

初夏是"晴日暖风生麦气，绿荫幽草胜花时"；初夏是微雨细柔，云朵悠悠；初夏是月季生香，蔷薇如瀑，阶前遍开红芍药，小荷才露尖尖角。

如果春天是激情的序曲，那么初夏则是轻柔的慢板，舒缓而安适是它赋予初夏的美好气质。

初夏，避开了盛夏的燠热、深秋的肃杀，清爽宜人，岁月静好。

秋，是禾与火的组合，是美丽的田野绚烂如火吗？当立秋从高空降临，携来清风如扇。"过立秋，把扇丢"，濡湿闷热的天儿默然退场。

初秋时节，最撩人的是天空。是谁拉高了天幕？是谁将大地的棉朵抛上了天空？湛蓝的天幕下，谁能比云朵更妖娆多姿？那是云水流烟的诗画，那气势磅礴的云阵

麦田在歌唱

是不是惊呆了你？

喧嚣了一个夏天的河水沉静下来，"秋水共长天一色"的美不仅仅打动诗人，还有平凡的你我。

初秋，田野依然延续着夏天的蓬勃，藏在叶子里的青果正在悄悄长大，涂了胭脂的苹果和梨子越来越美，而玉米、高粱、谷子的籽实一天比一天结实，种子的力量让人惊叹。

初冬的美是一种素朴疏朗而辽阔的美，是洗尽铅华返璞归真的美。我们终于可以看清树木清奇的骨骼，以及向上的枝丫拥抱太阳的姿势。喜鹊也可以毫无遮拦地在天地间盘旋而歌了。大地回归原初的样貌，终于可以安然休息了。

初冬凸显安静的力量，我们可以仰望星空，进入思索的频道，等待一个新的轮回。

初冬之后便是初雪。班得瑞的《初雪》是我的最爱。打开它，空灵缥缈的乐声仿佛从天空缓缓而来，那轻柔纯净的美，如羞涩的少女欲说还休。落落的小雪花带给我们格外的惊喜，是借了天上的云吗？初雪，给肃杀的冬铺上了一层白色的暖。

初见惊心，再见钟情，唯美初恋。人生若只如初见，是一种无法言说的美好，我们暂且不管它的后半句。青春的萌动，热烈的眼神对视，随之心动，那一刻云落成河，全世界所有的花全开了。

最为珍贵是初心，初心纯洁、热烈、美好。它是我们年少时笔记本扉页上的人生理想，是我们人生起点的希冀与梦想。

遥想当年，对大学生活的热烈向往，让我不顾一切，勇往直前。走过心路的万水千山，终于抵达梦想的校园。

一份初心，弥足珍贵。初心是事业开端的承诺与信念，迷途挫折中的责任与担当、恪守与坚持。30年春夏秋冬，只为一座图书馆，从千册图书到百万图书，从手工管理到现代化管理，其间甘苦谁人知？

人生云水过，平常自然心。当繁花落尽，洗尽铅华，我们是否还能记得，那昔日的初始之心。

流年沧桑也抹不去"初"的纯真，让那些"初"的美好永驻于心吧。"不忘初心，方得始终"，你我谨记。

春天的模样

当我写下"春天的模样"这几个字时,微笑便像春水的波纹一样荡漾开去。此刻,我北国的家乡春色正好——繁花织锦,万木吐翠,纸鸢横眉,春风沉醉,正是最好的模样。

到处是亮闪闪的婴儿眼,是女孩子的桃花脸,是沐浴春风里的英姿少年。这是我最爱的北国春天的模样。

江南与北国的春天,有着不一样的模样。

江南的春天是雨润出来的,是静静的一幅画。画里有宋朝的书生,也有撑着油纸伞的姑娘。站在江南的春色里,你就是江南的春天。绿如蓝的河水,柳丝长的思念,烟花三月的美艳,总有一首宋词在水墨的江南翩跹。

北国的春天是风拂出来的,太阳暖出来的。微风过处,草长莺飞,春水潋滟,大地动容,陌上花开,生生不息。

暖风伴着潋滟的春阳,燃起满城锦色。到处是一抹抹明黄的连翘,一树树清新浅白的小桃花,娇俏美丽的玉兰花,接下来便是繁盛的海棠和樱花了。

这次第盛放的花朵,传递着春天的美好和甜蜜。而蓝天之下春风之上的纸鸢,摇曳着老人和孩子快乐的笑声。北国春天的模样是欢欣的、明艳的、喜悦的。

想起那年,"烟花三月下扬州"。我们走时,北国还是草色初萌,大部分花儿欲开还羞,越往南走,春色愈浓。到沧州一带,已是大片大片翠绿的麦田,直将人的心底染绿。

再往南走,绿毯似的麦田里又间杂了一抹抹明艳的黄,那是我心中千回百转的

麦田在歌唱

油菜花，那是属于江南春天的模样！陶醉中收到了好友的短信，仿佛明了我的心境，笑说，只要踏上江南的土地，就一步一个春天了！

是的，从北方到南方，色彩愈来愈明艳。北方是杨柳依依，麦翠青青，新枝如画，燕剪春风；过了苏北，便处处是花容疏影，云水流烟，最是丝柳千垂，青色一抹上眉尖，这如诗如画的烟雨江南！

三次江南之行，恰巧都是春天，三次与油菜花相遇，这是深深的缘分！看到如浩荡春风般的漫漫花海，心境真似菜花般的明媚和喜悦。可惜都是在汽车上或者火车上，只能眼睁睁地看着它们从眼前飞过。

最后那次去义乌，也只是路过，央求司机在油菜花田边停了一会儿，抢照了几张照片，至今仍在朋友的相机里。遗憾啊，只隔着车窗收了几片江南春色。

人间有悲苦，能在春天里感受美好的人，都是幸福的人。

如果你笑了，你便是春天的模样。

想念麦田

唐多令·又忆麦田

　　翠微拢轻纱，青浪波远涯。黛山默，风动野花。明媚女儿笑无邪，麦穗长，阳光下。念念渠水哗，又忆美似画。垄生香，坐沐烟霞。小满时节籽浆满，细细嗅，思归家。

朋友在微信朋友圈里发了一张麦田返青的照片，这勾起了我对麦田的怀念。

小时候的春天，我最喜欢梨花和麦田。

春分过后，麦子开始渐渐返青了。小房子里的机井发出巨大的轰鸣，田里纵横交错的沟渠活泛起来了，缓缓的清流涌进麦田。

温暖的阳光照在广袤的原野上，麦苗在春风中攒动，仿佛在说，快长吧，快长吧！

春风如贵客，一到便繁华。麦田一天一个样！

我们小孩子也喜欢往麦田里跑。站在麦田里，仿佛也跟着麦子一起蹿着往上长。我喜欢麦田的味道，那是繁殖和生长的气息，是真正的春天味。

站在麦田里，风涌过来，无边的翠色轻轻地拥抱着我。脚下是活泼的清流，田埂上，野菜的青芽如婴儿的眼睛，亮亮的；随处点染的蒲公英花，像活泼的小姑娘，在春风里快乐地笑啊笑。

到了麦子抽穗的时节，那指向天空的麦芒让我惊叹。我常常不由自主地走向麦田，

麦田在歌唱

和它们一起在风里摇曳。

麦田里，常常遇到淘气的男孩子。他们将麦穗揪下来，躲在田埂上，用火烧来吃。那独特的清香的味道，现在还能闻得出来。

那时候，麦田里到处是纵横交错的水渠。春天，哗哗的渠水浇灌着返青的麦苗，我们穿了一冬天的棉衣和用过的被子正好这个时候拆洗。

横亘的远山，蜿蜒向西的还乡河，无际的青色的麦田，哗哗流淌的渠水，水渠上站着大大小小的洗衣服的人儿。欢声笑语在田野间飘荡，把洗完的大花被面晾晒到长起来的麦田上，这是多美的画面啊！

我上中学的时候，与校园隔着一条马路，就是一大片麦田，一直延伸到还乡河边。不上课的时候，一帮同学常常结伴到麦田里去看书。那时的春天是真正的春天，麦田也是最美的麦田。看书累了，就站起来，环顾一下青青的麦田，享受一下拂面而来的、带着清香麦田气息的风，真是太美了。这是繁重的课业间隙带给我们的唯一享受。当然不仅仅是课业，还有青春与爱的萌动。我还记得那时候，漂亮的宝玲同学站在麦田里唱《我爱你中国》。阳光下，麦田里，宝玲那双漂亮的大眼睛泛着春天般的光彩，好美啊！仿佛看见音符在麦田里萦绕。

就这样，我们在麦田里读书，和麦苗一起成长。

麦穗青了，黄了。放假了，高考了，我们的人生也迈进了一个新的旅程。

那时候，我以为这美好的麦田，会年年如此，永远如此，一辈子都不会变。没想到，多年后，因为地下水位下降，我们村北那片美丽的麦田早已不见了踪影，已经好多年不种麦子，我再也见不到那么美的麦田了。

多少次为它哀伤叹息，那些美好早已成为回忆。我也成了一个真正的麦田守望者，守望着我们那一代人的青春、成长和梦想。

这些年，也曾几次下江南。见过山东、河南、苏北那大片大片广袤的、青翠的、夹杂着金黄色油菜花的麦田，那巨大的美令我晕眩。但我最喜欢的还是我家乡的麦田，因为那不仅仅是景色，还是我难忘的青少年时光，我的乡愁！

想念我的麦田！

清平乐·怀想麦田

春时已过，姹紫嫣红落。
曾经青黄香阡陌，奈何今时梦破。
犹记那时村外，青穗更胜花开。
最喜纵横清流，杏子正欲黄白。

麦田在歌唱

春风十里不如读书的你

在一场春天的浩大盛景来临之前，偶遇了一首白居易清新如眉月的小诗："二月二日新雨晴，草芽菜甲一时生。轻衫细马春年少，十字津头一字行。"

人的想象力真是玄妙得很。不知别人作何想，一句"轻衫细马春年少"总让我联想到轻衫少年以梦为马，携书而行，在清风拂面的青田里，在软柳荡漾的河边，在一棵开花的树下，或朗声诵读，或将青春的面庞埋入墨香的书中……

这或许就像冯唐的那句"春风十里不如你"，很动人，又仿佛很有魔力，莫名地就触到心的柔软处。由春风十里，你可以任意想象春天的盛景，想象春天里那些意气风发、轻舞飞扬的少年读书人。

是啊，永远有轻衫的年少，在春风沉醉的晚上，在春风浩荡的田野，在春风临窗的教室，用执着的读书身影，定格了青葱的美好年华。

读书是如此美好，我想说：春风十里不如读书的你。

我很幸运，一生没有走出校园。在校园里最美的地方，在被称为"天堂"的图书馆里度过生命里的大部分时光，熏染书香，也发散书香。每日里感恩：校园的花草树木是美的，校园里蓬勃的青春是美的，图书馆里的书和读书的人是美的。

我想起自己年少的读书时光。

我曾无数次地感恩：我有个书香门第的姥姥家。姥姥家那些蒙尘的书开启了我读书的生涯。那些读过的古旧的语文书、《十万个为什么》《古丽雅的道路》等，给了我一生的人文滋养。那时候的书真少，每遇到一本书甚至是一页纸，我都会如饥似渴地读完，有书读是一件特别幸福的事。

有一年，大概还是高中的时候，老爸不知从哪里借来了一摞书，记得有《大学时代》《人啊人》《福尔摩斯探案集》等，我如获至宝，虽然那时候课堂学习已经非常紧张了，但还是抓了缝隙的时间疯狂地去读。

《大学时代》描写了一群归国华侨丰富多彩的大学生活，他们学的是地理专业。这本书更加激发了我对大学生活的强烈向往之情，并由此爱上了地理这门课。

《人啊人》是20世纪80年代的一本书，它让我对人生、命运有了更深刻的思索。

《福尔摩斯探案集》展现了我从未遇见过的世界，激烈、凶险、涌动，充斥着逻辑、推理、思维和智慧的博弈。

现在回想起来，每一本书都潜移默化地融入了我的生命，悄然地改变着我的人生。每个时间段读书的感觉是不同的。年轻时读书，总有一股激情在涌动，带着探索未知的好奇心和美好的想象。既想贪婪地狂读，又舍不得一下子读完，是一种新鲜、深刻、美妙的感觉。现在的我则是阅尽千帆之后的从容，选书极尽挑剔，却再无年少时阅读的新锐和刺激。

在我的心中，永远有一幅年少时麦田里读书的画卷。

我们校园的对面，隔着一条马路。是一片青青的麦田，走过麦田就是还乡河边了。那时候，无论春夏秋冬，河水都是丰盈的；静静的河水划过河床上的鹅卵石，能看得到小鱼小虾的踪影；在河边观晚霞和落日是异常美丽的，确是半江瑟瑟半江红。河岸上是高大的杨树，风来了，哗啦啦的树叶拍打声含着氤氲的水汽，能传得很远。

这里是我们休憩学习的好地方。下午最后一节课下课后，同学们三三两两走向这里。当然，手里是拿着书的，或者在麦田里，或者走到河边找个安静的地方读书学习，课业繁重的我们没有权利完全享受这田园美景，只在读书的间隙，环顾四周，那麦子灌浆的气息，微风中摇动的麦穗，让我们想起那篇课文：和风吹送，掀起一轮一轮的绿波。

年少时，有许多的茫然、愁绪和读书的辛苦，当读书与高考相遇，读书的时光便添加了一丝苦味，但我依然想说：读书最苦，读书也最美。

青青的时光，春风在荡漾，读书的少年，在麦田里成长。诵声瑚瑚，渠水欢畅，问天的麦芒，青春的向往。阳光下，麦穗长。奋斗的青春，

麦田在歌唱

挚爱的故乡。

青青的波浪，野花奔放，披风的少年，在麦田里成长。回忆的我们，已走不进故乡，浅浅的乡愁，深深的守望。阳光下，麦穗长。浪漫的青春，恋恋的回想。

阳光下，麦穗长，拥抱未来，拥抱梦想！

这是我写的一首歌词，不知哪位作曲家有兴趣把它谱成曲子呢？

麦田里的歌声，麦田里读书的日子，仿佛有着别样的情怀，让我至今难忘。

麦田给了我太多美好的记忆。以至于我们学校要成立读书社时，我极力建议取名为"麦田读书社"。因为麦田象征着春天、自然、青春和成长。它深藏着自然与美的密码，蕴含着巨大的诗意。

春天来了，与其追逐一场盛大的花事，不如沉下心来，读一段如沐春风的诗句。读书不觉已春深，一寸光阴一寸金。花开一季随风逝，最是书香能致远。所有关于春天里读书的句子都是那么美好。

春天里读书，也读春天的光阴、春天的美景；春天里读书，也读给未来意气风发的自己。在校园里，我的目光总是追逐那些读书的身影。最美的风景是读书的你。

春风十里，不如读书的你。

春天，我们去看花

闺密又跑到山里去看花了。她穿着大红的衣衫，与梨花笑，比桃花妖。我在她朋友圈里发的照片下，留了一句话：看你疯，看你笑，看你桃花似的妖。人在大自然中的那种俏丽、活泼和自在是在城里展现不出来的，真个是把整个春天都疯掉了。

春天，悄然来到城市的公园里，校园里，街角小区里。前几日还是寻寻觅觅找寻春的痕迹，也许一夜之间，便是满城锦色了。

城里的花开得灿烂。急性子的迎春花，一夜之间，似打开的一道闪电，那么明艳、那么灿烂的花朵簇拥在柔软的枝条上，点亮了城市的春天。接着是玉兰，那一树树白的、粉的花朵，像开在树上的一群鸽子，时刻准备一飞冲天，谁见了不是喜上心头呢？

紧跟上来的是大片大片明艳艳的连翘，四瓣的黄色小花，在五颜六色的花海中最是打眼。连翘和迎春很像，这时候，总有花痴们站出来普及如何区分这两种花。

再后来就是更好看的海棠、樱花和丁香了。这时候，你总能看到那些爱花的人们，拿着手机拍，拍完了花，还要站在花前自拍，一定要人面繁花两相映。

我总觉得，丁香花是独属于校园的。细雨中，夹径而开的白丁香、紫丁香，轻盈小巧，宛若千朵万朵的小诗，散发着别样的校园风情，也许是看多了丁香校园的爱情故事吧。

暮春时节，压轴出场的应该算芍药和牡丹了。我无数次地写过姥姥家那片硕大的芍药花。我知道，每年的春天，它们都在我心里绽放一次。

不知从何时起，南校区那片牡丹园成了我的挚爱。我们似乎有了默契，掩在花丛

麦田在歌唱

中，一起流光溢彩的日子，成了我永久的粉色记忆。怎奈，年年岁岁花相似，岁岁年年人不同。先是敢与牡丹争颜色，到牡丹为我添颜色。但无论如何，我们也算不分彼此，我借花颜色，倚香笑春风。

春天里看花，可千万别只限于城里，城里的花美则美矣，然而站在街的两边，似有一种狭促和无奈。花儿是不是也像人一样喜欢自由呢？

看尽了城里的迎春连翘、樱花海棠，还是想念家乡的梨白桃粉，那种想念，是深入到骨头里的，一定会追溯到小时候。

小时候虽然不富裕，但大家都差不多，并没有因此而自卑，反而和小伙伴们在山间、田野跑啊、玩啊，不知不觉把家乡的美藏在了心底，成为永远也抹不去的风景，像电影和歌声一样，时常在脑海里浮现。

花开时，生长时，落果时，无一时不美。想念中带着乡愁，曾经开在童年时光里的花，是否要注定陪伴一辈子呢？

确实，山间田野的花更好看。山里的春天比城里苏醒得晚。正应了那句：人间四月芳菲尽，山寺桃花始盛开。

然而，一旦醒来，便是春风百里。当一场浩大的花汛来临，山坡上、旷野中，梨花、桃花、苹果花，红的、白的、粉的，次第开放，仿佛掩饰不住的惊诧和喜悦，在阳光下舒展、盛放，流光四溢，气象万千，那是任谁也无法抵挡的视觉盛宴。

杏花落了梨花开，梨花谢了桃花发。当你漫步山野，迎接你的全是花开的微笑。

特别喜欢梨花，也许与小时候的经历有关吧。小时候，我家院子里有棵大梨树，结的果子特别难吃。然而，那一树梨花太美了。

翠绿的叶子上，一簇簇莹润的梨花，有一种说不出的仙气，像羞涩的少女，一脸娇俏，静静地站在那里，玉洁冰清，与世无争。风儿来了，雪白的花瓣飘飞，落英缤纷，如蝶似雪。

梨花开，春带雨，梨花落，春入泥，此生只为一人去……

花开时节，最喜欢在这棵树下流连。我固执地认为，只有梨花开了，才是真正的春天。描写梨花的古诗词里，我最喜欢：梨花院落溶溶月，柳絮池塘淡淡风。

还记得那个笑眯眯的天津知青刘穗，给我和弟弟照了一张合影。这也是我人生中的第一张照片，六七岁的样子，正是掉牙的时候，看起来很是滑稽可爱，就是在这棵开花的梨树下拍的，可惜那张照片弄丢了。

那时候，每到春天梨花开的时候，家里就要脱坯搭炕，把换出来的旧炕坯泼上水、软化，然后捣碎用作农家肥。那时候的乡村大多烧柴草做饭，所以炕土坯被水洇湿后，有一股特别的草香味，也正是梨花飘飞如雪的时候，那是我认定的春天味。

杏花、梨花，离近了好看，而桃花呢，远看近看都好看。倚着桃花拍照，你也会"桃之夭夭"。桃花美的是风情，梨花美的是韵致。一棵爱情的小桃树、一树深情的白梨花，都是诗人心中无法触碰的柔软。没有梨白桃粉相约的春天就不是真正的春天。

春天，是看不完的花，是道不尽的爱与暖。

麦田在歌唱

清明时节

小时候，很喜欢过清明节。

那个时候的清明节，仅仅意味着天要暖和了，河滩里的杨柳要绿了，满山坡的花儿要开了，可以漫山遍野地疯跑或者挖野菜了。最令我们开心的是：可以甩掉穿了一冬的棉裤棉袄了。

我们眼巴巴地盼着过清明。清明一到，我们就可以理直气壮地让妈妈给找薄衣衫了，那时候脱棉衣有很隆重的仪式感呢。我奶奶说别忙着脱棉衣，老话说，过了清明别欢喜，还有20天的冷天气。

我们小孩子才不听呢，先悄悄地换了棉袄。那时候没有毛衣，能有件夹袄就不错了。谁要是有件棉线衫，小伙伴们就羡慕得不得了！记得我有一件妈妈织的棉线坎肩，每到春天就穿上，美美地。

那时候天蓝得透亮，风儿暖暖的，满山的桃花、梨花水灵灵，小丫头们开始结伴去采野菜了。

乡村的春天来得晚。清明时节，地里的野菜并不是很多。我们像探宝似的，追寻着野菜的踪迹。苦麻子、苦碟子、婆婆英（蒲公英）、羊椅角、羊妈妈、菊菊花、狗奶子（地黄）、齐齐芽（蓟菜）、老鸡爪、猪毛子……

有些野菜的名字很可笑，也不知道是谁给起的名字，又是如何流传下来的，反正我们就那么叫，有些野菜直到今天才知道它的学名。

儿时的光阴在花草间行走，日子过得很快乐。我们没有作业，几乎没有考试。小孩子只要有山、有水、有花、有草、有自由，就会开心地飞起来。很有些心疼现在的小孩，虽然生活条件很优越，但是他们太累了，考试、作业，没完没了，我还真舍不得拿自己的童年和他们换呢。

小时候没有家族祭祖的概念。感觉那时的中国是年轻的，村庄也是年轻的。当然，也是不允许祭祀的，会被说成封建迷信。但公祭是有的，而且很隆重。

小时候，我们祭奠英烈有两个地方。一个是潘家峪，另一个是杨家铺。潘家峪大家都很熟悉，距离我们村子30里路，只有高年级、体力好的同学才可以去。记忆中，我几乎年年清明都去杨家铺扫墓，那也有16里路呢。

每年去杨家铺扫墓之前，我们都很兴奋。这是一年中唯一可以中午在外边吃饭的时候。妈妈会破例地买两个面包，煮两个鸡蛋。因为要走很远的路，所以我们会强烈要求脱掉棉裤。女孩们要折纸花做花圈，男孩们要折些柳枝插在花圈上。男孩们很调皮，常常将柳枝绕成一个圈戴在头上。

扫墓前的晚上，我们都兴奋地睡不好觉，因为第二天要早早起来，去学校排队，等候出发。

一路上要翻山越岭，走过坡坡坎坎。野地里，山坡上，远远望去，一片片绿生生的野菜远远近近地从眼前晃过，可惜不能停下来挖野菜，心里痒痒的。扫墓的路上也算是一次踏青郊游了。

转过一面山坡，远远地会听见鼓号声。紧接着，一支鼓号队，从山那边转出来。红旗招展，鼓号震天，那一定是王务庄小学的学生过来了。

王务庄是我们公社所属的大村庄，住着城里来的知青。知青们多才多艺，有的被分配到小学去教书，那里的孩子们可是有福了。

最令人羡慕的是：他们有文艺宣传队和鼓号队。每次"六一"演出，他们学校总是最显眼的一个。下乡知青最大的贡献是把城里的文化艺术带到乡村，为乡村播撒了文明生活的种子。

曾记得，王务庄小学的每一个节目，都是那么令人震撼，让人惊喜，与众不同。比如，普通的合唱节目他们的合唱是有指挥的，可真带劲儿啊！指挥的同学站在合唱队前面，手臂上下飞舞，一会儿高一会儿低，我们眼睛都看直了。还有他们的表演唱，那歌声、那动作都让人耳目一新，别具一格，鼓号队更是名震乡里。

只要有活动，鼓号队就会排在队伍的前列，旗手在前，大鼓锵锵，腰鼓队踏着方步，

麦田在歌唱

逶迤而来，整个春山都跟着活起来了。

震天的鼓号声，烘托着庄重、热烈的活动气氛。鼓号手们都是白衬衫、红领巾，目不斜视，一脸的傲娇。没当过鼓号手曾经是我最大的遗憾。

每年清明节，杨家铺都要汇聚方圆几十里的学校前来扫墓，场面十分宏大。

时光久远，有些细节已经记不清了，但是，那一年的祭扫活动让我对革命先辈、对英烈的敬重，以及由此衍生的种种正念却根深蒂固，不可改变。据说，前些年那里变得冷清了，只有镇上一些中小学去扫墓。我想，随着国家对军人和英烈的高度重视，这种现状再也不会延续下去了。

一寸山河一寸血，一抔热土一抔魂。而今盛世如你所愿，归来兮，英雄！

而今，清明作为我国的传统节日，更有了祭奠英烈、祭祀和感恩先祖以及踏青赏春等多重意义。对于祭祀先祖的仪式是从妈妈去世后才有概念。

妈妈去世后，每年寒衣节、清明节，还有妈妈的忌日，我都会来到这片山坡下，感怀我的故土和亲人，不再有怕的感觉。

这里有溧阳刘氏的宗祠，这里记录着我生命的来路。当我站在这片土地之上，就会心生感慨：妈妈即使故去，也要以这种方式，将我与故土紧紧维系在一起，免得我像脱线的风筝找不到归乡的路。

今年，还未到清明之时，我便早早来到这里。这一天，格外的风清气朗，天蓝得透明，大朵大朵好看的云彩游移在蓝天下，远处是披着杏花白的山坡，静谧安然。走在旷野的路上，深深地沉醉在天地清明之中，想着，这一定是妈妈送给我的，妈妈是太懂我这浪漫女儿心了。好吧，那我就写几句话送给您，送给我深爱的这片故土。

一缕青烟一念深，陌上野里祭亲人。梨白杏粉落花雨，云似娘亲白头恩。

时绕麦田求野荠

城中桃李愁风雨,春在溪头荠菜花。

——辛弃疾

春天来了又走,繁花开了又落。季节的交替轮回,由不得我们的意志,就像时间,就像生命。我们在绿肥红瘦的感叹中,进入鲜嫩如新叶的初夏。

我常常想,我们经历一个又一个春天有什么意义呢?那些奇美的景色,那些无与伦比的美味,那些生命的寓意与希望,都是在教给我们热爱生命,热爱自然,热爱一切善与美的事物。多么美好的时光啊,我们有什么理由不慎独和感恩呢?

拥抱春天,与大地对话,与草木交流,是我必做的、独属于春天的功课。每经历一个春天,对生命的感悟就更深刻一些。

春天,又一个季节的轮回,生命再次出发!

春天,除了喧闹的花,最打动我的还有春田里的野菜。那些萦绕在童年里清甜的榆钱、香甜的槐花在城里已经很难找了,但蒲公英、苦菜、曲菜之类的野菜总还能寻得见。我总是执着地认为,野菜是对春天最深情地告白。

一直自称是挖野菜长大的孩子,识得百草,竟然对荠菜一无所知。说来奇怪,直到现在,我们这一带的人们也都不识这种野菜。想来,辨识野菜也是代代相传。但无论如何,乡村里长大的孩子总是对野菜的话题相当敏感。

荠菜纳入我的视野,源于多年前在某报上看过的一篇文章,篇名已经忘记。文章大意是说,去德国进修的一位女士,有一天去拜访朋友,发现她家楼下长着肥嫩

麦田在歌唱

的荠菜，就挖来包了荠菜馅馄饨，非常鲜香美味。

后来朋友家用荠菜馄饨招待了德国朋友夫妇。他们大赞味道鲜美，追问是什么菜，在哪里买的。朋友说，从路边挖的菜。这让德国人大惊失色，觉得不可思议。后来德国夫妇带来一大堆词典、百科全书之类的书来找他们，高兴地说："这种'草'，确实能吃。"为求证这个问题，他们泡了一天图书馆，真是较真得可爱。

看过这篇文章，我便有些鄙视自己，还自称识野菜达人呢，居然不认识荠菜？它到底什么样呢？

有一天，跟同事滨聊起荠菜，她说，我认识啊。滨也是识菜达人，喜欢花花草草，各色花儿过了她的手，仿佛被施了魔法一般，转眼便长成水灵灵的仙草一般。

空闲的时候，她带我去校园找荠菜，还真是找到了。这看似普通的"草"，掩在野菜、野草之中，并不显眼，此前竟从未入过我的眼。

那年春天，我特意去野地里挖了一袋荠菜。经过繁复的摘、洗、烫等工序，然后剁碎，跟肉馅合在一起，记得一定要多放油和蒜末。终于，饺子熟了，透过饺子皮，可以看见翠绿翠绿的馅，鲜香可口，真是太美味了。但凡好吃的东西，做起来一定更费事。

此后，每年春天，去踏青时，必挖些荠菜回来。真是"春在溪头荠菜花"呀！挖荠菜时，太阳暖着背，风儿拂着发，眼里放着光，心情欢畅得想唱歌。回来吃上一顿美味的荠菜馄饨或饺子，真是太享受了。

每次吃完荠菜饺子，我都会心满意足地想，我把春天给吃了！如此赏春色，品春味儿，才不负春光，不负大自然的恩赐。

今年清明节，我随老周回保定安国看望婆婆并一众亲人，当然要祭祀先祖。

不忘故人，也不负春光。漫步于田野间，总是被大平原上动人的春色感染。麦田，花树，在高枝与田野间起起落落的喜鹊，在房屋与树林间穿梭的燕子，还有我一眼就看见了麦田渠埂上的那片荠菜。"时绕麦田求野荠"，我笑了，看来今年我要在这里补上挖荠菜这一课了。

于是，回家拿了小铲子和一个袋子，直奔田野而去。此时的我，看见荠菜仿佛见到了前世的亲人，将它们搂在怀里，身边的麦田和花树也都成了荠菜的陪衬。

一树花喧堆紫烟，陌上翠色接远天。信步春田风拂柳，笑对渠旁野菜鲜。

挖了一袋荠菜，兴冲冲地回家。不料，婆婆看见了，吃惊地说："你怎么挖一袋草回来了？"我也愣在那里，脸红了，好像我真的挖了草回来。原来婆家的人也不认识荠菜！

　　那些古代的大诗人是怎么识得荠菜，又写了那么美的诗呢？辛弃疾说："城中桃李愁风雨，春在溪头荠菜花。"我更喜欢苏东坡的"时绕麦田求野荠"和"荠菜花繁蝴蝶乱"这两句，闭上眼就是美美的画面，仿佛置身其中。据说，著名的"东坡羹"也是用荠菜熬成的。

　　我着急地辩白："这不是草，是野菜，很好吃。"我多想证明，这是好吃的野菜，但是我们要回唐山了，时间已经来不及。心想：明年，我一定要让您吃上一顿美味的荠菜饺子。

麦田在歌唱

梨花又开放

可能是源于幼时的记忆，一直对梨花情有独钟。

老家旧时的院子里，曾经有一棵大梨树。树冠很大，却并不高，旁逸斜出的枝权，仿佛天生就是给我们攀爬着玩的，老梨树成了我们最好的玩伴。

这棵梨树结的梨子并不好吃，但开的花异常好看。花开时节，整个院子都亮了，一簇簇一团团雪白的花儿，在风中摇来摇去，像可爱的小姑娘们凑在一起，风一来，便挨挨挤挤地笑作一团，发散着春天特有的清新的气息，常常看呆了树下的我。我不知如何形容它的美，但我确信，梨花给了我最早关于自然美的启蒙。

记忆中，我人生的第一张照片就是在这棵开着花的大梨树下照的。

六七岁的样子，正是换牙的时候，大人们看照片时，常常嘲笑我"豁牙子"。妈妈去世后，镶照片的镜框也坏了，我们整理照片时，这张照片莫名地找不到了，这真是一件很难过的事情。

后来，村里重新调整街道，家家都盖了新房子。记忆中的老院不复存在了，那棵大梨树早已不知去向。但是村北的山坡沟谷里，有成片的梨树，这片梨树复制了我遥远的记忆，一到春天，它们就呼唤我回家。

这些年，看遍了城里的花，天南海北的花，我还是钟情于家乡山野里的梨花。每年春天，看山里的梨白桃粉成了固定仪式。

往年，老爸知我这个喜好，常开车带我去山里转。从村北的泉玉坡一路往北，过王务庄、东凹凸、新王庄，甚至去邱庄水库绕一圈回来。这一路不但能赏梨花桃花，连同我心心念念的麦田也一并过了眼瘾。

今年，恰好老周有时间和我同去，步行绕山，老爸恐不胜体力，就没有加入我们。我们照例出村北，上泉玉坡东坡。这儿是个交汇地带，往北看去是熊虎岩（nie）尾部，往东另起一条山脉叫芦子岭。熊虎岩往北往东看去，群山起伏，站在山顶，据说能看到丰润八景之一的腰带山。

环顾四周，主基调还是黄褐色，山里的春天到底是来得晚一些。路两旁有零星的小花树，田地是新耕的，山坡上星星点点的野菜你要细细地找寻；东面山坡上的几棵核桃树就像我的老朋友，已经肩并肩站在那里等我好久了，树枝上已经坠下可爱的穗穗，嫩嫩的酱香色的新芽变成清香翠绿的叶子或许只有几日之遥。

在泉玉坡北坡梯田似的田垄上有几棵大杏树，可惜今年没赶上花期。现在杏花已落，露出暗红色的花托，用不了多久，小青杏就要羞答答地探头了。

这些大杏树是我家的，只不过老爸已无力侍弄它们，已转给亲戚打理。不过来这里看花摘杏还是可以的，这也是我们年年喜欢来这里的缘故。泉玉坡和熊虎岩之间是一条山谷，有一条小路通向谷底。我们沿路而下，小路左侧，不知是谁家别出心裁，用花椒树做了圈地的篱笆，黑褐色的枝条上已经抽出了浅浅的新芽。

往前看去，两面山坡和谷底有一团团白色花树，那一定是正在开花的梨树了，我们兴奋地奔花而去。

脚下的小路铺着一层去年留下的枯草，我们深一脚浅一脚地走着，忽听远处传来咕咕的鸟叫声。也不知这鸟儿叫什么名字，只记得麦收时节，在村子里也能听到。

这天籁之声啊，有多久没听到了？闭眼听了一会儿，真是奢侈的享受啊！

鸟叫声衬得山谷异常安静，四处望去，不见别人，只有我们两个在山谷间游走。

抬眼望南侧的泉玉坡，觉得这山的造型很有意思。一般北方的山顶都是光秃的，而泉玉坡的山顶不知何年月被植了松树。远看像戴了帽子，又像攀爬的驼队，近看又像极了挺拔的士兵。

山坡上是落了花的杏树，我们错过了它最美的时光。

坡坡坎坎，走走看看，终于来到梨树前。最先看到的是一棵独自开花的树，站在新犁过的、干净的土地上。此时，穿过山谷的阵阵微风拂过，一树梨花一会儿东摇西晃，一会儿频频点头，是在欢迎我这归乡的人吗？

比起成片的梨园，我更喜欢山坡上单株而立的它们。山是古老的，脚下的大地

麦田在歌唱

和天空是古老的,而这一树梨花也像是从远古而来的女子,着一身素雅,衣袂飘飘,让我想起那句"陌上花开,可缓缓归矣"。

梨花最易近处观赏,花型莹白淡雅,花瓣温润有质感,花开时自在舒展,纯粹而干净,发散着来自《诗经》的古老气息。

这一树树锦簇团花比起地上的小野花,实在是一场浩大的花汛了。繁花之上是阔大的天空,而繁花之下站着百感交集的我。那一刻,我心里也开满了花,忽然明白了什么叫作"治愈"。

就像不同口味的梨子,有酸有甜,品相不一。梨花也是一样。有的来不及等待叶子托衬,就这样自顾自地开了一树白花。蓝天下,大地干净,山风浩荡。而它并不寂寞,就像一树精神的大雪,洗濯着过往的灵魂。

我喜欢山坡与旷野中盛放的梨花,它们多么自由,只与春风呼应,与蜂蝶为伴,与偶尔的鸟鸣和合。为了这一刻,是不是你也等了我很多年?

这一树梨花,像极了老家院里的那棵老梨树,属于我童年的记忆。粗黑的枝干,开出的花儿却妩媚极了,摸上去润洁如玉的花瓣,顶着可爱的小红萼的花蕊,像娇贵的小公主,被翠绿的新叶捧着、簇拥着,散发着淡淡的清芬。

这里又一树别具风格的梨花,没有叶子托衬,以大地为底色,缀满了千朵万朵的小花,像极了小时候做棉袄的小花布,又或是画家手中的一幅油画。这位大自然画家就是与众不同,一波一波的暖风吹醒了虬枝,而后,雨墨油然,点点成画。这神来之笔,只赠予春天、大地和自由的山风。

走一程山路,赶一季梨花,很奢侈的享受,感恩这来之不易的一切。

活捉"小清新"

闺密七七出门赏景,看到一片片可爱的小野花,于是拍下来,发到微信朋友圈,留言说:"活捉"了一片小清新。

这个"活捉"用得可真妙啊,透着一股顽皮劲儿,一个活脱脱有点任性的小女孩,在一片小花前面耍怪、卖萌,那个小精灵的样子,好可爱呀!

小区石板路的石板下探出三朵白中透粉的喇叭花,不好,它们又被王七七"活捉"了。微信朋友圈留言里说:它们就趴在那里,好像埋伏着三个顽皮的小孩童托着下巴须,看小路上形象色色的脚步!

一阵风过来,小花们时而磕磕头,还相互碰碰脸,不时偷偷地笑两声……我也被调皮的七七传染了,开始到处"活捉"小清新、小可爱。

正是立夏时节,花汛已过,仿佛一夜之间,深深浅浅的新绿就占领了世界的角角落落。

回老家的路上,眼睛不住地锁定一个个小清新:清澈透亮的蓝空,说不出形状的云朵,绿树丛中一树淡紫的梧桐花,路两旁像士兵列阵一样笔直挺立的白杨树。杨树叶子最是好看,翠绿翠绿的,在阳光下闪闪发亮。一阵微风过来,叶子们摇头晃脑,像是羞涩地鼓了鼓掌。

快到家了,田野上新翻待种的土地是清新的,远处黛色山峦上一抹抹绿色是清新的。进了村子之后,我一再提醒老周:把车开慢点,我喜欢看农家院。勤劳的乡亲们把院子前仅有的一小块地也要围起矮矮的篱笆,在里面种上小葱、韭菜或者莴苣菜。这是乡村独有的风景,特别清新可爱。

麦田在歌唱

我们这一带的乡亲爱种花，许多人家的院墙上爬着一丛金藤花，老周非得叫它们双花。此时，还未到花期，一片墨绿，我开始脑补花开时的盛景：一簇簇黄的、白的花儿在清风里颤颤巍巍，香气袭人。

回到家里，见过老爸，就直奔了后院，我家的后院可是一片小清新的现场。院墙旁的柿子树，一片一片的浅绿色叶子，在阳光下闪着光，非常有质感，我称它为叶子家族中的贵族。

往上看，一片翠色从后院坝坎上延展出来，麻雀们在树丛中欢快地穿梭来去。我惊异地发现了一片雪白，原来是槐花开了！一串串柔嫩玲珑的花瓣如万绿丛中的一捧玉，让人心生喜悦。

一阵风过，槐花香甜的气息传了过来。五月槐花香，确是名副其实。我疑惑，是谁给植物们约定了花期？季节的指令是如此神秘而美好。

这让我怀念起中学时代教室前那棵大槐树。那时的我还是个迷茫而又充满向往的学生，槐花开了，高考的日子就要来了。往事如昨，历历在目。遗憾的是，这些景象都不存在了。

当我的目光从上转到下时，院子里的花草，再次惊艳了我的目光。不知从什么时候起，这个小院成了野花野草的王国。车前草、蒲公英、苦碟子、苦麻子、指根娘娘，甚至还有一丛黄连草，都可以在这个院子的任何地方生长，甚至在水泥小路的缝隙中，房檐、墙根下，门槛外侧，一不小心就进堂屋里了，老爸也不去管它们。

花草们自由得有点发疯，在小院里放肆地生长。因为院子里有一口小井的缘故，这些野花野草们长得格外葱郁，水是最大的清新啊，"活捉"小清新正当时。

院子里开得最野的花是苦菜花。这个不认生的小野植把哪里都当成自己的家，是野花家族中最具存在感的一种。春风一到，便倾尽全力，开成了大地的星光，到处闪亮。

特别喜欢白色的苦菜花，纯白的花瓣，浅黄的花蕊，美得清雅，清芬四溢，让人格外怜爱，就像一个散发着乳香的、秀气的小姑娘，总有让人抱抱嗅嗅的冲动。

葱茏的草色中，斜出一朵白色的小花，堪称一枝独秀，在春风中微微颤动。这朵小花极具吸睛的魅惑，仿佛听见花儿说：你看我啊，美不美？

每年，在小路边的坝坎石墙上，都会生出一蓬小黄花。我发在微信朋友圈里，很多朋友都很喜欢它，却叫不上名字。叶片好似菊花的叶子，黄色的小花像小蝴蝶一样轻盈活泼，花叶搭配得疏密得当，背景石墙的颜色和质感将它衬托得摇曳生姿，仿佛是大山里的一株野生花草，有一种说不出的美和诗意的味道。

我妈妈说它叫黄连，双黄连的黄连，不知什么时候，它到了我家院里，难道有什么使命吗？

水井边有两朵媲美的蒲公英花，点亮了小院，也惊艳了时光。

今年，挖蒲公英的时候发现：刚出芽的蒲公英，总是藏在陈年的草沫沫下面，就像躲猫猫的小孩。所以，我挖它的时候很矛盾，仿佛是毁坏了一个纯洁朴素的小生命，竟有一些罪恶感。可是蒲公英有很高的药用价值，它是有使命的，我是挖还是不挖呢？

我的手机照片里，有一片小花草。干净鲜润的草色上，探出几朵黄色或白色的小花，葱郁、蓬勃又雅致，像一首植物版的小诗，堪称顶级小清新。当然，我要用镜头"活捉"了它。

院子里还有大片的车前草，已经抽出细细长长的剑穗。

小时候，我们管车前草叫车轱辘缘，越是在轱辘碾压的路上，越是容易生长，所以，我们给它起的名字也算名副其实。车前草萌芽很早，一片片小叶片叠加着，十分可爱，是可以吃的野菜，味道很不错。

很早就知道车前草是一味药材，有退热消炎的作用。这让我看它时，又增加一份敬意。人与万物相连，天人合一。这些长在我们身边的草木，一定都是有使命的，他们一心地想为我们服务，而我们却总是盯着高大上的、所谓的高科技，是不是忘记了大道至简，有些舍本逐末了呢？

院里还有一种叫作香草的植物。不知香草的学名叫什么，它有非常浓郁的香气，"五月当午"的时候，我们就把这种香草装到奶奶缝的荷包里，又美又香。

人生苦短，在有限的时光里，那些盈门的喜事不过有限的几次。追寻清新的事物，偶尔享受清新的时光，是对美好生命的赞美。

在我看来，清新的"清"是清澈，"新"是初始，是新鲜，是生命的活力。到处"活捉"小清新的都是热爱生活的人，并非是心无杂事、一帆风顺之人，人生哪有全如意？

这个世界有太多的喧嚣，保持一颗纯净的心是多么难！这些可爱的小清新是上

麦田在歌唱

天送给我们的解药,有人看到了,有人看不到。

　　让我们做一个眼里有光,心里有美的温暖之人,就像这些清新的花草一样,向着太阳生长,不卑不亢,清澈生活。

初夏，美好的一天

今天，天晴得有些炫目。

早晨刚一睁眼，看到微信上老友发的照片，那湛蓝的天空、平静的湖水、清新的树木，都写着两个字：干净！

我的脑海里突然冒出一行字：这世界如此安宁而美好！

起床便是忙碌的早晨。

安顿好家里的一切，上班。

一路上，清风拂面，心情好，入眼的都是好风景。最喜欢路边的银杏树，不论是一叶团扇，还是层层叠叠挨挨挤挤的小叶子，都格外好看。银杏叶真是叶中的魁首。记得写过一首小诗：也曾青芽沐雨，也曾翠扇摇风……

我总是特意从云天广场走过，因为喜欢看广场公园里那些树木花草，它们是植物界里的帅哥美女，看起来总是特别养眼。

正是月季花疯开的季节，五颜六色的花朵，传递着热烈、芬芳的气息，就像青春恣意、热情奔放的女孩子，总是让我情不自禁地低首，拥住它们，轻轻地嗅。

池塘里的小荷已经支起了圆圆的叶片，那么的轻盈可爱。青芦也已泛绿，想象着夏天，翠色的芦苇菖蒲掩映着粉艳艳的荷花，正是"荻岸凌凌、滟水芳甸绕"。不觉有些陶醉，竟然发现自己在微笑。

下午上班的时候，又被天空迷住了。大朵大朵的云在静静的蓝空下缓缓地游移，在这样巨大而美丽的背景下，尘世的万物也被附着了光彩，就连赶路的人们也变得格外生动起来了。

麦田在歌唱

若是看云，当然是夏天的云最好看。夏天的云是有生命的，有时满天的鳞片云，却排布整齐，像是经了艺术家的手；有时又急速翻涌，你追我赶，那份妖娆，那份多姿，那份恣意洒脱，万千气象，总会激发起人们无限的想象。经常被雾霾困扰的我们，每每见到这样的天空就会惊喜不已。

下午，从图书馆出来，路过小桃林，突然发现了桃树上密密匝匝的小青桃，它们被叶子簇拥着，遮掩着，这何尝不是一种青葱的美好？

叶底含羞青桃小，绿影瞳瞳斜枝俏。

站在树林里，沐浴着清新的仿佛是绿色的风，真是舒服极了。

我想，其实最美的时光是初夏。

很喜欢初夏或者浅夏，而浅夏这个表达更具诗意。

春天是初萌的喜悦，是芽芽的惊喜，是花开得热烈，是繁花之上的繁花，既新鲜又热闹。

进入初夏，世界仿佛一下子安静下来。天蓝得安静，雨下得细柔，云轻轻地游走。大地上，花汛退潮，五彩缤纷的锦色消失了，所有的树木都生出了新鲜、清亮、柔嫩的叶子。

深深浅浅莹枝绿，远远近近淡淡云。

绿色的世界生机勃勃，也让人的心清凉安定。当然也有花开，但初夏的花朵，是叶子捧出来的，带着一种天然的娇羞和安然。而春天的花仿佛是在枝条上热烈地燃烧，有一种蓬勃的激情。

初夏，自带一种安闲的气质，就像一位安静恬淡的美女，静静地打量着世界，一抹微笑一个眼神都魅力无限。

初夏，没有仲夏的濡湿，没有秋天的萧瑟，安静却又生机勃勃。初夏，完美诠释了岁月静好。

蔷薇处处开

不经意间，初夏已至。

这是我最喜欢的时节。花汛已过，落红无声，世界悄然沉静下来。新叶初绽，满目莹翠，此时的叶子姿态万千，正是好看。蓝天莹澈，云朵妖娆，清风微醺，细雨轻柔。

和初秋相比，初夏是生生不息的成长，是充满希望的未来，不冷不热的日子让人惬意享受。

今天出门，惊喜地发现小区大门口那一丛蔷薇开了，远看像花瀑从墙头上垂挂下来，又像一群活泼可爱的小姑娘，趴在墙头上，看着来往的行人悄悄地笑呢。我赶紧拿了手机给它们拍照。镜头里的小花更好看了，俏皮的样子，让我怀疑它们是不是对着我的镜头一起喊了"茄子"？

想起去年写的一首名字叫《清平乐·初夏》的小词：满目翠微，正红瘦绿肥。拂面清风人独醉，青色舍我其谁。也有径深藏媚，庭前月季芳菲。遥遥一墙红影，原是最爱蔷薇。是不是有些味道呢？

忽然想起我们学校大学道校区东门外的蔷薇也该开花了，赶紧跑去看。整整一条街的墙面，全都挂满了蔷薇花，有的藤枝攀到高高的树上，又垂挂下来。乳白、浅粉和红色的小花开得如锦如瀑、如醉如痴、恣意奔放、尽情忘我，这就是所谓的荼蘼吧。

它们开得那么美，就像是一群深陷爱情的小姑娘，绽放着生命中最美的颜色，散发着爱的芬芳。

麦田在歌唱

我不知如何形容我的心情，此刻所有的文字放到这里都是苍白的。很喜欢我国四大名著里那些描写仙境或者宋唐时代山川村落自然风貌的段落。如果没有大街上往来的汽车，这场景真会把我带入遥远的古代，那些年深日久的院落和花墙，"奇花绽锦绣铺林"的古老村庄。

这道花墙的风景已经有十几年了，只是原来并没有这么打眼。时光匆匆，不知不觉间，蔷薇花们开得越来越好看。其实，刚刚种植的花草树木都不好看，它们站在陌生的大地上，有些手足无措的样子，愣愣的，总有些别扭，就像初建的校园，虽有生机但无韵味。只有经过了春夏秋冬，经过雨雪风霜的洗礼和时间的雕琢，才渐渐地与大地契合，磨砺出美的风韵和气质来，随着岁月的更迭越来越美。

我总觉得花丛下面的枯枝别有韵味，代表着年深日久，经过了时光的打磨，终于破茧成蝶，上面的花才格外有韵致，格外娇媚好看。

蔷薇是我最喜欢的盛开在初夏的花，不知哪位儒雅的先祖，为它取了"蔷薇"这么美好的名字。而"蔷"与"墙"似乎真有关联，花在墙上微微地开，让我想到那些古旧斑驳的墙头和栅栏上攀缠的绿藤和仿若绣上去的、精致的粉色小花，多美啊！

轻轻地抚摸这些花朵，温润的花瓣令我心底柔软安适。我怀疑每一朵蔷薇花都被花神赋了灵，是花也不是花了，那一刻，恍惚自己也变成了其中的一朵。

不知什么时候，我的脑海里总是呈现出这样的画面：一座大山，满坡的莹润翠色的青草，青草之上，各色野花摇曳生姿。我坐在花草中，披着山风，与花儿们一起摇曳，那一刻，蓝天上的云朵游弋，鸟儿咕咕啾啾给我唱歌。这样的景象时常在眼前闪现，却并没有看到真实的场景，所以它就成了我小小的梦想存于心中，期待着某一天实现。

或许眼前的蔷薇盛景就是对我的补偿，细嗅蔷薇的那一刻，有一种得偿所愿的喜悦和感伤，仿佛听到花们在说：来吧，拥抱我们吧，给你我的温柔和美丽。

我们与植物之间也是需要缘分的，就像这花瀑一样的蔷薇花，有人看见了，有人却视而不见。

在这极为难得的、极其短暂的、转瞬即逝的人生旅途中，我们应该珍视和享受身边的一切美好。

其实，大自然从来没有亏待我们，清风明月，蓝天阔野，无数的花朵，人类是多么幸运啊！我甚至有一种奇妙的想法：花也是有灵性的，当我们温柔地看向花的时候，花蕊会吸了我们的烦恼，顺着枝叶、茎干返回大地，让博大宽容的土地消融化解一切。

此刻正是午后，大街上寂静迷离，偶有车辆飞驰而过。高大的行道树给人行道投下浓荫，也遮住了这一排巨大的花墙。这么美的景观竟然很少有人前来"打卡"，只有偶尔路过的三两人，还有一个在花前逡巡流连、胡思乱想的我。

去年的此时，正是毕业季，来来往往的学生，在这花墙下欢声笑语、踏花而行，学生们把花墙当作最美的背景，留下大学生活的回忆，留下人生最美的印记。

想念校园里可爱的学子，那些蓬勃欢畅的青春，那些轻舞飞扬的笑脸。蔷薇蔷薇处处开，青春青春处处在……耳畔歌声响起，往事如烟，生命的禅悟，年轻的美好，尽在花开之中。

蔷薇蔷薇处处开，青春青春处处在……这一场盛大的花事，装点着初夏的光阴，也见证了人世沧桑，让我喜悦又悲伤。

麦田在歌唱

回不去的小院

从家乡出来的越久，越是怀念家乡的一切。

小时候，饿是常态，放学回到家的第一句话常常是：妈，我饿了。若是上午半晌的时候，掀开锅盖，常常有一碗早晨剩的渣子粥放在大锅底上，吃起来还是温热的。如果赶上晌午，我妈说，等会吧，马上就熟，或者说，帮着拉拉风箱吧，饭马上就熟了。

妈妈忙忙碌碌地做饭，一口大锅，饭筛子底下常常是炖的豆角，冬天是炖酸菜，饭筛子上面蒸上白薯，锅边是贴饼子。

那时候做饭很愁人，粮食少，菜也少，我常常从姥姥家拿些菜回家。春夏的时候，也去地里挖些野菜，这是我爱干的活。

那时的日子苦也不苦，大家都一样。现在回想起来，日子就像过了滤镜，只记得那些好的了。

如果是夏天，晚饭通常在院子里吃。院子里清凉，我种的草茉莉在窗根下开着五颜六色的花，晚风习习，香气一缕一缕地飘过来，真好啊！

那时候，我爱种花，除了草茉莉，还有大大熟（蜀葵）、猪毛子花、秀秀花、江西腊、指甲花、鸡冠子花。

种花是很有意思的事情，从一粒粒丑丑的种子，看着它们一点点破土，长出幼芽，慢慢展叶，生长到开花，是一个很神奇的过程。我也在一年年种花的过程中，从小孩长成了大人。

夏天的晚上，奶奶通常拿个大蒲扇在院子里乘凉，我们会缠着奶奶教我们认三星，说笑话（讲故事），牛郎和织女的故事在奶奶口中反复上演，我们百听不厌。

记忆中，奶奶还教会我二十四节气歌：春雨惊春清谷天，夏满芒夏暑相连，秋处露秋寒霜降，冬雪雪冬小大寒。还有用手节算年龄，从无名指指根往左数：子鼠丑牛，寅虎卯兔……

到现在，我还保留着这个技能，只要告诉我属相，我就能精准的算出他(她)的年龄。

院子里定是会种些菜的，用秸秆架了篱笆，篱笆上爬着豆角、葫芦、黄瓜之类的藤蔓，开着紫的、明黄的、白色的花。月光下、微风中，花儿摇曳，热热闹闹的。

记忆中，院子里种的倭瓜总是爬满了院墙和房顶。早晨，肥大墨绿的叶子在晨风中微微颤动，水灵灵的，大朵大朵的倭瓜花金灿灿的，有些羞怯，发散着别样的、喜悦的气息。

肥大的叶子下面，常常藏着嫩绿可爱的小倭瓜。找倭瓜，摘倭瓜，也是我爱干的活儿。

那时候，家家院子里差不多都有一棵柿子树，是乡村农家院的标配。春天一树嫩翠叶子，亮晶晶的，非常有质感。

那时候，吃的东西少，不到秋天的时候，就盼着早熟的柿子落下来，我们叫柿熟。到了秋天，叶子红了，落了，留下一枚枚圆溜溜的柿子，像火红的小灯笼，是我们吃得着的美味。冬天，把柿子放到缸里，冻得硬邦邦的，想吃的时候，把柿子放到一碗凉水里，把冰缓出来，就可以吃了，太甜了，那时候真是不怕凉啊！

秋天的小院里热热闹闹，屋檐下、房顶上堆满了红薯、玉米、高粱和谷子等各种粮食。秋天的活儿多，搓玉米粒，切白薯片，摔高粱穗，碾谷子，院子里满是粮食的味道。记得有一次，我趁奶奶不注意，偷偷地用掩刀切白薯片，结果把自己的手指肚切了一块，吓得奶奶赶紧拉着我去找村里的赤脚医生。还好，包扎之后，长好了，到现在还有明显的痕迹。

小时候的冬天，经常下大雪。大雪封门的时候也是有的，我们常常推着铁锹去上学。家里也要忙着扫雪，院子里，房顶上是扫雪的主战场，我们边玩边扫，打雪仗，堆雪人，冻得小脸红红的，却并不觉得辛苦。冬天的早上，家里的玻璃窗户上会看到窗花，外边越冷，窗花越好看，像大山、像树叶、像一簇簇花；手指头放在嘴边呵一下，还可以在上边写字、涂鸦，好玩极了。

家乡的小院，留下了太多的温暖记忆，一家人相扶相守，我们这些孩子在小院

麦田在歌唱

里快乐地长大。往事如烟,乡愁绵绵,那个小院留在了我的记忆深处,时时涌上心头。

回不去的小院,回不去的童年。

一首小诗从心中流淌而来:

    星光寂静
    夜色安然
    好梦翩翩
    带我回到童年

    月光洗净尘烟
    葫芦花开如梦
    奶奶故事神仙

    青瓦篱笆炊烟
    温暖相守一家人
    最爱妈妈欢颜

    鸡鸭鹅狗安闲
    一树柿子灯笼
    红红火火一年

    夜色安然
    倏然醒来
    泪挂腮边

    回不去的童年
    浓浓的乡愁
    深深地怀念

陌上随想

7月，乘着假日的和风，又一次回到乡村，又一次融身自然。

独自来到村外，已是夕阳西下。

遥望四周，广袤的华北大平原阡陌纵横，绿色的、红色的、黄色的，无不炫耀着生命的华彩。拔节的、花开的，都在热烈地吟唱着生命的礼赞。

辛劳的农民仍在灌溉，巨大的地下清流拔地而出，沿着沟渠汨汨流向田野。

忍不住走到水边，撩起清凉的泉水，想起小时候在清泉边濯衣洗菜的场景，那份清新和鲜活是城里长大的人不能想象的。

静默间，忽听有喜鹊的叫声，抬眼望去，竟见几十只喜鹊在不远处的田野上翩翩起舞。

这绝美的景色啊，我看呆了，这些华北大平原上骄傲的歌者、舞者、可爱的精灵们，让我怎么爱你们！

喜鹊们的联欢结束了，飞回到路边的电线上，站成静静的五线谱，田野又归于沉寂。

索性坐在田埂上，静静地看田野上欢快舞动着的、白色的蝴蝶们，我叫它们舞动的花朵，虽比不上大理的蝴蝶娇艳，却依旧是这里最美的花中仙子。

仿佛又看到了童年的自己，女孩站在开满野花的阡陌中、田野上，欢快地追逐着蝴蝶。

偶尔，微风拂动着她的发丝、衣衫，头上沾满梨花的香雪花瓣。

恍然中，女孩已变成现在陌上独坐的女子，望着田野上寂然开放的野花，心中的感慨油然而生：陌上的野花啊，你是和这个陌上的女子一样，有一颗敏感而易碎的

麦田在歌唱

心吗？一样的外表安闲而内心热烈吗？还是外表热烈而内心娴静？

想起了安意如那本新作《陌上花开缓缓归》，书还未看，却被书的名字惊出一片绯红。好美的意境啊，仿佛看见素雅的女子，衣袂翩翩，踏花而来，花香沾衣……

这是哪部电影的唯美画面呢？正值夕阳西下，日缓缓地落，花缓缓地开，美人缓缓翩翩来。

晚霞迷离的天光中，陌上女子沉醉在这雅致的浪漫中，这妩媚动人的陌上花啊，是在等待接她的青辇吗？

雨

下雨了！

细密的雨丝打在翠绿的叶子上，滴在娇艳的花瓣上，落在清澈的河水里，也润在我的心田里。哦，雨。

在山水田园中长大的孩子，对自然的风雨雷电往往更加敏感、亲近和喜欢。这既是大自然的恩赐，也是人生中一笔隐性的、巨大的财富。

于我而言，每天生活在都市的喧嚣中，现实的压力往往让我觉得疲累和烦躁，每当这个时候，都会让自己静下来，想想儿时在乡村里度过的时光，想想那山那水，那和风细雨、草色花香，心里便会鲜润起来。是的，我喜欢雨，喜欢看雨，听雨，赏雨，更喜欢雨后的世界。

城里看不到到真正的雨。我喜欢站在廊檐下，看雨落在果蔬丰盈的小院里，看雨珠在叶子上、花朵上滚来滚去，那种似乎流着泪地颤动，让我联想到一种叫作深情的意绪在心里翻腾。

任何时候的雨在我的眼里都是诗意的。如果说春雨是一首抒情的小诗，夏雨就是一首激情澎湃的格律诗，那秋雨呢，或许是一首浪漫的散文诗。虽然风格不同，喜欢却是深深的、深深的。

在寒冷干燥的冬天，尤其渴盼一场春雨的到来。是的，我尤其喜欢春雨，春雨是好雨，是喜雨，有谁不曾读过"随风潜入夜，润物细无声"呢？

绵绵的丝雨轻轻地飘洒，润泽着娇艳的花、青黛的山、新绿的草、葱郁的树、欢畅的溪。

麦田在歌唱

春雨中,我们徜徉在小河边,看"细雨鱼儿出,微风燕子斜"的美景;漫步田野山冈,嗅着春泥的气息,看青草芊芊,柳萌新芽,看桃花粉艳艳的娇羞,看香雪般的梨花在春风中如蝴蝶般飞舞;看春雨过后,一个清新美好的世界。

行走在雨中的校园,雨落处,伞花绽放,小伞下或许正在演绎着朦胧的爱情。

雨如丝,绵绵密密入心田,挥不尽万千柔情,那是青葱岁月的雨,渺渺蒙蒙,柳烟如梦。

我亦喜欢夏天的雨,夏天的雨酣畅淋漓、充满激情。它伴着风,和着雷电,若是郁闷不开心,你的眼泪可以和夏天的雨一起宣泄、痛快淋漓地流淌,流淌。

夏天,雨后的世界格外清爽宜人。风是凉爽的风,带着花草的香气;天是洗净后的湛蓝,大朵大朵的白云在蓝天下悠闲地舒卷着,而雨后的大地繁茂葳蕤,生机勃勃。

最让人惊喜的是雨后的彩虹。记得有一年的初夏,我们去密云的桃园仙谷游玩,回来时下起了雨,幸好我们在车上。走着走着,忽然发现车窗外有彩虹出现,洁净的蓝天下,四道巨大的彩虹交织在翠绿的山坡上像一个七彩斑斓的世界,如梦似幻。那是让人震撼的奇观,我从未见过的美景。

秋雨是一首缠绵而又浪漫的散文诗。在我的记忆中并非如诗人写的那般忧郁。初秋的雨是彩色的雨,落下来和大地一般的颜色,像玉米黄,像高粱红,像谷子金……中秋的雨则带着成熟的庄稼的气息。小时候生产队都有收晒粮食的场院,场院的窝棚里弥漫着烤玉米的香气,越是雨中,那烧玉米的香气越浓,对我来说,那就是秋雨的味道;晚秋的雨则是带着怀旧情绪的,宛若深情的女子在轻轻诉说那曾经的美好时光。

雨,是自然界的主角,它让万物滋润,河水丰盈;雨,是人类的挚友,它让诗人迷醉,雨露花香;雨,被赋予喜悦的情怀、思念的惆怅……

让我们与风雨相约,一起走过人生的季节,风雨过后,定是一个美丽的新世界。

捡蘑菇

一直有个梦想，梦想不是很大，或者说想法吧：夏天，再去老家的松山里捡一次蘑菇。想想就激动，已经很多很多年没捡过了。小时候在老家的时候，几乎每年至少要到松山里疯一次，体验捡拾的快乐，当然还有为家里过年准备一道大菜的使命感。

记得最后一次捡蘑菇是高考之后，我和同村的小明同学一起去山里游玩。走到松山的时候，意外地发现松林里有许多蘑菇，竟然没人捡！我俩像闯入金山的财主，快乐得发疯。因为没有准备，没带篮子，我们就拔了几根长长的茅草，把蘑菇串起来。最后，尽兴的我们提着意想不到的蘑菇回家了。

捡蘑菇一般是在7月下旬，雨水最丰足的时候。这时节，总有那么几天连续下雨，雨时大时小，或停一阵再下，老人管这样的天叫连阴雨。连阴雨过后，太阳出来了，大人们说，现在松林里潮湿闷热，肯定长蘑菇了，快去捡吧。每到这时候，我的心都会飞起来了，赶紧招呼二姑家的文霞或者东院五姑家的老闺女丫头，直奔村子东边的松山而去。

我们拎着小篮子，踩着积水的山路一路走一路玩耍。这时的村庄、田野、山峦无一处不美。雨后的天空大地鲜润清亮，花草、树木和庄稼被雨水洗得干干净净，庄稼地里的垄沟变成了一条条小河沟，缓缓地往外淌水。

玉米叶子鲜亮亮的，一阵风吹过来，长长的玉米叶子，仿佛一排排甩着水袖的小姑娘，你碰我我碰你，在水润润的天地中，快乐地生长着，好像能听见它们的拔节声。白薯秧交织缠绕，铺成一片翠色的地毯。空气里弥漫着浓浓的雨腥味和繁殖生

麦田在歌唱

长的气息，运气好的话还能看到天边的彩虹，让我们欢呼雀跃。

我们沿着山路上山，因为雨后不久，小路边的低洼处还有山水缓缓而下，我们边走边淌水玩。山水不凉，各色山石被雨水冲刷得格外好看，心情也是水灵灵的。

爬到山顶，举目四望，远黛如墨，近山叠翠，满目葱茏。大核桃树的叶子被雨水洗得亮亮的，串串小水珠在叶子上轻轻地滚动，稠密清香的叶子里早已藏了好多青核桃；早熟的沙果和一些品种的梨或苹果已经可以吃了，湿润的空气里弥漫着核桃叶子和果子混合的香气。

我先爬上一座山叫芦子岭，这座山不高，沿着山顶往东走，再一座突起的山峰才是松山，那片墨绿色的松林越来越近了。

记得好像这座山原来不叫松山，我问过我老爸，他说是 20 世纪 60 年代，村里人靠着肩挑手刨，在这里植下一棵棵松树，逐渐长成了一山松树林。冬天的时候，别的山都是光秃秃的，唯独这里一年四季，墨绿似染，生生地写下了"生命"两个大字。

我很奇怪，这里的山很多，为什么单单这里松林成势了呢？是因为水吗？松山脚下的峡谷叫大水洼，从这个名字就可以想象，这儿曾经多么水润丰盈。我想一定是这里水汽氤氲，润泽了这里的大山，大山又回馈了我们一片苍郁的青林。

这片松林里，冬天掉落得满地松枝是最好烧的柴火，没有比它再好用的了；夏天，松林里的蘑菇是最美味的山珍，松林把它最美好的一部分恩赐给这片土地上的人们，自然的花草树木也是懂得感恩的。

松山到了，阵阵松涛，松香袭人。小伙伴们很快隐入松林之中，开始找蘑菇、捡蘑菇了。在山里找蘑菇是最好玩的，但是捡蘑菇并不是一件容易的事。蘑菇们可狡猾了，很少能一眼看到，都是藏在乱草丛里，要细心地拨开草丛，寻寻觅觅，才能偶尔发现。不过，蘑菇是喜欢群居的植物，一发现就是几个，让人格外惊喜。

松山里的蘑菇有两种，一种叫肉蘑，一种叫松蘑。肉蘑的颜色真的是肉红色，偏褐色，伞面小，蘑菇腿比较粗大些；松蘑的伞面大，蘑菇腿比较细，颜色是典型的面包色。松蘑味道极其浓郁，是松树林里独有的味道，让人一辈子也忘不了。肉蘑比松蘑要少一些，更显得金贵。

小伙伴们虽然分头捡蘑菇，但是在松林里用声音彼此呼应，分享着各自的喜悦。愉快的声音随着山风传遍整个松林！这哪里是捡的蘑菇，分明是捡惊喜！

有一次，我们从松树林里钻出来，看到一个小伙伴捡了整整一小篮子蘑菇，他还把蘑菇码成一个半圆形大面包的样子，真是别出心裁，我们开心地簇拥着"大面包"回家了。

现在想来，大凡"找"的活儿我都喜欢。除了捡蘑菇，去地里挖野菜，挖野药材，漫山遍野地跑啊找啊，找到了，那一刻的喜悦仿佛是听到了阿里巴巴的开门声。喜欢探索，大概是人的天性。

在家里，摘豆角，摘倭瓜，摘黄瓜，都得翻着叶子找来找去。最喜欢到黄瓜架下搜索黄瓜，摸到顶花带刺的黄瓜，摘下来，抹抹黄瓜刺，随口就吃了，闭上眼仿佛还能闻到黄瓜的清香味呢。

捡鸡蛋也挺好玩。夏日慵懒的午后，如果听见母鸡那高傲的叫声，我会一下子精神起来，赶忙去鸡窝里捡鸡蛋，有时候竟然会扑空。我妈说，准是丢蛋了，不一定在哪里藏着呢，赶紧找吧。我从柴火棚翻到院里的麦秸垛，找啊找啊，忽然发现一个白白的鸡蛋就在那里，赶紧把鸡蛋抓起来，还是热乎的呢，激动得小心脏快飞出来了。

还是说回捡蘑菇。捡蘑菇不容易，到家晒蘑菇、保存蘑菇也不容易呢。夏天雨水多，正在晾晒的蘑菇，可能突然遭遇一场雨，来不及收起来的蘑菇就完了，即使不淋雨，保存不好也会长虫子，吃点山珍不容易。过年时，我最爱吃的一道菜就是白菜蘑菇炒肉片，那是大山的味道，松林的味道。

回忆儿时的美好时光，那些与山水相伴的日子，带着深深的感恩。感恩大自然的馈赠与教化，给了我一颗柔软而永不枯竭的灵魂。

越来越觉得，我们这一代人虽然经受了物质的匮乏，却在山间田野的草色花香中接受了自然教育，心灵的丰富孕育了精神的富饶。

当然现在的孩子有他们的优势，对现代科技的领悟力让我们这些前浪自叹弗如。可是，我又多么希望孩子们亲近自然，向植物学习，向农耕学习！感悟自然和生命的力量与密码，与之产生共振共鸣，是一种发自内心的喜悦与丰盛的人生体验，是一个人最可宝贵的精神财富。

大自然是人类的导师。我想，对自然的敏感也可辐射到现实人生，热爱自然的孩子更容易产生悲悯和热爱的情怀，这将是一门受益终身的大课。

麦田在歌唱

带孩子们去山川田野，去见识万物生长吧。"我见青山多妩媚，料青山见我应如是"，懂得之人是多么幸福。

月亮花·葫芦梦

  小时候，家里每年都在院子里种些葫芦，不在乎收多少，仿佛成了习惯。而我，不但喜欢各种造型的葫芦，而且极爱那葫芦花。夏天的夜晚，月亮升起来了，似乎是同一时间，葫芦花也开了。

  我们坐在院子里的大石台上，尽情享受着夏夜的清凉，听大人们高一声低一声地说着家事、农事，而我的魂儿却早已被月儿衔走。望着银华四射的月亮，望着轻轻浅浅的葫芦花，不知不觉竟把它们连在一起。

  那白白的像月亮的颜色，浅浅的，是月亮的笑纹，轻轻地，是月亮的叹息，就连那既不香也不甜，说不清道不明的葫芦花味，也疑心是月亮味。看着在夜风中轻轻颤颤、微微摇曳的葫芦花，总想象是月华溅起来的月亮花。这清白的花，浮着清爽，透着神秘，也带给我个小女孩无尽的遐想。

  月亮收回了它的花儿，却并没有让我失望，送给我的新礼物是各种各样的葫芦。有憨圆的大肚子葫芦，有修长如玉璧的长柄葫芦，有呈八字形的亚葫芦。这亚葫芦是我最喜欢的，仿佛它天然地带有仙的灵气。

  每当在月光下，凝神观望它们时，那一个个玲珑的小东西仿佛脱形而出，变成了光头小孩，在微风中点头晃脑，悠悠地荡着秋千，抑或是你碰我、我碰你地互致问候。那样子总是让我联想到爸爸讲的《西游记》中，万寿山五庄观那3000年开花，3000年结果，3000年才成熟的极金贵的人参果。

  又常常想：那葫芦里装的是嫦娥的仙药吗？我吃了会怎么样？我也会从窗口飞出去，掠过树梢和飞鸟，飘到云彩上，让云彩把我带到月亮里去吗？每每想到此，

麦田在歌唱

我就紧张地按住葫芦嘴，一副又想又怕的样子，也因此而做过一些神神怪怪的梦。

收获的时节，是我最快乐的时候。

如果说大肚子葫芦、长柄葫芦是用来装杂物或舀水之用，那亚葫芦就是纯粹给我们小孩子玩的。我仿佛记得在哪里见过染上花花绿绿油彩的葫芦，或者描上猫眼狗眼，就变成了猫葫芦、狗葫芦了，然后将它们挂在墙上，就是极好看、极乡情的装饰品。

爱幻想的我，常常想象将其中的一个葫芦，腰间系一根彩带，背将起来，做仙人状，那样子一定非常可笑。我也时常在这些彩葫芦中摸来挑去，希望能发现其中的一个不凡。那是一个要什么有什么的宝葫芦！若是真得了一个宝葫芦，那么小女孩的我，也不敢许太多的愿，只想能从中抽出一条花裙子，或一把骨头子就满足了。

你也许想象不到，那个时代，花裙子是电影里城市女孩子穿的，好看极了。我要是穿上，一定也能随风翩翩，像个小仙女。

然而，妈妈不会有钱给我买，或者说即使有钱买，我这个农村的小女孩也没资格穿，人家会笑话的。现在想想，竟找不出特别的原因，仿佛就是因为别人没穿，所以我也不能穿。

那骨头子呢，就是猪后爪或羊后爪上的两块特殊骨头，中间凹，四个凸起的棱角。女孩子们拿它做各种各样的手玩游戏，谁拥有得多，在决定游戏规则时，就有绝对的权威，一副"天下舍我其谁"的样子，神气极了。

好像每个女孩子都有几颗属于自己的骨头子，被染上各种颜色做记号，大家一起玩的时候，拿出自己的一起玩，游戏结束，再认领自己的回家。

我的骨头子很少，因而从未尝过决策者的滋味。有时候真希望摔一个跟头，爬起来的时候会出现意想不到的奇迹：脚下突然冒出几个骨头子来，作为对我的补偿。然而，跟头是摔了，奇迹却没有发生。无奈把希望寄托在葫芦上，既然葫芦很神秘，既然仙人们总爱背个葫芦，既然太上老君用它装仙丹，谁敢保证就倒不出几颗骨头子呢？

在一个朦胧的夜晚，我真的找到了一个宝葫芦，从里面倒出一颗颗宝石般光华灿烂的骨头子了，我兴奋得大叫："我也有了！"妈妈却急急地把我推醒，问道："怎么了孩子？"

唉，一个好美的葫芦梦就这样破灭了。

小葫芦，那灵动的小葫芦，寄托了我多少童年的梦想。

生活这东西真怪，越是没有的、不易得到的东西，就越会赋予它许多神奇的想象，而想象的有时比真实的更美丽，太多的满足反而会迷蒙了幻想的天空。现在城里的孩子，还有我那种幻想和渴望吗？任何事物都有它的反面啊！

热爱草木

一直问自己,为什么喜欢《诗经》?

除去瑚瑚上口,优美典雅的诗句,我更被诗中所描绘的百草所魅惑。子曰读《诗经》可多识于鸟兽草木之名。

从小在山川、田野里泡大的孩子,心灵也是温软的、鲜活的,或染上了花香,对花草树木有着深切的热爱。

《诗经》中那些歌咏草木的诗句深深地打动了我。

"蒹葭苍苍,白露为霜。所谓伊人,在水一方。"

因了这《诗经》里的佳句,我再看芦花时,它已被赋予诗的雅韵,不再是单纯的植物。芦花,自从你出离尘世／便注定是水岸的风景／在水一方的你／日夜吟诵蒹葭苍苍……

特别喜欢看古老的卷页中那些手绘的花草,那自然的草木香气中亦深藏着遥远的古墨之香。

小时候,在姥姥家看过《十万个为什么》中的植物卷,从此,对草木瞪大了好奇的眼睛。平时,和小伙伴们在山上玩耍的时候,看到某种长相奇特的植物时,便怀疑它的下面是否有某种宝贵的矿藏。

好像也在装鞋样子的笸箩里看过残破的《本草纲目》,书中那些草药的插图让我痴迷,如果能将药草与我见过的花花草草对上号,那份欣喜无以言表,对那些能成为药材的植物更是深怀敬意。

在那个特别的年代,学生们被要求学工学农,班上的孩子被分成各种学习班。

我自告奋勇报名到医务班，跟着村里的医生认药材、挖药材。柴胡、红根、半夏、地黄……想想，这些生长在身边的草木竟然身怀重大使命，那样的神秘，让我深深地沉迷其中。

我热爱草木。每年春天，不论多忙，都要借一天时光到田野里踏青，放飞自己。看着萌出的新芽，看那些还未耕种的沃野里，肥嫩的野菜在阳光下静静地生长，看荠菜、蒲公英、车前草在初春的艳阳下，如新生的婴儿般纯净可爱，心中便会生出巨大的喜悦。

去田野踏青，一定要挖些野菜回来，吃一顿翠绿的荠菜馅饺子，用二月新酱蘸鲜嫩的蒲公英或苦菜吃，是春日里最大的享受。

有很多能够食用的野菜，同时具有药用价值。蒲公英是春天里风一样的女孩，它不仅长得美，还兼具抗癌、消炎的巨大功能，对乳腺炎有特别好的疗效，令人震惊，真是不能小看了它。我家房前屋后的车前草竟也有太多的药用价值。

还记得小时候，拔草时，如果手被割破了，小伙伴们都帮忙寻找一种草，这种草完全匍匐在地，茎叶呈红颜色，将它折断，会冒出雪白的汁液，将汁液涂在受伤的地方，会帮助愈合伤口。这些看起来不起眼的草木，却默默地守护着人类，启示我们大道至简的哲理。

每年春天都会借着回乡看老爸的机会，去家乡的山坡上跑跑，看那些在风中盛开的杏花、桃花、梨花、苹果花……

每一朵花都向我们宣示着春天的美好。桃之夭夭，灼灼其华；杨柳依依，雨雪霏霏。看花的人，怎能不笑呢？

夏日，深陷绿色的海洋，最喜欢雨后天晴的鲜润洁净与生机勃勃；秋天，看万树红黄生辉，感叹着之后的落叶凋零与时光易逝。

植物，是我们的另一个生命，映照着人类的生活。没有植物的世界，诗人去哪里寻找诗意？月下有柳，才有月上柳梢头；水中有荷，才有荷塘月色。没有植物，人类更无法生存。

站在植物面前，人类往往超具优越感，摆出万物之首的架势。其实，我们远未读懂草木。草木本无意，荣枯自有时。那些看似单纯的植物，却知时节，藏天机，对人类有着巨大的恩泽，有着救命之恩甚至是精神的救赎。

麦田在歌唱

　　草木给我们提供食物，草药让我们悦目的风景。其实，我们何尝不是一棵植物啊？人们常说：人生一世，草木一秋。歌唱草木的诗歌，来自草木灵感的绘画，时时滋养着我们的灵魂。李白的那首《紫藤树》何其美妙。"紫藤挂云木，花蔓宜阳春，密叶隐歌鸟，香风留美人。"

　　《诗经》里有"呦呦鹿鸣，食野之苹；呦呦鹿鸣，食野之蒿；呦呦鹿鸣，食野之芩"。我曾经特别好奇，这苹、蒿、芩到底是什么植物？当有一天科学家屠呦呦获得诺贝尔奖的消息炸裂开来，这奖竟然与"蒿"有关，可见草木与人类关系之玄妙。一种普通的野草，却深藏内敛的精华，于我们的生命息息相关。

　　相较于人类规划种植的植物，我更喜欢那些野花野草，它们自带天颜，或河畔或山坡，不受人类的束缚，只与阳光有关，与大地有关。它们春风化雨，自由奔放。它们生长在未知的世界，赋予我们探索的乐趣和发现的惊喜。

　　草木无言，静静生长。请放下孤傲，靠近草木、热爱草木吧，深切感受草木带给我们心灵的润泽和发现的灵感。如果自认为你的人生不够鲜活，不够生动，那么，请靠近草木，大自然将赐予你灵智与力量！

云妖娆

一夜惊心动魄的大雨。早晨，预料中的清新润泽的好天气如约而至。很快，蓝天白云就刷爆了微信朋友圈。

有趣的是人们玩了很多假装：假装去草原，假装去西藏，假装去旅游……

已经约定好出去旅行的人们特别幸运，不能出游的人们也坐不住了，纷纷走出家门，去公园、去河边、去敞亮的地方，去和他们心目中最美的蓝天白云约会了。

我从小就特别喜欢看云。夏天的云朵是最美的！小时候，二爷爷家的院子里有一块大大的青石板桌，夏天，我们小孩子都爱躺在青石桌上看天、看云。你要知道，躺着看天和站着看天的感觉是不一样的。躺着看云飘来飘去，仿佛自己的身体也跟着云飘起来，幻想着也能像仙女一样飞到天上。而雨后洁净如洗的天空上，大朵大朵优哉的白云是多么让人心生喜悦啊，不用说早晚绚丽的云霞，那就更美了。

我很喜欢一个词叫作"云水流烟"，最能形象地表达雨后的云那种游动的、变幻的形态。在广袤的天空上，自由自在地玩着各种造型：扯着纱巾疯跑的丫头，把大块大块的棉花堆满天空的淘气孩子，那边移过来一群羊……

飞机上看云别有趣味。飞机在云层上飞，仿佛静止不动，飞机下面层层叠叠的云急速地飘来移去，忽地大块大块积雪似的云从容而妖娆地从窗口飞过，如果赶上落霞时分，看太阳在殷红的烟霞中徐徐缓缓，那是何等壮丽而美好！

云朵也是有情绪和脾气的。当它伤心的时候，会变成铅灰色。如果再难过一点，吼几声，眼泪就会下来了。

我与云雾缥缈的山峰十分有缘分。非常幸运，有几次在观景的时候遇到云开雾

麦田在歌唱

散的仙境画面。

去长白山观天池的时候，导游说天池可不是容易看见的，与福气和运气有关，有很多人来好多次，都看不到天池呢。我们去的那天心中忐忑，唯恐千里万里地来了，看不到美丽的天池，当我们走近天池的时候，忽然漫天的云雾缓缓退去，天池露出了它神秘而又美丽的仙颜。我们欢呼跳跃，大声呼喊，做着各种各样庆祝的动作，开心极了。

在江西三清山，我们邂逅了无与伦比的仙境。据说头一天下了一天的大雨，第二天我们爬山的时候，云遮雾罩，到处影影绰绰，只能看到隐隐的松。当我们走到半山腰栈道的时候，突然一道光打在高高的石柱上。那景象奇异极了，然后又迅速合上了。我们想，能看到这一道光就不算白来了。

毕竟还是不甘心，一边走一边喊："开开吧！"喧嚷之中，突然一幅天地大幕拉开了，眼前渐渐出现了湛蓝的天空，蓝空上还飘着洁白的、飘逸的云，飘飘忽忽的白云下边，有山峰在云海中上下浮动，仿佛置身仙境。我们都疯了，忘情地呼喊着："太美了，太美了！"这是可遇不可求的，那情景让我们难以忘怀。

最近一次与云仙相遇是在张北怀来的云中草原。那一次像极了在三清山的境遇。我们坐缆车到云中草原的时候，一路大雾弥漫，什么都看不见，等下了缆车，沿着草原的栈道，慢慢走到山巅的时候，雾突然散了，四周的山从白亮亮的云海中浮现出来，仿佛上演了天地环形大幕电影。

那一年，我们去青海湖，一路上时阴时雨，汽车在草原上一路向青海湖奔去，路两边草原的尽处是连绵的山峦，山顶上是云的世界，而这个云是极有气势的，仿佛汹汹而来，又似万马奔腾，别是一番壮观景象。

遗憾的是我一直没有遇到"蓝蓝的天上白云飘，白云下面马儿跑"的草原美景。留白也是一种美吧，让我在想象中更加期待，也许今天雨后的云算是给我的一点补偿吧。

看云是一种生活态度，也是一种人生境界！

繁花之上青萍末

我住的这座城市有一座广场，最初叫云天广场，可能与广州某设计院有关，后来改叫会展广场，是由于其坐落于会展中心北边的缘故。这个广场实际上相当于街心公园，一年四季风花雪月、草长莺飞，煞是迷人。

我大学毕业初到这座城市的时候，这里还是一片荒地，乱石嶙峋，杂草丛生。春天的时候，也有大人带着孩子来这里放风筝，因为这里开阔。

大约2001年前后，这里开始建广场，因为我家就在附近，因此很是期待，不知它最终会变成什么样子。

后来这里一点一点地变化，中间是一个圆形的大广场，周边是青石路或用青石分割的草坪，草坪上植有柳树、银杏树、玉兰、槐树，还有来自南方的花草树木。广场的西面一个圆形小湖，湖水通过一条水渠横贯南北。当然还有花坛、游乐场、停车场。北面还有一座美丽的小山包。

这座广场建成后，深受周边百姓欢迎。一年四季总有人在这里流连、驻足，享受它带来的愉悦。

我也特别喜爱它，因为离我家很近，晚饭后来这里散步是一种享受。上班时，特意从这里经过，欣赏它一年四季的美景，感受这里悠闲和喜乐的氛围。

这实在是一座颜值很高的广场。春天，草地就像画家手下缓慢地运笔，一日青似一日。柳条变软了，芽孢鼓胀了，鹅黄色的柳芽探出头来了，一树新绿在和煦的春风中摇曳起来了。我常常在柳树下驻足，看它倒映在湖水中的倩影；轻抚枝条，翻飞的柳条搅动我心湖的涟漪，那是春天的喜悦与期待。

麦田在歌唱

夏天，北面的湖水开始唱主角啦。最初的湖呈葫芦形，一个小湖连着一个大湖。小湖是一池荷，每到 6 月，翠叶上挺着白色的荷花，清润典雅。

春天，清亮亮的浅水中，钻出可爱的青芽。夏天是它最繁盛的季节，青青的芦苇丛中，或有几朵粉荷俏丽绽放，煞是好看。夏日的夜晚，坐在湖边的长椅上，拂面凉风，月上柳梢，蛙鸣阵阵，难怪有那么多人在广场徜徉，不舍归家。

秋天，最美不过枫叶红和银杏黄。季末晚秋，广场上的一株株银杏和火炬树从一片翠色中突围出来，上演着季末最辉煌的大典。站在银杏树下，那一树金黄、一地碎金，令人赞美，令人感叹。或许，它是唯一不因落叶而引发伤感的树吧！广场北侧小山包上有一片灼灼的红色，那是不输枫叶的火炬红，极是衬人脸色，人们到处捕捉它的踪迹，在它耀眼的光影里留下最美的照片。

冬天的会展广场因雪而美丽，那洁白的冬雪或春雪落在阔大的广场上，落在弧线优美的石桥上，落在一池残荷上，落在素朴的树枝上，有着格外清雅的韵致，整个广场被素雪雕成了一个梦中的童话。

广场是人们休闲的好地方。一年四季，这里敞开胸怀，接纳四面八方的人们来这里度过美好时光。

春天，老人带着小孩来这里放风筝。明媚的阳光，苏醒的草地，微澜的春水，婀娜的柳枝，还有一张张从僵硬的冬天里融化过来的笑脸，让广场从静谧中重返生机勃勃的世界。

夏天，是广场最热闹的时节。每年高考之后，学生和学生们的家长都松了一口气，来这里的人明显多起来。人们到这里散步、乘凉、跳舞、唱歌、各种锻炼……，这里像一个露天群众大舞台。

只要你有一技之长，都可以来这里展示，不论美声、通俗，还是歌剧、京剧，不论广场舞、国标舞，还是拉丁舞，都有各自的小团体。有的是像模像样的类似专业团体，有的就三五个人随意组团，也照样玩得开心。好多人就在阔大的广场上、灯柱下，席地而坐，打扑克，玩各种游戏。如果运气好，还能看场露天电影，回味童年的美好时光。

暑假里，中间的大圆圈里是滑旱冰的孩子们的领地，看着一群小小人儿背手弓腰，像模像样地在那里飞旋，心也跟着飞起来了。

小山包郁郁葱葱，花树繁茂，大树下藏着练声和练气功的人们。湖边从来不寂寞，总有人绕湖散步或慢跑，锻炼赏湖两不误。

　　从早到晚，这里的人川流不息，早上太极拳，晚上广场舞。有闲坐发呆的老人，有卿卿我我的恋人。

　　时光匆匆，银杏绿了又黄了，垂柳新了又旧，人们来了又走，一年又一年，广场收藏了太多故事。想那年，我带爸妈来广场玩，正是夏天，绿柳浓荫，花开锦簇，我给爸妈照了好多相。那时候，他们多么高兴啊！

　　十几年的光阴，广场里的草色花香与这里的小桥、湖水和小山包越来越契合，就像一位情深意长的老友，陪伴我走过一个个难忘的春夏秋冬。感谢它带给我的美好时光。

　　在此，附上小词一首。

临江仙·云天广场

　　绿掩重楼一地幽，青石草色疏柳，曲岸湖影芦姿秀。层绿次第铺，小荷藏深处。繁花之上青萍末，谁无隐忧轻愁。且让心事随风瘦，老叟喜炫歌，姑嫂舞风流。

麦田在歌唱

南湖，我们"一起走过"

曾经的我们是一群疯狂又快乐的玩伴，而南湖是最美的去处。

我们去那里健走、骑行，或者就是随便走走。

记得南湖健走队的旗帜在每个周六迎风飘扬。

是的，那是一段我们"一起走过"的共同记忆，仿佛那里有我们的前世之约。

每一位来唐山的亲戚、朋友、同学，我们都会带他们去南湖，展示我们以及我们唐山的大美与骄傲。

不曾缺席它的任何季节，我们看遍南湖的风花雪月和草色微澜。

记得有一年，农历腊月二十九，我和七七竟然跑到南湖去玩。那一天，南湖真安静啊，仿佛就只有我们两个人，我们踩着积雪，爬上小山包，大声地笑，放声呼喊。

那天，天空清澈湛蓝辽远，山脚下的巨大湖面反射着耀眼的光，世界静谧安详。为了打破寂静，七七唱了段京剧。后来，我们依照惯例，和造型奇特的大树，拍美照，然后捡了一些松果，愉快地回家。

还有一次，大雪之后，我与七七、拍照达人紫陌，带了道具，有备而来拍雪景。紫陌竟然带了一条橘黄色大单子，将我裹上，再扣上毛茸茸的帽子，就像红楼梦里姑娘们出来赏雪的戏码。

有多少这样的时候？数不清。

如果我说，南湖的四季风景如画，确实不是虚言。我们常常说：千里万里地去看风景，到那里才发现，比我们南湖差远了。

春天，我们去南湖披风看柳，骑行的我们长发与衣衫齐飞。

苏醒的湖水，新芽与花蕾，暖热的阳光下，感受着繁殖与生长的气息。

我们曾惊喜于一朵花的开放，细细端详它的娇姿与颜色，然后站成一朵花的模样，合张影吧！我们何尝不是一株植物呢？

夏天，大片的荷花静静地香。我们在水边的栈道上，戴上草帽或者荷叶，搔首弄姿，笑嘻嘻地走模特步，甚至趴在栈道上寻找某种意境。试图与花争艳的我们，不知谁做了谁的背景？

走在那条去往凤凰台熟悉的小路上，我们常常望着夕阳傻傻地笑，看金色的夕阳与远方的树亲切地吻别，看它把恋恋不舍的余光铺成霞的模样留在水中。有时，我们会一直玩到繁星照水也照着我们，而后，夏日清凉的晚风送我们回家。

每次去南湖，都不由自主地奔向湖边的芦苇丛。芦苇有着天生的诗意，看到它就想到那本古老的《诗经》。青青的蒲苇，有时优雅地伫立水边，有时像凝固的风，向着风吹的方向。

秋天，芦花似雪，我们迎着飒飒芦风，把自己站成在水一方的佳人。秋水明媚，蒹葭苍苍，白露为霜……

冬天的南湖是雪国童话的世界，看素枝如梨花绽放，看雪漫残荷的诗意怀想，看冰湖苍茫，看野鸭在湖水中轻盈地划出水波涟漪，或在冰沿上排排站成五线谱，看挂在柳树上的太阳。

那时的南湖和我们都很"年轻"，那时的南湖还带有一点野性，湖边树下，野花野草，来南湖的人也是随性活泼的。

我们经常躺在湖边的草地上，看水微澜，看水鸟在湖面上飞翔，看天空蔚蓝，想象着像云一样自由、飘逸；清风拂面，草色与花香，是最美的陪伴。

那时的南湖还不收门票，我们在这里出出进进，自由得像这里的一朵花、一棵草、一缕风。早晨，看老年乐队在这里演奏别具风情的《夜来香》。晚上，看湖中五彩喷泉演绎柔美的《梁祝》，还有汪峰那首《怒放的生命》。

我们拜访过这里的每一朵小花、每一片叶子，那片草地上，我们留下过再也不会有的合影，所有的影像都定格为最美，也是最难忘的记忆。

后来，这里要举办举世皆知的世园会，我们唐山人格外地骄傲、自豪！后来，这里有了各种各样眼花缭乱的布局和展示世界各地风情的别样建筑。

麦田在歌唱

有一天，我们突然发现，好久没去南湖了。

再去，人还是但物已非，很多熟悉的自然风景都已不见。

也许它高大上了，也许更美了，但是那片开满蒲公英花的草地再也不见，连夕阳下的水面也失去了往日的风情。南湖啊，离我们的心却越来越远。

留一点野性和自由给南湖吧！原始的风景永远是不确定而又鲜活的未知，我们常常惊喜于发现之美，这就是野性的魅力吧。

太多人工的高大上，太多的固定和框框，走过一遍就乏味了。明明看它花红柳绿，却与我们的灵魂毫无交集。

南湖，怀念曾经的风花雪月，怀念我们一起走过的好时光。

鹧鸪天·春日踏青

又是一年春盛景，粉白黛紫艳倾城。携友伴歌踏花去，野径深处觅芳踪。发拂柳，春衫动。评与桃花争词颂。一树梨白香胜雪，纸鸢摇曳笑春风。

先祖的风雅

我正站在霜降和立冬之间，正好说"蒹葭苍苍，白露为霜"，此时，季节的秋正极尽绚烂。我不想说菊花开得恣意，也不想说银杏黄以及枫叶红的美丽。

此刻，我和父亲正在翻看我们的来历，那是一本仿线装、深蓝色的大书——《溧阳刘氏谱牒》。翻开第一页，我看到：谱牒之德大矣，一以显世系传承，使水源清而木本明；一以彰祖宗功德，令子孙向远而凭今……

我特别喜欢读这样的文字，仿佛一阵遥远的古风拂面而来，如此厚重而清雅，隐逸又芬芳。

是的，我喜欢古代，喜欢来自古代的那些典籍、老式建筑、服装、诗词、戏剧，那些来自古老城市乡村的文化、风物和情怀。

小时候，我特别喜欢姥姥家，总觉得姥姥家与古代有某种隐秘的联系。姥姥家的房子是老式青砖青瓦的大瓦房，一侧还有厢房，屋顶的飞檐上雕着振翅欲飞的鸽子，房子里住着我古色古香的姥姥。

我印象中的姥姥是小脚，常年穿着宝蓝色斜襟袄，叼着玉烟袋杆，胸前挂着绣花的烟荷包。梳着光亮的发髻，而发髻上永远戴着时令的小花，有时是火红的石榴花，有时是雪白的凉丹子花。姥姥家古老的柜子上伫立着几只不知来自哪个朝代的青花胆瓶，简洁而优雅，很有着《诗经》的意味。在我的想象中，那就是古代的样子。

曾经，我们离古代那么近；其实，我总将小时候的乡村世界想象成古代。那隐于山野、田园的乡村保存着从古至今的、千姿百态的生活方式，令时间深远，时空变幻，让生活或行走其中的人意趣盎然，永不厌倦。

麦田在歌唱

不知你是否留意到，我们先人的名字都是那样含蓄而风雅。追根寻源，我从族谱上看到，我的祖爷爷名叫玉舜，我爷爷叫连雍，我父亲叫志轩。其实，按家谱排辈分，志字应该为"植"字。不知为什么，我们这一代的"植"改成了"志"，我更希望、更喜欢靠近草木，所以更喜欢父亲叫植轩。现在很多小孩取名"轩"字，我曾跟老爸开玩笑说："你的名字很时尚啊，现在很流行呢！"

我们仅仅是普通的乡村人家，居然能起得这样秀雅的名字，让我惊奇又感叹，仿佛能看到儒雅温和的老先生那眼镜后面的一抹微笑，带着浓浓的古旧书房里翰墨的香。

喜欢来自古代的诗词歌赋，更敬重遥远的先祖们，因为，他们是如此的遗世而立，缓歌慢行。青鸟和鸣，振翅而歌，诗人们吟诵着"关关雎鸠，在河之洲"；"春日迟迟，东紫生香"；感叹着"桃之夭夭，灼灼其华"。秋水天长的水湄时光，有"蒹葭苍苍，白露为霜……"

特别迷醉于我们这些古老节气的称谓，惊蛰、清明、谷雨、芒种、立秋、白露、霜降、大雪。仅仅两个字就完全涵盖了那个时节灵动的大美与气韵。

是谁赋予了季节这样深邃典雅、意象丰美的名字，仿佛季节的深处隐藏着深谙农事及中华文化之雅韵的美好诗人。

还有，我深深地留恋那些寻常人家的蜡染，也许是奶奶的包袱皮儿，也许是姑姑家的门帘，云似的绵软，水墨似的画韵，蕴藉着深深的古风。

我也无节制地爱上了青花，痴迷于那些青花瓶以及青花图案的毛衫、丝巾、衣裙。总想，那些高贵内敛的青花，温润而悠远，是天颜女子落入凡间吗？"雨过天青云破处，这般颜色做将来。"是啊，她披着天空的青色，她笑着月光的容颜；她从远古走来，轻轻地吟诵一首温婉的歌。窈窕女子缓缓来，青花之上青花开。让我联想起李商隐的《霜月》诗里："青女素娥俱耐冷，月中霜里斗婵娟。"

说起先祖的风雅，不能不说茶。我虽不善茶，却有几位茶友，与他们一起品茶，竟也沾得几分茶香。最喜欢看身着布衣的清秀女子，端坐桌前，用纤纤玉手拨弄着典雅的茶器，香气袅袅，古意横生，仿佛时光倒流。而在青草上席地而茶，则别具意味和浪漫情怀。

这场景曾深深感染我，并填词一首：

临江仙·品茶

清风疏影素面，执壶玉手纤纤。疑是唐宋时空错。青花如解语，佛思入茶禅。逢面皆是桃色，席草时光浪漫。春色一抹腮香暖。与君共紫芽，词瘦亦承欢。

我向往缓慢而更富诗意的生活。在不紧不慢的日子里，看陌上花开，赏叶落缓缓，倚灯读书，凭窗远眺。这些都是先祖的寻常，而于现实的我们却显得越来越珍贵。

最爱看央视的《舌尖上的中国》《客从何来》《中国诗词大会》等节目。那里有来自祖先的智慧、精神、文化风物和情怀。我想任何一个人都不应该忘记我们来自何处，知晓自己的初心，让祖先的风雅、诗性的情怀，永远在我们内心的深处闪亮、延续。

麦田在歌唱

秋色生香

秋天之美，不仅在于风之飒爽，叶之美艳，月之清辉，更有果实之型美和味美。它们是芬芳的秋日诗词。

一晃又到了秋天，从老家来的新鲜蔬菜、瓜果、粮食之类也多了起来。

巨大的冬瓜挂着月白色的霜，它曾躺在我老家的院墙上；深绿色的南瓜，看起来特别老成持重；浅绿色长条形的瓠子，好像在万叶丛中划出的一条优美的弧线；还有藏在碎叶中的豆角，有一种豆角，形似人的耳朵，被称为"老婆耳朵"，美型与美味同在。

当然还有亲戚和同事们送的红薯、山药、花生、核桃之类的好东西。我家的厨房、阳台都被一堆堆秋天的果实占领着。

每当看到它们，我仿佛又站在家乡的田野上、小院里，沐着秋阳，披着秋风，陶醉地看着它们摇头晃脑、吊儿郎当地在秋风里摇曳，像是开心的孩子。

林徽因说：秋天的骄傲是果实。的确如此，大自然的慷慨与神奇，尽在秋天显现！

节气是很神奇的。小时候，每当过了立秋，妈妈就会说，下来秋风了，拿着篮子去摘些爬豆吧，该有熟的干豆荚了。我不信，因为这时候田野上还是满眼青绿呢，可是当我去找时，真的发现了成熟的干豆荚，真是奇了。

我一直以为，爬豆这个名字，只是我家乡的叫法，它一定还有学名。习惯性地去检索百度，发现真是叫这个名字呢。

爬豆很好打理，人们习惯在坡坡坎坎、边边角角的地方，随意点些豆种，没想到它却成了最早成熟的秋天的果实。摘一把干豆荚回家，打了豆豆出来，或者煮豆馅、包豆沙包，或者放在大米里，一起煮豆饭，特别美味。新粮食就是好吃，那种清香的味道，城里很难吃到呢！难怪现在人们又怀念起乡村来，怀念那里原生态的瓜果蔬菜。

紧接着，我们常吃的绿豆就下来了——就是熟了。

过了立秋，早晚清凉，院子里种的那些冬瓜、南瓜们也开始坐果了，院墙上、房顶上，肥大的叶子下面，瓜儿们时隐时现，捉迷藏一样，我最爱翻叶摘瓜了。

有一年，一粒冬瓜种子落在我家后院小路的石缝里，春天的时候自己悄悄长了出来，因为走小路的人少，并不碍事，我妈就没舍得拔掉它，让它自由地生长。这棵冬瓜苗长啊长啊，一直长到我家门口，差点就进了屋子，就是这棵随意生长的冬瓜苗，那年结了6个大冬瓜。想象着像6个巨大的惊叹号，横躺竖卧地摆在院子里，太令人惊喜了，你不得不感叹造物主的怪手杰作，惊叹种子的力量！

其实我更怀念过去的村庄。

那时候虽然穷一些，但土地里生长的粮食蔬菜，用现在的话说，都是有机绿色的产品，连空气的味道都不一样。那些逝去的岁月，是真正的流金岁月。

每到秋天，我的嗅觉里那些遗留的秋天味就会冒出来。

那时候，一过立秋，就开始打场了，生产队里收获的各种粮食，玉米、高粱、谷子，都得收到场院里。场院的旁边，有一个看场的小房子，看场的人有特权，经常烧一些玉米、白薯、花生之类的东西吃，当有新粮食进入场院时，烧白薯和烧玉米的味道就开始飘出来了，那才是秋天的味道。

我家乡还有一眼泉，泉水汇成一条小河，清澈的河水穿过田野，经由村北奔向还乡河。小时候，我特别喜欢在这条河里洗菜、洗白薯，当然要到最上游的泉眼那边去洗，看着水里粉嘟嘟的白薯、青翠的小白菜，真是又鲜亮又水灵！想想那些场景，心里就格外地舒服。

过了立秋，果园里的果子们也一波一波地熟了，最早熟的是沙果。这种果子闻起来特别清香，人们喜欢这种味道，每当它熟了的时候，要先摘几个，放在柜子里捂着，一开柜门，满屋子的香。慢慢地各种梨子熟了，苹果熟了。我最爱吃山上的黄元帅、红香蕉、国光这些老牌子的苹果，真是太好吃了。现在也有这些品种，但很难吃到当年的味道了。

麦田在歌唱

我尤其庆幸自己来自乡村的经历。在山坡田野长大的孩子，对大自然有一份天然的亲切。一年四季，都有美景在心。比如，秋天了，发呆之时，便会想：我家后院土坎上的酸枣是不是红了？每当疲惫之时，想想那时的山，那时的水，那时的田野，仿佛心灵被水洗了一遍。

如今，秋天慢慢地走向深处，我家新鲜的瓜果和粮食也在不断更新，这日子真美呀！你羡慕吗？

秋天之美，不仅有视觉的惊艳，还是味蕾的盛宴。

立于秋野，秋色生香。

最是秋叶浪漫时

  大自然停不下轮回的脚步，季节更迭像翻过的书页，转眼已是叶子斑斓的深秋时节。

  深秋是叶子层叠晕染的童话世界，不论是城市还是乡村，最美的地方都是一树树叶子红、叶子黄招摇的地方。

  这时节，只要出了家门，就如行走在一幅打开的水墨画卷上。大街上，最耀眼的当然是银杏树了！银杏是深秋里的美女子，你看它穿着明艳的霓裳羽衣，在湛蓝的天空映衬下，在午后秋阳的轻抚中，格外的静谧而美丽。不论在哪里，只要有银杏树的地方，都是一片耀眼的辉煌，将你带进如梦似幻的童话世界。

  在这样秋光明亮的暖阳下，我很想安静地站在一棵金灿灿的银杏树下，仰视每一片叶子，看它们在阳光的浸染下陶醉的样子，听微风拂过时叶子们相互触碰发出的问候：你好啊！而这一刻，我总想象：我是不是离阳光最近的那个人，是不是被阳光拂照的幸福的人？

  美丽的银杏树总是引发联想。一位好友说，这是开满阳光的树；另一位朋友说，是长满阳光的树叶；而我说，这一树阳光的叶子花啊，这一树幸福的笑容……

  当然，这叶子的世界怎么少得了焰彩绽放、霞色翩飞的红叶！不要说润红的柿子叶，彤彤的火炬树叶，更有寄托着爱与思念的红枫叶。诗人鸣蝉为红叶吟："掀帘红叶卷，疑是蝶身前。"

  每年的秋天，我都会到校园外的小公园里与美丽的秋约会，去看深秋最美的叶子。这里是远离尘世的存在，从通幽的小径走进去，仿佛走进了梦幻世界：天空清澈得

麦田在歌唱

恍若一声清脆的鸟鸣划过，那深蓝如海的天空上，总有一两朵闲逸的云游戈。我常想：那才是真正的天仙吧？

银杏的扇形小叶子本来就是叶中的魁首，明黄透亮的每一片叶子，都像是一首书写阳光的小诗。更让我欢喜的是，这里有外面很难看到的红枫叶。有人说，去了北京香山，竟没看到香山红叶。其实，那美丽的红叶就在我们身边啊！

暖暖的秋阳里，清澈的蓝天下，那一团红于二月花的霞色与一树明艳的银杏黄交织，就像醒来的阳光追着叶子的翅膀，上演着梦幻般的秋之盛典。此刻，时光在这里宁静，思想与色彩重叠。

从小公园出来，走到我们凤凰城的建设北路上，蓦然发现，路两边的大杨树硕大的树冠还是油绿绿的叶子，丝毫没有进入秋冬的痕迹，晚秋的叶子组合中依然有绿色。

感叹于它们强大的生命力，如果红黄叶子是秋天的女儿，那么，这绿到底的大杨树就像北方坚强的男子汉吧。

每一段时光都有它的美好，如果说春花是初萌的喜悦与欢欣，秋叶则是无尽的眷恋与热爱。

不说落叶，光影如梦，落叶是一种难舍的诉说。如果心里揣着阳光，季节轮回的每一刻都是美好。

享受此刻的清欢吧，就让这惊艳了目光，也惊艳了时光的浓墨重彩，陪伴我们走过萧瑟，迎来春的新生。

那些动人的时刻

平凡的每一天，平凡的人生，是大多数人的宿命。

但是，再平凡的生命，也会有许多动人的时刻，让我们难以忘怀。

朋友在微群里发了一首歌——《垄上行》。看到这首歌，我的心猛地悸动了一下。

一个久远的场景又在脑海中浮现出来。

那是1984年的秋天，我刚刚迈入河北大学校门不久，还沉浸在初入大学的喜悦和兴奋中。

20世纪80年代初，是大家公认的美好时代，既保留着一个时代的纯真质朴，又有一股清新的风吹遍我们生活的各个角落，到处是春风化雨、欣欣向荣的景象。

那时的大学校园是真正的精神圣殿，是生机勃勃的世界。教室、操场、图书馆、校园里的林荫路，讲座、电影、音乐会，校园里弥漫着青春与浪漫的气息。

一个月朗星稀的夜晚，我和我们宿舍的几个女生，下了晚自习，走在从图书馆回宿舍的甬路上。忽然，前面有歌声传来。

倾耳细听，是我非常熟悉又喜欢的校园歌曲《垄上行》，几个男生唱着歌远远地走来，和声异常美妙，歌声越来越近。

几个男生就这样唱着歌、搭着肩膀，从我们身旁走过。

那一刻，我的心怦然而动，秋天的月光、浪漫的校园、美妙的歌声像梦一样定格在我的记忆中，仿佛那就是我魂牵梦萦的年代！

几十年过去了，每当《垄上行》的歌声响起，那个动人的场景即刻浮现出来，美妙的感受萦绕于心。

麦田在歌唱

今年夏天，我们闺密三人去南湖游玩。那也是令我难忘的动人时刻，我们相遇便是美好。

其实大家都非常忙碌，难得聚在一起。

此时的南湖，荷花已然落败，只有硕大的荷叶间支起的莲蓬，但并没有影响我们的兴致。我们沿着柳枝摇曳的甬路，来到青芦环绕的湖边。

此时已是落霞时分。

我们没有再往前走，就在湖边的一块大青石上坐下来，看湖水安静，看野鸭划过水面时那优美的水线、水纹，看天边的晚霞不断变幻着形状和颜色，岁月静好不过如此吧？

后来，我们觉得坐着看不过瘾，索性躺在石板上看天听水！真的，躺着看又是一番风景：天上是云的仙境，耳畔是湖水击打岸边巨石的鼓荡声，是难得一听的天籁之声。

大自然的慷慨恩赐啊，可惜这些早已被忙碌的我们所漠视。

那一刻，我们心中的某根弦被这美妙的天光水色激活，开始唱起来、舞起来。

我们已然忘记了世界的存在，忘情地歌舞，大声地谈笑。

人生几十年，此情此景能有几回！

天色已晚，我们恋恋不舍地从这忘我的世界重回庸常的现实。

这一路，我们步行，也不理会人们诧异的目光，一路走，一路老歌飞扬。人生有多少这样美好的动人时刻？

也许是一部电影，影片中的某个场景，触动我们的心弦，让人永生难忘；也许是一首歌，当你唱起来的那一刻，合上眼睛，全情投入，会忘记全世界的不愉快，只深深地沉浸在歌声里；也许是从未见过的风景，一片孤独的云，一朵绽放在角落里的小花，婴儿的各种小可爱……

最动人的莫过于爱的时光。记得有一次，当我走进教室，看到星光一样迷人的眼神，洁齿生光的一笑，像一道闪电直击心底。

时间的长河中，生命是如此珍贵，某些特定的场景我们只能经历一次，当时的心动感受只能回味，永远无法复制，让我们珍存这些美好的记忆吧。

人生不如意事常八九，即便没有大的不如意，也是庸常而平凡的日子居多。那么在我们的日子里放一个童话吧，就像夜晚的星光，多一份美妙和遐想。

也正是这些不期而遇的动人时刻，点亮人间烟火，让我们感受到生命之美好，给予我们面对未来各种不确定的勇气和力量。

麦田在歌唱

小院抒怀

因为外甥女结婚的缘故,我们回了保定老家,回到了我那亲切的乡间小院。

小院赏月

正赶上中秋节。我们晚上到家,仰头看去,月亮从东方的天际缓缓升起。我暗自欣喜,又可以在小院里赏月了。

这里没有霓虹,没有灯光,浩瀚的天宇上,也没有星星,唯有在浅浅的云层里穿行的月亮。此刻,黑黢黢的树影衬着月光的清辉,翠白色的葫芦叶子在月光下微微颤动。这夕颜,这晚翠,这世界上最好看的月亮,就这样静静地生动着,像怀着心事的少女。

此时,站在月光下,竟有一种神圣的感觉。这月光啊,它吸纳过多少人的目光,才变得如此明亮,在那思念的清辉里,也有我亲人的仰望。

夜深了,我回到屋里,寂静的月光悄悄地跟了进来。月色铺床,这是何等奢华!如果说我还有一些贪心,那么我贪恋白月光,不忍睡。

月光的照临和微信朋友圈的中秋祝福,让这一刻温馨而美好:

今夜月光白,不染世尘埃。
清风拂晚翠,明月入我怀。
中秋多问候,四海亲朋在。

恋恋不忍睡，相邀入梦来。

今天是月亮的盛典，普天之下，尽皆仰望。

小院拈花

我特别喜欢乡间的小院，尤其是夏天的时候，小院独显其美。

乡村人浪漫的气质，尽显在小院的打理上。他们不仅在院子里种一垄一畦的蔬菜，还要给菜畦围上篱笆墙。

院子里当然是要种花的。房檐下，院子的小路边上，是花儿的世界。常见的花有大大熟，后来知道它的学名叫蜀葵，这是最普及的乡村花朵，不论到哪个村镇，你都能见到它的踪影。

你一定养过大丽花，我们那时叫白薯花，因为它有白薯的味道。

凤仙花，我们叫指甲花，有深红色和粉红色。开花的时候，我们摘了花瓣，跟大人要了盐和白矾，放在一起捣碎，包在指甲上，染成喜欢的粉指甲、红指甲，小丫头们能美上好几天呢！

白白香香的凉丹子，学名叫碧玉簪，是姥姥发髻上的专宠。还有雄赳赳的鸡冠花，火红的石榴花，墙头上的金银花。

不得不说，我对鸡爪子花情有独钟，它的绰号叫"死不了"。前几天回老家，我又见到了它，那么多颜色的小花，轻盈可爱，特别招人喜欢，那顽强的生命力就像乡村小孩子，禁得住摔打。

当然草茉莉是小院的标配，草茉莉有各种颜色，红的，白的，粉的，黄的，盛放的小花在夜晚的小院里散发着阵阵清芬。清风携着白月光而来，让小院显得格外清凉，而这些万紫千红的草茉莉让人浮想联翩。还有江西腊、雏菊……

除了种的花，院子里的蔬菜花也绝不逊色，篱笆上开满了紫色的豆角花，院墙上肥大的叶子里探出娇憨的南瓜花，而葫芦花是我的最爱，它在夜晚开放。如果是有月光的夜晚，盛开的葫芦花与月光遥相呼应，仿佛是月亮的花朵，还因此写过一篇《月亮花·葫芦梦》的小散文。

麦田在歌唱

小院吃饭

夏天的早上和晚上,将小院打扫干净,放上小方桌,摆上新出锅的馒头、小米粥,刚从院子里摘下来的新鲜蔬菜,随便炒炒就十分美味。

如果是有月光的晚上,伴着月色花香,吃着美味的、简单的饭菜,那可真是一种享受啊!

小时候,在院子里吃饭是一种仪式。只要大人说,今天在院子里吃饭,感觉就像要看电影一般兴奋,赶紧搬桌子、搬板凳,帮大人端饭,那个兴奋劲儿啊!

现在回老家,只要条件允许,我也是极力建议:在院子里吃饭吧,外边凉快……

小院观雨

乡村离自然更近,更能感受一年四时的变化。在城里,我总觉得与自然隔着一层东西,在城里下雨就是下雨,你待在封闭很好的家里,很安全,但却感受不到雨的美。在乡村,能时刻感觉到风起、云涌、小雨、大雨、风停雨住,能听到风的喘息、雨的畅快。

下雨的时候,我愿意站屋檐下,在离雨最近的地方,细细地观赏它。看急急落下的雨珠,斜斜地打在叶子上,又顺着叶子的脉络,快速地滚落下来。微风拂过,那鲜润的叶子,仿佛要滴下绿来,微微颤抖的叶子似乎想要说什么。

夏天,大雨袭来,能看到房顶上溅起整齐的水花,就像千军万马马蹄疾,看着真是痛快。而房檐则变成水帘或者瀑布,此刻万物皆回避,任由大雨狂放……

绿影盈窗

我保定家里的小院,还有一处别致的风景——绿影盈窗。难得窗前有一棵大槐树,春夏秋三季,枝叶繁茂,疏影映在窗上,随风浮动,恍若一幅活的画,人入其中,如在画中,又似在梦中,有一种不真实的惊喜之感。正是:鸟啼枝翠晓风爽,半读半思半梦香,绿影莹窗幽微动,静室安夏度清凉。

这小院,春日满院青芽,夏日翠荫轻拢,秋天果实盈香,冬日尽收暖阳。如今,城里人越来越想躲避喧嚣的城市生活,把更多的目光投向自然诗意的乡村。

听多了那些改造乡居的故事，庆幸，我还有这一方小院，偶尔享受幽静安闲的乡村生活。

这悠然的小院，是我梦中的南山。

麦田在歌唱

雪落迟迟

雪，大雪。过了大雪节气，却未见大雪。

微信朋友圈里，看诗人鸣蝉写了一首行香子：梦雪有作。我截取上阕：

流云缱绻，大地微酣。这时节，幻影千千。鹅毛遮眼，蝶玉飞天。看人成迹，风成影，雪成山。

这词填得真好！感叹，原来不止我一个人在盼雪祈雪。

从未像今年这样盼雪，盼它用素洁的手和纯净的心，去装点一个童话的冬天。

这应雪未雪的时光，我只好回味从前。

高中时，上学要到1公里外的镇上。冬天，不到6点，几个小伙伴就相约着从家里出发了。

常常是一推门，却见满世界的大雪。厚厚的雪下不去脚，我们就拿一把铁锹，推雪开路。

小孩子不知道苦，走出村子，过了还乡河，嬉笑打闹着就到了学校。

对雪中行走的记忆很深。下雪的时候，村庄还在沉睡，世界很安静，仿佛这世界除了我们几个人，就是茫茫的大雪。

20世纪80年代初，一切都还简单自然，山川、树木、村庄，被一场大雪重塑了一个原初的世界。那个寂静的世界，因为几个小孩子而活起来，生动起来，那是一个多么美的画面！

有时候，到学校了，天才刚刚亮。雪后初霁，东方微曦，这时候才是最冷的时候。到了学校，我们也变成了雪孩子，互相笑闹着拍打身上的雪。

接下来自然是扫雪。雪边扫边下，我们的脸蛋冻得通红。

那时候的棉鞋，从鞋底到鞋帮都是棉布，特别容易被雪水浸湿。到了教室，还要生炉子，然后争着把脚伸到炉子边。

到家以后，爸妈也会让我们把鞋脱下来，放在灶火旁，把鞋烤干烤热。这是年少时，最温暖的记忆。

那时候的我，已经有了小小的文艺情怀。下面是找到的一段当年的文字：

那么轻盈的雪花，却有着无法想象的执着而强大。在自然界，唯有它能覆盖一切，用浩大的白一统天下，为我们呈现一个梦中的仙境抑或是童话的世界。虽然短暂，却印证着永恒的美丽。

这倾城倾野的雪，这千里万里的雪，这梦里梦外的蝶。

冬天不能无雪，不论是纷飞的寒雪，还是落落的春雪。

雪是大人的欢颜，孩子的雀跃，诗人的灵感，歌者的咏叹。也是大自然之于人类的恩慈与宽慰。

在唐山生活的许多年，也有过两次雪中看雪的美好经历。一次是在南湖，另一次在会展广场。那是一种独特的体验。

站在纷落的大雪中，热情的雪花立刻裹挟着我，迫我而行，不离寸分，行走着的我，很快变成了移动的雪人。这调皮的雪儿啊，轻触我的脸颊，在我的睫毛上抖动它轻灵的翅膀，落地才会安宁。特意穿了艳红的衣服，站在这烟雪蒙蒙的美景中，想我早已入画。

对于我们北方人来说，我们祈愿雪的到来，无雪的冬天如何宁静致远。

一个下午，一场关于雪的忆述，又一次精神的洗礼。

一直喜欢来自班得瑞的乐音，那么轻灵美妙，如醉似梦。想象中，那曲《初雪》

麦田在歌唱

从心中响起,仿佛看见一朵朵雪花在眼前飞舞,直抵灵魂。

从一个世界到另一个世界还有多远,雪花,雪花,你是否还在赴约的路上……

冬季感怀

今天是冬至，据说，冬至是数九寒天的开始，从这天起，广袤的北方将步入一年中最冷的时节。

岁暮霜雪，水冻云寒，清澈通透。从清冷的朝阳到寂静下来的天空，都有朔风刻下的痕迹。静谧的空气里充斥着凛冽、神秘的气息，有股力量让内心变得安宁，这是一个属于心灵冥想的季节。

冬天是静美的季节

我一直相信，大自然安排四季，自是有它的道理，仔细想想，很值得玩味。

先拣了些描述冬至的句子赏玩："冻云不去，天气寒肃，晨昏日暮，寒鸦孤鸣。"有关"冻云"的句子，最难忘纳兰性德的"带得些儿前夜雪，冻云一树垂垂"。想象一下，云低垂而弥漫为烟树，意境极美。而"寒鸦"的句子，我喜欢韩愈的"荒山野水照斜晖，啄雪寒鸦趁始飞"。冬日中，衔雪寒鸦飞进玫瑰红冻凝的夕烟中，极是静美。

这静美的时光啊，最是容易进入思考的佳境。热闹了一春、一夏、一秋，就像人不能总在兴奋中一样，终归要有安静思索的时光。于是，大地恢复了它原本的样貌，尽显朴素辽阔的原始美；叶子飘零，繁华落尽，鸟儿们也飞走了，世界顿时安谧下来，缓缓的炊烟更显出一种安静的神秘，冬天来了。

地寒天高，夕烟凝霞，在这广阔的安宁中，天空的云朵在思考，向上的枝丫在思考，一场诗意的雪花便纷落下来。当你从梦中醒来，世界已经变了模样。人们重新张开

麦田在歌唱

思索的翅膀，在这奇妙的素洁里飞翔……

  这就是季节的魅力，这就是自然的奇妙，人类终将抵不过自然的力量。所以自然无法改变，只有与大自然相扶相携，世界才会美好。冬天是阅读与思考的天堂。让我们沉静下来，做一颗寒星吧，将思考延展到深邃的星空。

冬天也是美艳的季节

  冬日的美艳与神韵均来自一个素素的"白"。从初雪微微到大雪飘飘再到春雪落落，那一场场浩大的白，是冬天最华美的背景。诗歌怎么形容大雪节气？"风吹雪片似花落，月照冰文如镜破"，我更喜欢李商隐的"百里阴云覆雪泥，行人只在雪云西"。每读至此，便有一种说不出的意味和心灵的颤抖。

  想想吧，孩子的笑声在雪地里格外清脆；女孩的眉眼在雪野里更加明亮，而南方的梅花与雪花，谁是谁的思念，谁又是谁的翅膀？每当窗外寒雪映窗的时候，我总是想起一幕古书中时常描述的场景：拥红炉，揽红袖，烛光书案，绿蚁香绵。古时的书生真是好福气啊！

  冬日里自是寒气凝重，冷寂凄清。来自远古先民的智慧源远流长，他们会用形而上的大美来抵挡。你看那奔放的、浓墨重彩的乡村秧歌，仿佛一下子能把天地人都暖透，嘹亮的唢呐声让冬日的天空更蓝，铿锵的锣鼓在呼唤大地的力量；城市里霓虹闪烁，万家灯火热气腾腾。冬日里，煮饺子的热气是多么温馨，歌声多么温暖，冬天的美艳如花开在人们心里。

  冬日的寒鸦戏水，新年的喜鹊登枝，冬天自有冬天的风景。

冬天的欢喜和喜欢

下班了，收拾好东西从办公室出来，想到明天就放寒假了，心情不由得格外愉快。一抬头，忽地与对面高楼顶上的一轮大月亮撞了个满怀：这月亮好大啊！是浅金色的，周边发散着一圈浅浅的光晕，我竟然产生要抱一下大月亮的冲动。

正好要步行回家，好吧，今晚我要跟你走了！

那一刻，背着背包的我，竟然蹦跳了起来，仿佛回到年少的时光。

夜幕降临，空气清凛，虽然已是小寒的节气，因为目光一直追逐着月亮，似乎并没有觉得冷。

走在城市的大街上，楼群中，月亮时隐时现，而且一次比一次更亮，渐渐地光华四射，越发美丽起来。

终于来到会展广场。这里视野开阔，没有楼群遮挡，我们终于可以一刻不离地相互陪伴了。

广场上的月亮很调皮，一会儿停在树顶上，一会儿穿行在柳枝间，好像在笑着跟我捉迷藏。我也舍不得快走，仿佛这世界只有我和月亮，我不时地停下脚步，和它对视一会儿，享受这一刻静谧而又美好的时光。

站在月光下，我竟有些浮想联翩：冬天也有冬天的美。冬天也有很多的欢喜和喜欢。

麦田在歌唱

冬 雪

　　冬天，最期盼的当然是一场大雪了。这些年，雪似乎越来越少，哪里下雪了，我都会投去羡慕的眼神。每到冬天，人们好像心照不宣，都在默默等待一场独属于这个季节的盛大仪式。

　　曾几何时，我自称"雪来疯"，越是下雪，越往外跑。

　　那些年，我曾经拉着老周，冒着大雪去南湖，去会展广场，与纷纷扬扬的大雪、与大雪中的大人和孩子们一起奔跑、欢笑，体味着雪中独有的快乐。

　　我会童心大发，伸出手去，接住落落的雪花，看雪花在手心里悄悄融化，看它无声地装点万物，改变世界，也将自己变成游走的雪人。

　　雪飞蝶舞，天地茫茫。那一刻，似乎忘却了所有烦恼，我是谁？谁是我？何其美妙啊，我与这雪世界融为一体了。

　　记得会展广场的西北面有一池荷花，夏天，湖里翠叶白荷，极清雅；冬天，残荷如梦。路过它时，总是想起它夏日里的蓬勃繁盛之美。那一年冬天，正下着大雪，我们来到会展广场，观雪、赏雪、拍美照。偶然发现，那一池残荷被素雪装点得格外好看，在镜头里一个个凸起的黑点，像一个个小野鸭在雪里浮动，灵动可爱。此时此景，更胜"留得枯荷听雨声"。

　　雪后的小桥、湖岸、树木被雪打理后，格外清新雅致，诗情画意。这也是人们爱雪的原因吧。

　　比起雪中的朦胧之美，我更爱雪霁之后天朗气清、蓝天白雪之美。

　　为了这一刻的美好，大自然也是极尽铺陈。先是一场又一场的大风，吹落所有树的叶子；寒冷让生命尽失，寸草不生。正当你对冬天有所抱怨之时，一场大雪悄然来临。也许一夜之间，寒冷肃杀的天地魔术般地变成了妖娆雪国、童话世界。早晨，推窗之后的一句：下雪了！那一刻的惊喜和满足，让所有的等待都变成了值得。看啊，满树的冰凌花、凌霜花，所有的枯枝都被霜雪装点得异常美丽。我想，叶子落下的痛苦，是不是为了成就此刻的丰盈呢？

大地裸露的疤痕被大雪轻柔地抚慰，那一刻，大地幸福地睡着了。

冬天，谁不期待一场大雪呢，而现在我对雪的感情也复杂纠结起来。期盼的同时，也担忧一场雪给孩子的上班之路带来困难和危险——这就是生活吧。

喜 鹊

冬天，最惹人喜爱的鸟儿是喜鹊，它们不像燕子那样到了冬天就飞走，而是坚定地留下来，陪伴我们一起过冬。

我在校园里经常看到一两只的喜鹊，它们翘着长长的尾巴，或优雅地踱步，或骄傲地站立在枝头上。

这吉祥的鸟儿，令人心生喜悦，确实不负它的名字。感恩于它们不离不弃地陪伴，当然还有它们名字的喜兴，在每年迎接新年的美好时刻，我们的先祖用古老的剪纸艺术，赋予它们"喜鹊登枝"的荣耀。

每年，我们回保定安国老家过年，天气好的时候，我们就会到村南的田野上走走。冬日的阳光下，天空明澈，身后是树林环绕的村庄，似朴实的水墨画；往前看是朗阔的冬麦田，墨绿如毯，令人心旷神怡。

有一年，我们正在村南的麦田里漫步，忽然看到远处飞来一大群鸟儿，在辽阔的原野上尽情地起落、盘旋、飞翔。

我惊喜极了，拉着老周，让他快看。老周镇定地说，是喜鹊，大平原上常见到。对我来说，可是难得见到啊，太美了。等我回过神来，喜鹊们已经飞走了。多么自由，多么欢快，多么让人羡慕啊！

尊重一切生灵，相伴同行，才是正理。看那自由飞翔的鸟儿，我们还是分享它们的快乐吧！

阳 光

冬天的阳光，格外温暖，是最受欢迎的存在。记得小时候，总看见村子里的老人们，坐在墙根儿下晒太阳，是幸福慈祥而满足的表情。太阳好的时候，我们下了课，都会在教室前并排站好，玩一种叫"挤油油"的游戏，既开心又暖和。

麦田在歌唱

冬天的树木，清奇如简笔画。我很喜欢它们伸出手臂拥抱阳光的样子。记忆中，小时候的冬天格外冷，早晨起来，经常会看到美丽的冰窗花。窗花就像外面雪世界的复制版，雪山霜树冰花，好看极了。不怕冷的我们，常常用哈气把手弄热，在冰窗花上刻下自己的名字，或者把手贴到窗花上，描绘自己想象的世界。

冬天，可以去赶赴一池温泉的邀约。在落落的雪花之下，与腾着热气的温泉亲切拥抱，感受大自然奇妙的抚慰，这是只有冬天才能体味的奢侈享受。

冬天，我们最爱吃饺子。窗外天寒地冻，室内一家人欢声笑语、暖意融融地聚在一起包饺子，这种巨大的反衬，让美味的饺子更增添了幸福的味道。

冬天的天空清澈湛蓝，冬天的湖水晶莹剔透。冬天可以在冰上飞，在雪中舞。

冬天是寒冷的也是温暖的，冬天是萧瑟的也是丰盈的。就像生活，有苦涩也有甘甜，看到冬日里清澈的天空，温暖的阳光，美好的月亮，不由得感叹生之美好。

在时光的河流中，颠簸的我们怀着感恩的心出发吧，不论季节，不论境遇，去寻找、去感悟一切美的存在。唯有如此，才不负生命，不负年华，才能感受季节的轮回，生命的繁复与美好。

让我们踮起脚尖，等待即将来临的春天。

水的怀念

一直喜欢泡温泉。每当看到氤氲着热气的、清澈的泉水,那么的洁净、温润和饱满,我的心立刻欢悦起来,赶紧扑进热泉的怀抱……

想想外边寒风凛冽,而自己被这暖暖的热热的水包裹着,浸润着,那份惬意、那份享受真是无以言说。

女人离不开水,女人因水而润泽而美丽。我亦天生爱水,总怀疑自己的前生是否为鱼?不论到哪里游玩,不论多美的景色,若是看不到水,就没了兴致。因此,不论去什么地方,总是先问一声:有水吗?水好看吗?

我也时常忆起滋养我长大的家乡水。仅仅是在30年前,农村依然保留着多年沿袭下来的自然环境,井水丰盈、河水汤汤、泉水清冽甘甜。小时候觉得那么自然,仿佛应该永远是这个样子。

然而几十年的时间,一切都变了,井干枯了,河断流了,泉眼干涸了。每次回故乡,只能在梦中寻找它们的踪影,河之殇、水之殇时时折磨着我……

井水盈盈

井,在童年的记忆中有太深的印象,井和碾子是农村的标志性物件。记得20世纪80年代初,有一部很火的电视剧叫《辘轳、女人和井》。那古老的井台边总是发生着或缠绵或幽怨的故事,生活的场景在这里展开……

冬天,勤快人家的男人很早就起来挑水了。水井离我家不远,当我还在睡梦中

麦田在歌唱

的时候，摇辘轳声、挑水时扁担的吱呀声、脚步声，一起混在我的梦里。

记忆最深的还有水井周边的那几颗榆树、杨树和槐树。春天的时候，井台周围最先闻到榆钱独特的清香，混着水井的甜润，那是春天的气息。榆树因了这甜甜的榆钱，成了我心目中最具诗意的乡村树。紧接着杨树"狗狗"落下来了，多么像"春天的小辫"。5月，雪一样的槐花又开了，空气里弥漫着槐花醉人的香气。想起刚刚看到的李白的一句诗，"密叶隐歌鸟，香风留美人"，与那时的场景十分契合。

不知是谁架起辘轳，搭起井台，井台上巨大的条石已经磨得溜光，怕是有几百年了吧？

夏天，水井和水井周围用光滑的石板砌的井台成了女人们的交际场。女人们在井台上淘米、洗菜、洗衣服，说笑打闹，好不热闹。曾经的老水井，水汽氤氲，笑声盈盈，周边又有翠微红朵映衬，谁能说它不是一首朴素而动人的乡村诗呢？

如今水井早已不在，井台、辘轳、青苔，只留下一幅乡愁的印象画深藏在心中。

河水汤汤

回想自己年少的时光，虽然不如现在的孩子有许多物质上的满足，然而精神上却是轻松而愉快的，也有许多值得回忆和骄傲的事情。

那时的我很喜欢写作文，且经常被当作范文，虽然那些文字现在看来比较幼稚可笑。《我的家乡》是常写的作文题目。我经常用的一个词是依山傍水。那山是燕山余脉，那水就是鼎鼎有名的还乡河了。你们还记得小学课本中的《小英雄雨来》吗？对了，就是那条河。其实，还乡河的前身有一个更好听的名字叫浭水。

浭水，多么诗意的名字啊！这条美丽的浭水，就从我家乡的村西流过，春天的河水清澈和缓，夏天的时候汤汤滔滔。我曾在这条河里洗衣游水，看大人们捉鱼捞虾，看悠长的浭水容云纳月，映霞生花，西岸垂柳，东岸俊杨，四时美景，尽收河中，那是自然的流动的画卷，美不胜收！

汤汤河水流过我的童年少年，流不走的是永驻心间的美好记忆。

这甘甜的浭水也曾润泽过文学大家的思绪，酿就了香醇的浭阳老酒。大文豪曹雪芹更是以浭酒相伴，以浭酒助兴，十年辛苦，写就了《红楼梦》这部举世名著，那是我们丰润的骄傲。

而今，每每回到家乡，走过干涸的河床，必心生悲怆和感慨：唯愿洒泪慰浭水，换得汤汤清流归。

泉水冽冽

我是多么幸运啊！童年的时光有泉水相伴。

故乡的泉生于山脚下，形似一只大浅锅，底部是细细的白沙，有许多泉珠自沙底累累而上，像鱼儿吐出的气泡，形成碧澈的浅塘，泉水微甜而清冽，有若乡村冬晨的气息，溢出浅塘的泉水，汇成一条丰盈清澈的小河，悠然地淌过田野，穿过村庄，向西汇入还乡河。

故乡的泉对我的童年来说，有着非凡的意义。儿时眼中的泉无比神奇。这眼泉并非四季长流，要等到夏天连阴雨的时候，才有可能开泉，这成了孩子们的心事，越是下雨，越要往外跑，去看泉，等待那一声"开泉了"的喊声飘过村庄的上空。

泉水是极洁净的，真正是水至清至凉而无鱼，所以春天去河边洗衣，夏天则去泉边洗菜濯衣。炎热的夏天，撩着清凉的泉水，是一件多么惬意的事啊！从泉边现拔了萝卜青菜，用泉水洗过，是何等鲜润啊！渴了，俯身掬一捧泉水，那是真正的矿泉水呀！

最令我陶醉的是泉边的风景。远远地就能听到泉流的声音，闻到甜润的泉水气息；近看泉池波光粼粼，清澈醉人；泉边常见彩蝶翩飞，野花摇曳；山与泉相映，泉因月生辉。徘徊在泉边，则可"掬水月在手，弄花香满衣"，虽是人间，胜似仙境。

盈盈水井啊，是乡村古老的诗人，冽冽甘泉涌出的是自然的灵感，是一首乡村的散文诗。那汤汤滔滔的浭水呢，就是一部绵长的历史小说，细细地诉说着浭阳大地发生的故事和变迁。

时光在流逝，村庄已不是先前的村庄，水也不是过去的模样，仅以粗浅的文字述说对逝去的水的怀念。

麦田在歌唱

我的故乡，我的河

我的家乡是一个不大的村庄，位于冀东丰润。这里山环水绕，阡陌纵横。从村庄往北望去，是一大片生长着小麦或玉米的水田，极目处便是东西向的山了。据说，那山属于燕山余脉，我们这一段叫龙山。有一条河从村西蜿蜒而过，名字叫还乡河。龙山向西而行，在还乡河边戛然而止，形成一段陡崖峭壁，这一处叫熊虎岩。

村庄的东北向有一座叫作泉玉坡的小山，站在山顶往四处看去：西边，是那条玉带似的还乡河，波光粼粼，缓缓地向南而行，但很快就拐个弯向西流去了。往南是一大片平展的水田，春天的时候登上山坡，眼前是绿波翻涌的麦田，麦苗独特的清芬气息从四面八方涌来，沁润着我的每一个细胞。往北是连绵的大山，山谷之间夹着一个个村庄，山都是有故事的山。往东是丘陵连着山冈，按地理的说法，地形地貌不可谓不全，也是我的骄傲。

我常常呆呆地站在山坡上，在万物天光中，仿佛遗世独立，就那么深深地陶醉着。特别喜欢小满节气，花儿落了，一簇簇青果半掩在叶子之间，麦子抽穗了，清甜的空气中夹杂着繁殖的气息，那极致的沉醉常常如水一般漫过我的世界。

而今的我常常感叹又感恩：我是何其幸运，能够降生在这样美丽的地方。距泉玉坡最近的一座山是圆缓逶迤的龙山，两山之间自然形成一条山谷，两面的山坡和谷底种满了各种果木，有桃、杏、梨，当然更少不了苹果树。春天，山谷的花潮涌起一波又一波，白的、粉的、红的，你方开罢我登场，安静又热闹。安静的是不说话的花儿，热闹的是蜂儿蝶儿，还有赏花人的心。

这儿的土地是旱田，但依然连年丰收，因为这是一片丰饶润泽的土地，连年风调雨顺，很少有灾荒发生。

我时常想起高中地理老师说的一段话：我们丰润县（现为丰润区）的名字你们知道什么意思吗？丰是丰饶，润是润泽。我们丰润这片土地物华天宝，人杰地灵……

说这段话的时候，老师的神情中满是骄傲和自豪！

这里除了庄稼地，还有一片片的果园，那几颗巨大的核桃树是我的最爱。夏日里，不论多么炎热，站在核桃树下，总能享受翠叶遮蔽的巨大阴凉以及微微的清风，空气中弥漫着的核桃叶子浓郁的香气。

泉玉坡的山脚下还有一眼泉，热爱水的我，当然爱极了这眼山泉。连阴雨的季节，对我们小孩子来说，最是盼望松山里的蘑菇快点长，更期待山脚下的翻泉快开泉。

泉水从浅塘流出来，有两个相距不远的小瀑布，远远地就能听到轰鸣的水声。而今这水流的声音再也听不到了，倾听流水的声音竟成了巨大的奢侈。

那时候的还乡河四季淌水，特别记得河西沿岸是一排垂柳，春夏时光，柔软的垂柳和水波一起荡漾，河水轻浅的时候，西岸的柳树下会露出光滑的鹅卵石。小伙伴们经常沿着河边，探宝似的捡拾自己认为好看又特别的石头，有一种像粉笔一样能写出字来的石头，我们视为珍宝。河东岸是绿茵茵的草地，草地上长着一排高大的加拿大杨，我们的村庄就在河东岸。我出生的村庄叫于庄子，村名的来历也与这条河密切相关。

小时候，我们从没有叫过它的学名——还乡河，小伙伴们约起来的时候会说，我们去哪里玩？去"河沿"吧。我们去哪里洗衣裳？去"河沿"吧。春天的河水清澈舒缓，奶奶和妈妈拆完被子或者棉衣，我们赶紧拿到"河沿"去洗，洗完了，就晾在河边的草地上，或者挂在矮树枝上，等回家的时候，大部分已经半干了。

记得河边堆着几块不规则的巨大的麻石，正好可以几个人在上面洗衣服。也不知是那个年代，是谁把它们放在这里？当时以为平常，现在想来，这里面一定有故事发生吧？历史的洪流滔滔而去，我们已经找不到他们的踪影。

这儿除了洗衣裳，还可以当观景台。有时候我们说去洗衣服，其实是去玩耍。站在大麻石上，可以看摇曳在水面的白色浮萍花，在水草间、石缝里穿梭来去的小鱼、小虾、小蝌蚪们，让河水充满了生命的律动。

夏天是河水最丰盈的季节。赶上连绵雨的时候，山水滚滚而下，这时候会听到

麦田在歌唱

村子里有人喊：河沿发水了，快去看啊！于是大人孩子们顶着雨跑到河边，看河水汹涌澎湃自东向西滚滚而去，极为震撼。

去左家坞镇上的小石桥淹没了，小孩们特别兴奋，大家终于可以拉着手从桥上蹚水过河了。收麦的时候，人们割麦累了，会到河边去洗洗镰，在树荫下休息一会儿。

晚秋的时候，河水减少，还乡河异常宁静而美丽。秋光山影、烟云霞色倒映在河水里，让坐在河边的我生发无限的惆怅和美好的怀想。冬天，河水结冰了，胆大的男孩子们会打着滑溜过河，也会看到有人在河面上凿冰钓鱼。

这条河与我关系是如此密切，它陪伴我长大，在我心中永远留存着它曾经美丽的容颜。岸边的鹅卵石、通往左家坞镇的小石桥，都给我的少年时光留下了快乐美好的记忆。

其实，这条河原来的名字叫浭水，也是一条极有故事的河。浭水，多么诗意的名字啊！这条美丽的浭水，春天清澈和缓，夏天汤汤滔滔，秋水明媚，冬凝成练，是永远流淌在记忆中的母亲河。

我曾经无数次地想象我的先祖是何等的睿智，选择了这条河以及这片丰美的土地。

据说当年的浭水极为清澈，河底细石皆分五色，桥上望之灿若披锦，如果夜宿于县城，早晚又可见河滩上落栖的群雁鸣叫之声，当地称之为"西沙落雁"。浭水水质甘洌，适合烹茶酿酒，左家坞以此水酿制的"浭阳老酒"名扬冀东和东北一带。

与浭水有关，丰润县古称"浭阳"。"浭阳"二字极具历史文化色彩。这片土地上的姓氏族谱都被冠以浭阳某氏族谱。比如，我们家族的"浭阳刘氏谱牒"，还有"浭阳曹氏"等。

遗憾的是，浭水——我的母亲河，一条历史文化之河、自然生态之河、美丽景观之河，早已不复当年的模样。幸运的是，植绿修堤、复原青山绿水已经成为全社会的共识，修复河道，让河水重现生机的工程已经开启。

浭水呀，多么期待你再次打开自然流动的美丽画卷。

愿生命不息，时光永续，浭水长流！

繁　盛

偶然看一本书，被书中的一个词——"繁盛"打动了。

透过这个美妙的词汇，我看到了大自然勃勃生机和所有生灵的潜滋暗长。那么，如果我们有一颗"繁盛"的心灵，该有着怎样生生不息、丰富多彩的内心世界呢？

现在，已经过了"大雪"的节气，窗外早已是草枯叶落的景象。

然而，在我的心里，这冬日依然是"繁盛"的。

大自然的安排总是合理的。叶子落了，是万千枝条的世界，我们终于可以看清一棵树拥抱天空的姿态。

冬日寒冷，万物潜藏，唯有阳光抵临世界的每一个角落，用温暖的手轻抚大地以及大地上的一切生灵，给人们带来抚慰和希望。冬日里的阳光是活泼跳跃的，也是繁盛美好的。

冬天里，并不总是单调。当落落的雪花轻吻你的睫毛，一场浩大的白将一统天下。那时候，我们可以在日子里放一个童话，尽赏琼枝玉叶，赞叹这大雪的繁盛。

我喜欢冬天，这是思考的季节。漫长的冬夜里，星空深邃而闪耀。每一颗星都像智慧的人类，都有对世界的思索和考量。星光熠熠，冬天是思想繁盛的世界！

寒极而阳生，春天来了！

春天，所有的等待、希冀和梦想都开花了。繁花之上的繁花，被花朵点亮的人们都成了诗人，千朵桃花万朵诗，春天是花朵和诗歌的繁盛。

夏天的主题是生长。山峦、原野、村庄，到处枝繁叶茂，绿影婆娑。湖水丰盈，江河澎湃，云朵妖娆，蛙声如潮。夏天的蓬勃而繁盛，无与伦比。

麦田在歌唱

秋天是从一片落叶开始的。但是每一片落叶都是来年的一叶生机。经过了时间和风的洗礼以及阳光的热力助攻，谷子、高粱、玉米的籽实越来越结实。一个让农人踏实的繁盛时代开始了。在诗人和摄影家的眼里，秋天是流光溢彩的世界。那些披霞的远山和五彩的河谷，那种令人惊艳的色彩之美远胜春天。

秋天是色彩和月光的繁盛。

其实我更想说的是：愿大家都有一颗繁盛而蓬勃的内心。

因为人生没有完美，一路走来要经过多少艰难和坎坷。所以，我们要有一颗繁盛的心去抵挡，把自己修炼成行走的春天，还要拥有火热的夏之心、静美的秋之颜，所到之处都有花的燃、叶的海、鸟儿的歌、流水的欢唱。

愿我们的每个日子都繁盛而美好！

我们都是女王

日子过得真快,热闹的年过去没几天,3月已悄然而来。

对于北方来说,3月春风起,紧接着便是次第陌上花了。惊蛰始,万物苏。紧随这个萌动节气到来的是一年一度的"女王节"。

红尘中,女人最美。女人是水做的,灵动而清雅;女人是植物界的花朵,是表情里的微笑,是暖暖的春风,是斜织的细雨,是一首优美动人的小诗,是一页深情款款的散文。

曾经做过古典服装秀的节目。为了给汉唐明清的服装展示配上一首恰当的诗词,我几乎看遍了那些典雅的唐诗宋词,古代的大诗人们赞美起女人来也真是不遗余力。

汉代李延年有"北方有佳人,绝世而独立。一顾倾人城,再顾倾人国";唐代李白有"云想衣裳花想容,春风拂槛露华浓。若非群玉山头见,会向瑶台月下逢";宋代苏轼有"天涯何处无芳草。墙里秋千墙外道。墙外行人,墙里佳人笑。笑渐不闻声渐悄,多情却被无情恼"。

这些美妙的诗词与舞台上宽袍大袖的云衫糅合在一起,令人神迷,令人沉醉,那一刻,让我们对古代的美女充满了奇思遐想。

有一次,我去大唐画院看画展,在一幅画着紫藤花的画上,题着一首诗:紫藤挂云木,花蔓宜阳春。密叶隐歌鸟,香风留美人。这首诗着实惊艳了我,又是唐代大诗人李白的佳作。这首诗有着太美的画面感:紫藤花开婀娜,藤儿逶迤蔓蔓,鸟儿翠声软语,美人香风流连。

今天,3月7日已经约定俗成了校园女生节。是谁的创意呢,不知道,也不管了,

麦田在歌唱

因为我们喜欢。明天3月8日，正式名字是"国际劳动妇女节"。

说起来可笑，我曾对"妇女"俩字有着深深的反感。学生时代，谁要说我们是妇女，我们肯定会愤怒，对我们来说，简直就是侮辱。

记得有一年，还是在学校里，老师宣布：女老师过妇女节放假半天。不知怎么，一群恶作剧的男生围着我们女生喊"妇女、妇女"，然后一哄而散，让我们怒不可遏。

是不是我们都有同感呢？这些年，很少人说"妇女节"了，纷纷代之以"女生节""女神节""女王节"，当然这也是商家或媒体深谙女人心理而刻意为之。

女人有天生的奉献精神和牺牲本能，可以惦记着全世界，唯独忘了自己。这些年，关于女人的资讯遍地开花，微信朋友圈的各类似是而非的观点层出不穷。不过，女人终于有了觉醒的意识，开始审视自己的生活和内心，把爱自己纳入生活的序列。

我觉悟得特别晚，从40岁起，才开始关注自己的内心世界，开始思考，怎样才能活得更美好。竟是由衷地喜欢自己的性别身份，甚至觉得身为女人才不枉来这世上一遭。

其实，做一位女人是多么幸运！女人的衣衫太美了，可以有五彩缤纷的颜色，可以有千百种样式的翩飞的裙衫，可以穿典雅的旗袍，还可以戴各种各样的丝巾和首饰。由此，我特别同情那些男人，比起女人云一样的衣衫，花一样的衣衫，他们只有西装、夹克、衬衫，太单调了。

女儿如花，婀娜妩媚，浅笑低语。女人如水，母亲的身份让这个世界柔软而有力量。可以神秘，可以明媚，女人最美是善良。女人千人千面，风姿绰约，真是美不胜收。

没有女人，这世间就像只有绿叶没有花朵，只有山峰没有河流，只有蓝天没有云朵，只有太阳没有月亮，该是多么单调无趣。

我亲爱的女王们，节日快乐！

新年快乐

　　日子，就这样一天天溜走了。

　　似乎还在回味梨花的香雪，夏日的小荷还在梦中摇曳，天上的月儿什么时候少了花影的陪伴？秋天随着金黄的银杏叶悄然飞走了吗？是的，冬天，一点点渗入风里，让我们裹紧了衣衫。

　　可是，我们期盼的雪花呢？班得瑞的《初雪》一直在等待。

　　似乎还在昨天，我们相互问候：冬至快乐！你吃饺子了吗？

　　过了冬至，新年很快就到了。

　　所有节日中，我最喜欢新年。对于我们中国又来说，这是一个相对浪漫轻松的节日。似乎与雪与音乐与美好相伴。

　　在我的脑海里，有很多与新年相关的美好记忆。

　　那一年，新年去南湖看雪，雪后南湖给了我太美好的记忆。

　　清晨的南湖，几乎没见到人影。昔日喧闹的水面此刻已成为广袤的雪世界。静静的，如酣睡的婴儿，竟然不忍踏雪，唯恐那的踩雪声惊醒了它们美好的梦。

　　这里的雪世界如梦如幻，凤凰台身着素雪，如圣洁的女神，微笑着俯视着脚下的曲径通幽，万千梨花，连日的郁闷也被这清澈的雪世界渐渐消融。此刻，我的心是如此丰盈而饱满，暗自感叹：大自然真是神奇的魔术师，雪是天才的国画大师。

　　本以为那次的踏雪之行就要结束了。返回的路上，发现另一片湖面有些异样，这一片湖面靠近路边的地方未曾冰封，水面在冬日淡淡的阳光照耀下，泛着粼粼的金光。近看，似有野鸭在游动，在冰封的边缘还有好多野鸭静静地站在那儿，而

麦田在歌唱

水鸟们则一会儿飞起一会儿落下。这冬日的小精灵啊，让寂静的南湖风光立刻生动起来了！

这金色的水泊与冰封的银色湖面，远处两颗相依的冬柳，水中的野鸭，天上的水鸟构成一幅清雅的水墨画，美极了！

时间也是最好的滤镜，总是把最美好的画面留下来。每到新年的时候，我都会想起20世纪80年代，我的大学时代，总会有新年通宵舞会。那时候，河北大学的食堂被一帮男生改造成舞厅，也有像模像样的乐队。未必会真的舞通宵，但这个通宵舞会是多么令人激动啊！

平时羞于联系的男生女生，也会借机聚在一起包饺子，年轻人的欢乐在新年节日里尽情释放。

当然，新年来临，我们都会期待一场新年音乐会。记得有了电视以后，会期待一场非常唯美的维也纳新年音乐会，还有佛寺里迎接新年的钟声以及第一缕新年的曦光。

这是个世界性的节日，新年到来的一刻，世界各国都在展现它最美好的画面和最真诚的祝愿。新年马上要到了，空气里，微信朋友圈里已经弥漫了浓浓的新年氛围，新年的祝福正从四面八方汇聚而来。

对于我们来说，节日是情感的仪式化表达。节日是我们寻常日子的一朵朵浪花。我由衷地感叹：节日真好！感谢每一个节日，让日子有了起伏，让岁月有了节奏，让生命有了期待，让冗长平淡的日子有了快乐和激情的理由。

新年的钟声即将敲响，不要感叹时光飞快，也不要沉湎于过去一年的追悔以及新一年的展望，不要总结和计划，放下一切，享受新年的喜悦、激情和浪漫！

去看一场新年音乐会或者芭蕾舞，和朋友痛快地唱歌，去滑雪，去拥抱温泉，去看海上日出，去等待一场雪和一季花开的盛宴。也可以一家人围在一起，包一锅沸腾的饺子，让生活也沸腾起来。

亲爱的朋友们，新年快乐！

二 诗歌卷

梅花

我愿是
一弯小溪
请将你的疏枝
横在我的波影里

我愿是
一片雪野
请将你的傲姿
嵌入我的风景里

我愿是
一缕清风
请将你的暗香
飘进我的灵魂里

我愿是
你前世的回眸
请将你最后的爱
融入我的生命里

柳

当风柔水暖
你鼓胀一串串梦想
风中绽开一叶叶清香
那绿直翠了心底
醉了春光

落日下你静静地羞涩
晨风中你妩媚地流光
燕子穿过你婀娜的身姿
剪裁千古一季的华裳

也有顽皮的时光
鸟儿荡起你的欢畅
风筝是你蓝色的向往
你不是矜持的女子
期待中　最早的一抹鹅黄

痴心的女人啊
你托着月的浪漫

缠绵着水的怀想
谁说你不开花啊
飞絮若梦自在香

站在诗意的水岸
静观一个个过往
风雨一生
轻舞飞扬
你在等待谁的忧伤
谁的衷肠

麦田在歌唱

凤凰岭的春天

又是一个四月天
时间的长河中
不知这是哪一个光年

那一日
小路牵着我的手
我们一同走进
凤凰岭的春天

山　已被翠色遍染
偶见繁花明艳
风　流动的泉
生动的气息
无处不在的新鲜

每一朵花都写着美好
每一片叶子都闪动着喜悦
唯有那块身负使命的石头　记录着
古老的神话与变迁

深蓝的天空
寓意深远
我们远离繁华
拥抱新生的清欢

不问来处
不寻过往
这一刻　万世安稳
让我们和大山一起
宁静致远

麦田在歌唱

那些青翠的时光（外一首）

你的模样我已记下
那些菜花的金黄岁月
那些麦田的青翠时光
我柳枝一样柔软的心肠
已抵不住荡漾而来的春光

我爱你锦绣的花黄
我爱你白墙青瓦的徽房
我爱你诗歌一样的灵秀
我爱你原野的芬芳

我用一朵小花的荣耀
我用一棵麦苗的纯真
捧着江南梦幻的模样
沉醉 落泪 喜悦 忧伤

这巨大的美令我屏息
我以眼泪的方式
我以诗歌的方式
我 还能怎样

油菜花的春天

我只是一朵朴素的小花
心怀春天的信念
以及对远方的执着
一路微笑　绽放

是阳光轻吻了大地
还是大地拥抱了阳光
是阳光的花朵
还是大地的辉煌
我已迷茫

花黄　花黄
你是谁的喜悦
你是谁的梦幻
你是谁的怀念
你是谁的衷肠

麦田在歌唱

梦回小院

站在小院的中央
突然有些迷茫
是错觉吗
还是穿越了时空苍苍
是谁来到了我的过去
莹澈又清新的年少时光

篱笆编织着古老的诗行
一树青果暗怀羞涩的梦想
芍药盛开粉色的喜悦
菜园的芽芽安享五月的阳光

曾经的寻常
如今成了向往
我们一路颠簸
寻觅这宁静的天堂

野长城

峰峦像一群驻足的驼队
夕阳西下
远山在回望
历史的蹄音已成绝响
古老的记忆
蜿蜒在山冈

和平宁静的时光
清风替代了滚滚烟狼
勇士们已定格成年轻的树
站满昔日的古战场

余晖不舍残墙
历史在回响

我站在曾经的烽火台上
手扶千年岁月
脚踏万里沧桑
我想大声呼喊

麦田在歌唱

　　　　我想拥抱青山

　　　　来吧　摆个优美的姿势
　　　　让新的一页定格

　　　　此时
　　　　天空深蓝得如此安详
　　　　云朵纯洁如我的思想

响水湖怀想

来到这清澈的地方
我们溶入绿色的海洋
如泉的晚风
茵茵的清爽
风儿吹过
叶子流光
槐花静静的香

来吧　让我们走进山谷
摘一片核桃叶的清香
芬芳我们的笑容
追逐野花的明艳
将我们的双眸点亮

翠谷清泉淙淙流淌
大山的灵感在飞扬
掬一捧大地的清凉
汪成一团深情的眸光吧
献给曾经水边的时光

麦田在歌唱

　　　　我想说
　　　　这世界这天地
　　　　这一切的一切
　　　　我深爱着　已无所阻挡

静

只一朵
不忍打开的一朵
一瓣瓣甜蜜的心事
不想对人说

多么美好啊
一抹曦光
轻轻浅浅的静
一颗一颗的安宁

太阳还未升起
晓风　微澜
一切都像是一场梦
或者令人眷恋的回忆

麦田在歌唱

六月的校园

六月的校园
有一点点伤感
恍惚报到还在昨天
转眼春秋已四年

即将的分别
难舍的泪眼
亲爱的老师
亲爱的同学
我们何时再见

六月的校园
有一点点伤感
又是一年的毕业季
风儿也诉说着留恋
再看一眼母校的容颜
教室　食堂　图书馆
树林　操场　小花园
美丽的校园

不想说再见

六月的校园
有一点点伤感
我上铺的兄弟啊
亲爱的同桌的你
一起读书吃饭
一起占座考研
一起穿上学士服
一起合影留念
那些吵过的架
那些星光下的誓言
甜蜜的烦恼已成昨天

六月的校园
有一点点伤感
晚会上的歌声
恩师敲过的黑板
运动场上的欢呼
校长亲切的发言
时光记录着成长
梦想已然扬帆

亲爱的老师
亲爱的同学
让我们紧紧相拥吧
期待相聚的那一天

热爱草原（三首）

（一）

只轻轻地望一眼
目光就绿成了一片海
心中　风一样的呼喊
大雁可曾衔回

沾满花草的鞋
说不清我对你的热爱
星光一样的词汇
也形容不了你的辽阔

还是陶醉吧
不忍归　轻骑踏月
琴声起　马蹄生香

（二）

看不到蓝天
也没有白云朵朵
云阵从山峦上掠过
草原却不动声色

看不懂静止的羊群
为何不与风一起奔跑
猜想啊
露珠正在草叶的轨道上滑落

辽阔让我如此渺小
让我站成一棵草吧
野野的攒动
无边的绿正在将我融合

仿佛一切都是安静的
心却随着草原的视线
波涛起伏
且舞且歌

　　　（三）

不想说辽阔
也不提风吹草绿
和羊羔坚定地站在一起
只为永远守候着你

麦田在歌唱

不说远飞的大雁
也不提小路的无边
就做这里的一朵云吧
只为和自己相遇

时光如此完美

时光如此完美
恰好花开
我恰好经过
是谁 安排了这场相遇

多么熟悉啊
是一幅画　还是一首歌
是喜欢风起青蘋之末
还是安静羞涩的小荷

想象　我端坐莲上
看青湖恬淡
看写意留白

时光如此完美
恰好　梦还未醒
是巧合还是轮回
一切都是那么意味深长

麦田在歌唱

初秋

不经意间
天那么蓝了
我知道一个季节远去了
不经意间
云也跟着天高了
我知道
是另一个季节的请帖到了
不经意间
一枚叶子恰好落在手上
我读它的颜色和脉络
不用说了
不知该欣喜它的丰腴
还是担心它即将的瘦与苍老

致银杏树

每年的这个时候
都会被一树树灿烂的金黄打动
我轻轻地捡拾一枚叶子
读它美丽的容颜无声

这身负使命的银杏
是不是秋天最美的卷经
此时天空如鸟鸣般清亮
银杏树正在点亮金色之城

看它在蓝天下静静地流光
我在迷离的光影中喜悦融融
我极力搜索最美的词语
试图写下这浩荡的恢宏
而这大美的风情
这极致的韵味
谁能形容

此刻　静谧　微微的风

麦田在歌唱

我捧着一枚叶子轻轻
怀想它春的稚嫩　夏的青涩
那些曾经的雨和风
我听到阳光轻轻击打叶子
落下细碎斑驳的光影
这些金黄的叶子花啊
谁的花朵能如此繁盛

总想它一定是阳光宠过的女子
那一树幸福的笑容　美到极致
谁的眼前滑过无奈的匆匆
枝头不舍　轻舞飘零
唯有深情随风

我从秋的深处走来
向着爱的深处走去
爱上深秋的女子
一世倾情

明年的今天
你依然是不动声色的光芒
而那时的我
是否还是现在的心情

致落叶

也曾清芽沐雨
也曾翠扇摇风
明媚的秋光里
你是阳光的笑容

而今舞在季节里
也飘在时光中

也好啊
可以怀想
可以从容
可以等待雪
也可以恋上风

多么好看的叶子啊
轻舞飞扬的光影
枫叶红的爱情
银杏黄的如梦

麦田在歌唱

献出所有的热情
也躲不过命运的大风
燃烧了一树的花朵
却碎了一地的生命

止于绚烂归于宁静
一枚叶子的时光
何尝不是人的一生

我知道落叶的理想
那是关于秋天的另一个梦
而秋天和春天
隔着一个大雪的冬

让我们等待
与天空大地一起
等待一场意味深长的相逢

落叶的深情
惟大地能懂
离开树的母亲
只为赶往另一场新生

春雪落落

赶在春天到来之前
举行一场告别冬天的仪式
小小的翅膀轻轻地飞
不知道你是诗的花朵
还是花朵的诗歌
春雪落落

赶在草长莺飞之前
再取一帧冬天的明信片
看它在窗外细致的布景
我静静地喜欢
春雪落落

再给麦苗一个梦的时刻
让梨花预演盛开的花朵
与梅花再结一次最美的尘缘
我站在你细细的回忆里
春雪落落

麦田在歌唱

这个坚硬的季节啊
再有一场浩大而柔软的梦吧
让圣洁的花朵超度冷漠的灵魂
你拥抱了谁的感动
春雪落落

我是雪花（外一首）

我是雪花
怀抱着春天的想象
执意将梨花开在
冬天的枝上

我是雪花
心疼那翠绿的原野
静静地为麦苗裹上
梦的衣裳

我是雪花
可　我的心不凉
只要伸出你温暖的手
我便是那
最深情的一汪

我是雪花
梅是我的向往
我是你花朵的翅膀

麦田在歌唱

我是你蕊的清香

我是雪花
用我稚嫩的执着
为世界描摹
童话的天堂　虽然
这只是一个季节的梦想

我是雪花
用我无声的誓言
将大地粉砌
只为印上两个爱的脚窝
我们相携的模样

我是雪花
我飞舞着也静默着
冬天的深处
有我纯洁的忧伤

献给长白山的歌

我们的城市太坚硬
金属的味道很浓
疲惫的一群城里人
放下一切
要寻求心灵的安宁
我们跋山涉水
我们千里颠簸
我们一路欢歌
来朝拜你——神奇的长白山

长白山啊
曾经梦里的幻影
曾经久远的期盼

今天我们来了　带着膜拜的心情
阅读你的山色水光和香气
抚摸你的松鼠　叶子　还有花朵的秘密

长白山啊

麦田在歌唱

我要以知己的心情靠近你
听你流淌千年的高山流水

长白山啊
我要用诗的语言　书写你
绿的呼吸　草的安详　山谷的低语
长白山啊
我要以一个画家的角度　描摹你
不可思议的森林　阳光和风
溪流　云朵和草地

可谁知道啊
你是修炼了万年的魔术师

夏天　你曳着长长的　长长的绿裙
风鼓荡着你的衣衫　凸起的是山的形状
褶皱里的大峡谷　哗啦啦的梯子河
茵茵的清凉是你夏日妙曼的歌

想象着
冬天　你变身素雪的礼服
还有纷扬着雪花的婚礼进行曲
那些滑雪的红精灵啊
像一首首欢腾的小诗　缀满山坡

秋天魔术师也醉了酒　着了魔
大把的色彩洒向深谷和长坡
你献给了谁　那五颜六色的水墨

长白山啊
我们拽着夏天的尾巴来了
想体验你聚了仙气的神奇
还有来自天地的福气
让我们沾一点啊带回去

你用台阶考验我们的虔诚和执着
我们也不示弱
要用山间的溪水泼湿你的绿裙子
水珠串起一路欢歌

笑声太响了
于缥缈中闪出一片惊喜的蓝
那是梦中的天池啊

此时雾很诡秘　云很慌乱
我们兴奋的心啊
却如这山间的花　开满了整个世界

长白山——
我　我们来过啦
山谷回音　漫过我的文字　你的花朵
我想说
在另一个季节　另一面山坡
我们还会回来

麦田在歌唱

冬日絮语(外二首)

(一)冬日絮语

繁华落
洗尽铅华
辽阔的天空下
站着瘦瘦的冬

世界太冷
人们不再仰望
月光的羽毛
由轻到重

树林瘦了
像一帧朴素的简笔
黑灰的线条
抵挡着刀一般的大风

清寂的日子

适合打坐也宜思考
深沉的湖水　修炼
那块思想的玉
剔透　晶莹

冬日的天空
一尊青花的颜容
夕阳的暖　捧着一缕
细细的炊烟　轻轻

夜晚的童话
属于孩子和母亲
星星的故事　映照
那一城温暖的灯

一层一层的雪花啊
铺好素洁的信笺
我分明看到落笔的梅花
正在一朵一朵地描摹
春天的风景

（二）冬天的树

一棵树
背对着冬天
静静地伫立
像一位思考的哲人

麦田在歌唱

　　所有叶子般纷繁的思绪
　　都已褪去
　　留下沧桑与希望
　　欲说还休的沉默　蕴含着
　　春天的力量

　　那些向上的枝丫
　　多像我们伸出的手臂
　　以拥抱的姿势
　　诉说对阳光的渴望
　　以及对辽阔的向往

　　将愿望隐到很深的蓝里
　　云是树留给天空的想象

　　一群鸟儿让一棵树活了
　　颤动的枝丫发出疑问
　　你带来谁的问候？

（三）冬天是多么辽阔

　　冬天是多么辽阔　你看
　　天地疏朗
　　飞鸟是藏不住的辽阔

　　没有云翳
　　阳光是自由的辽阔

思想无涯
星空是深邃的辽阔

雪野浪漫
阡陌是深情的辽阔

酒满长调
草原是醉人的辽阔

情意深长
诗歌是温暖的辽阔

麦田在歌唱

我喜欢清澈的事物

我喜欢清澈的事物
比如孩童的歌声
多么像素白的雪花啊
齐齐地降落
那么清澈

我喜欢清澈的事物
比如夏日的月光
比如流泉漫过水草
我能听到水的脆响
那么清澈

我喜欢清澈的事物
你看雨后的晴空
划过鸟儿的鸣唱
弦歌如蓝
那么清澈

我喜欢清澈的事物

比如无邪的眼神
比如纯洁的思想
爱与善的光
那么清澈

我喜欢清澈的事物
而清澈是多么脆弱
宛如清白的春雪
干净而沉默
小心地　我捧着清澈

麦田在歌唱

喜 鹊

不是所有的鸟儿
都能守住清寒的底线
比如大雁　比如燕子

当最后一颗粮食归仓
当寂寞与寒凉在大地上徜徉
离去便成了它们的方向
虽然满足了人类的虚荣
将自己飞成"人"的形状

寂寥的日子
幸好还有喜鹊
这位穿着优雅的绅士
带着我欢快的盘旋起落

我们一起飞过冬日的辽阔
抵达最近的阳光

我想知道　谁更热爱生活

是你衔来的大雪吗？
听站在黑白琴键上的你
正弹奏一首吉祥的喜歌
让天空更蓝阳光更暖

新年又要到了
我将满怀喜悦
等你站在开花的梅枝上
以剪纸的姿势
飞临我家新窗

麦田在歌唱

雾(三首)

(一)

大雾茫茫
世界消失了
我站在雾的脚下
有些迷茫有些慌乱
连时间也不知所措
雾悄悄拿走了
太阳那把金色的钥匙

我喜欢轻雾
那是一种境界
朦胧让词句披上纱的羽翼
而雾里看花的美妙
不是诗人也能打开诗歌

此刻
我怀抱缥缈的往事

坐在你如烟的梦里
思考着三生三世
前因后果

（二）

不知道你在想些什么
看不清喜悦和忧伤的模样
如此巨大的茫然
你叫我如何看花
这世界已没有方向

将世间的一切归于虚隐
那些楼宇　花朵和秘密
恰好你我凝视的距离
好吧　将内心缓缓合拢
慢慢呼吸
等待打马而来的光

（三）

不知从何时起
雾不再单纯
一个字搅翻了世界
连炊烟也担了干系

妙曼与诗歌匆匆远离
朦胧中藏着深深的忧惧
全副武装的人们

麦田在歌唱

　　　　　将所有的无奈收到眼睛里

　　　　　我们如此渴望清澈
　　　　　大风意外地受到欢迎
　　　　　为每一个蓝天欢欣鼓舞
　　　　　而每一丝清新的空气
　　　　　都有人做出牺牲
　　　　　我 还能说些什么

残荷

不知在等待什么
也许在思考什么
清冷的冬日里
有些无助　有些沧桑

时间之河带走了花朵
只留下一朵瘦瘦的莲蓬
怀抱一粒粒清香的往事
和流传了五百年的莲之歌

也曾小荷尖尖的蓬勃
曾经粉红了一个世界的花朵
那些远向天边的碧色
是不是修成了卷经或者佛陀

还是返璞归真吧
简笔　是一种更美的辽阔

麦田在歌唱

　　　　比起出淤泥而不染
　　　　此时的你比天空清澈
　　　　比湖水　超脱

时间（三首）

（一）

当我还是个孩子的时候
时间是个蹒跚的老人
缓缓地走慢慢地走
我推着它催着它
快走快走啊
我要过年
我要快点长大

当我年轻的时候
时间也是个活泼的青年
它生机勃勃有着无限的远方
在我飞扬的发梢上
在我欢畅的笑声里
在我紧张的学习中
时间转身
倏忽而过

麦田在歌唱

当我感觉老了的时候
时间突然变成了心急的孩子
拉着我一路向前狂奔
不要啊　不要
我极力挣脱着
时间啊请你　请你
慢下来慢下来
我们一起变老
好不好

（二）

时间是一切
时间也带走所有
时间是我们存在的证据
时间也是不可抗拒的河流
时间是蓝天的深邃也是云的静止
时间是树的青芽、翠叶到素衣披雪
时间是从春水的暖到秋水的媚
时间是蒹葭苍苍到芦花照水
时间是一朵梅花的暗香
时间是一场雪的距离
时间带走所有
时间是一切

（三）

时间是多么宝贵

时间又是多么仓皇
我紧紧地抓住时间
让它为我的生命增添一些分量
请多予我一些时间吧
让我陪伴老人和孩子
和爱的人诉说衷肠
耐心地为他们做一碗热面汤

不介意时间长出的白发
只要皱纹里藏着幸福的时光
让我们与时间和解
生活安稳　不再彷徨

有时　我也虚度光阴
就像此刻的我胡思乱想
然后将时间兑换成一首诗的模样
献给美好和远方

三　生活随笔卷

穿过指尖的快乐

——忆端午

又是一年端午,是不是应该说点什么。

可能是年岁的缘故吧,总是不知不觉地回忆过去。

而时间,也像极了滤镜或者美图秀秀,那些经历过的点点滴滴,都被美化成一帧帧梦幻般的美图,藏之于心,因而我的回忆,也许多少有一些失真的朦胧美吧。

记忆中的端午温馨而美好,我们把端午叫"五月当午"。那几天,我和同伴们去山上拔艾蒿,俗称叫艾子。泉玉坡背面的山坡上,有我家几棵大杏树。杏儿黄了的时候,旁边坡坎下一大片艾蒿青青郁郁,散发着浓郁的药香,正好可以拔来装点节日,还能辟邪、驱蚊。

我常常望着那片艾蒿发呆,总是想,是谁让它们生长在这里的呢?大自然是多么奇妙啊!我们的先祖是何等的风雅,又是何等的情怀,一把艾蒿一把米,便发明了这样的美食和世代相传的节日。

记忆中的另一个画面,是奶奶给我们缝制小巧可爱的荷包,里面装上香草,香香的、美美的。这种香草也是长在路边的一种常见植物,有着极其浓郁的、好闻的香气。这是年代久远的芬芳记忆。

过"五月当午",当然要跟妈妈一起包粽子了。现在的主要食材是糯米,我们那个时候的主食材是黏黄米,长得像小米一样。另一种食材是黏高粱米,辅助的食材是爬豆和大枣。那时候粮食太少了,但是每一粒粮食都是那么饱满、香甜。

现在想来,那时候包粽子,有很强的仪式感。爸爸先去赶集,买粽子叶、捆粽

麦田在歌唱

子的细长马铃叶,还有大枣、红豆或者爬豆。妈妈把选好的粽子叶,还有米、枣,放在一个大盆里发泡。粽子的香甜气息,开始飘溢出来了。

可以包粽子的时候,大家都抢着上前,围着大盆学包粽子。妈妈或者奶奶,都异常耐心地传授她们的手艺,粽香的气息中氤氲着节日的快乐和亲情的温暖。

我们笨手笨脚地学包粽子,粮食的质感、叶子的脉络,枣儿的圆润在小手中穿梭。每包成一个,自己先兴奋得不得了,还要比一比谁包的好看,温馨的场景历历在目。

粽子包好了,接下来就是爸爸的任务了。

爸爸要把包好的粽子小心地放到大锅里,然后加足水,要烧很硬的柴火,比如,树枝什么的。要煮很长时间,粽子独特的味道越来越浓郁。香甜的气息绕着嗅觉灵敏的孩子,在飘荡的炊烟里,在风过的枝叶间。

写到此这里,我竟不合时宜地想到:现在的市场或者超市,卖粽子的很多,但却闻不到粽香味了。买买买的日子,确实方便,却干瘪了想象力。我们因此而怀念过去:每一粒流过指尖的粮食,都化作了香甜的生活。

想想看,我们中国的每一个节日,都是对美食的发扬光大,"五月当午"也不例外。匮乏的年代,食物最能激发人想象力,节日因特别的食物而变得美好。

童年的美好,深陷于一个个节日的期盼中,暗藏于准备细节的仪式感之中;童年的美好,在于我们都有一双纯真而好奇的眼睛。一点点美好,都能惊艳到我们,或心生感动,或深藏于心,这一切都变成今天的美好回忆。

我们怀念那时候缓慢的时光,饱满的粮食,原生的香气,穿过指尖的亲情……但是,我们还能回去吗?

唐多令·端午

青青艾蒿,毒日系门腰。荷包俏,丝彩飘飘。犹记娘亲包粽角,翠衣拢,糯米枣。

又逢端午,诗酒同祭遥。龙舟渡,江河滔滔。千古清流总离骚,问天问,歌妖娆。

清平乐·祭屈原

江堤孤影，风烈青衫动。
屈子一跃千古名，汨罗涛怒悲声。
多少离骚情怀，可叹耿耿一生。
上下追索天问，代代九歌橘颂。

麦田在歌唱

记忆中的乡村美味

　　看央视美丽中国乡村行，有一集《舌尖上的乡村》，这勾起我对家乡美食的怀念。
　　在山川田野中泡大的孩子，连味蕾也回荡着当年果蔬的清香，仍然闻得见花草和新鲜粮食的清味。
　　有些美味是再也吃不到了。比如，菜粥。我不知道她是不是我家乡独有的美食。小时候，每到秋末时节都要吃上一两顿。
　　熬菜粥要用新打的黄豆、玉米。说实话，那时候家家粮食都不够吃，也没有陈粮啊。
　　黄豆要用大铁锅炒熟，炒黄豆的香气能香一个村子。也可以加些其他的杂粮，然后，将炒好的黄豆以及玉米和其他杂粮混在一起，再加上花椒大料，用石碾子碾轧，过筛子，再碾轧。
　　主要食材准备好了，开始熬吧。不对呀？菜粥的菜呢？是的，这菜也是有讲究的，必须用萝卜缨才好。恰好，正是收萝卜的时候。我们的祖父辈们是多么智慧！妈妈将萝卜缨切碎，放到锅里一起熬。香味很快就出来了！
　　最好用大铁锅熬。那时候除了大铁锅、小铁锅，也没有别的家什。还要烧柴草，当然，除了柴草也没别的燃料。这样熬出来才是真正香喷喷味道独特的菜粥。因为熬一次菜粥很费时费力，所以，妈妈每次都要熬一大锅，能吃两三顿。那粥可真香啊，是我最怀念的儿时美味，谁家熬了菜粥，能香半个庄，左邻右舍的孩子们开始央求自己爸妈，也给熬顿菜粥吃。
　　熬菜粥的过程深具仪式感。要选最好的黄豆玉米，我会跟着妈妈一起挑黄豆。炒黄豆的时候，小孩子们就开始围着锅台转悠了，妈妈不会让我们失望，先吃一把

150

喷香的炒黄豆，才有力气推碾子。这顿饭瞒不了人，推碾子的时候，炒黄豆和花椒大料的香气就开始弥散开来，大家都知道你家做啥饭了。

这是比较麻烦的美味，也有做法极简单的美味，是城里吃不到的。比如，新剥的黄澄澄的玉米粒，还没干，就用碾子推了，直接熬粥吃。那粥仿佛飘着一层黄油，黏稠稠的香。比如，新打的麦粒还没太干，就用碾子推了，然后和面烙饼。我们叫"一和懒"，不知是不是这几个字，反正我们都是这样叫的。这个饼也别具风味，特别好吃，因为粮食新鲜。

小时候，家里有一副小石磨，我爷爷经常用石磨做辣椒酱。我不知道为什么叫辣椒酱，因为不记得放辣椒，是煮熟的黄豆，用石磨磨出来，白白的稠稠的，特别香。各种杂豆，用小石磨磨成豆面，用来炸丸子，特别好吃。那种味道我实在描述不出来，希望你能插上想象的翅膀。

记得过年的时候，妈妈总要做酸菜杂面汤，除了自家腌的酸菜，各种豆子磨的杂面，还有两样东西必不可少，那就是鸡汤和香油，此时词穷，只能用"好吃得不得了"来形容。

还记得夏天，闷热阴雨天气后，山上生长一种叫地骨皮的东西，黑亮亮的，跟木耳很相似，但比木耳小、薄，加油盐酱醋拌了吃，味道极鲜美，应该算是山珍吧。

说起山珍，松蘑绝对应该上榜。我们那一带有松山，夏秋季节，松林里，草丛中，常常藏着可爱的蘑菇。一场大雨过后，天气闷热，可丝毫挡不住小伙伴们捡蘑菇的热情。寻寻觅觅，寻寻觅觅，突然发现一片小蘑菇，那是何等惊喜！

松蘑的颜色是面包一样的焦黄色，有一股浓浓的松林气息。每次都捡不多，更不好晾晒，所以一个夏天也收不了多少。这一点点蘑菇要保存到过年，用白菜肉片炒来吃，特别鲜美。现在买的蘑菇，再也炒不出当年的味道。

还有，麦收过后，和着麦子的香气，谁家不吃几顿暄暄腾腾的大馒头、大包子呢。每当听母亲说今天中午吃包子或馒头的时候，我和弟弟便赶紧去地里摘麻果叶，就是苘麻叶，因为用这种叶子铺屉，蒸出来的馒头有一种特别的清香。

这些年，天南地北的高档饭店也吃过不少，但最让我魂牵梦绕的还是家乡的饭菜。它们不是靠味精和酱油的点缀，也没有华丽的卖相，而是最原始、最鲜嫩的滋味，却是那么入心入肺入味。

151

麦田在歌唱

我想，这是因为与花草树木相亲相爱的村庄，被山峦、河流和田野拥抱的村庄，自然会得到大自然的恩宠。乡村有明媚的阳光，清泉般的空气，收获最鲜美的蔬菜瓜果和粮食。靠近草木的生活，温暖又亲切。小院、炊烟、柴草，还有怀抱柴草的母亲，这烟火人间啊，有说不尽的热爱之情！

有些美味再也吃不到了，或许是因为当年食物稀少，或者食材本身的味道都是入骨的香鲜。而今，即使乡村，也已经没有那时候纯粹的粮食和蔬菜了。施了化肥农药的土地早已不是原生态，长出来的粮食蔬菜自然是少了本真的味道。

特别记得我的同事李老师曾经的感慨。她说当年学工劳动，到开滦下井，有个同学带了黄瓜，整个巷道都弥漫着浓郁的黄瓜的清香。

如今，你在市场上经常听到吆喝："现磨的小磨香油！"可那香油咋就不如以前的香呢？因为芝麻不香了。也没有了那时候加工粮食的原始物件，比如，碾子、石磨。这并不是说，要回归原始生活，毕竟社会在发展。但有些东西，还是应该找回，比如，有机种植。碾子、石磨作为曾经标志性的乡村物件应适当保留，让我们有机会再回味乡村生活。

于我而言，有些美食只能留在记忆里，因为，我再也尝不到母亲融进食物里的那颗暖热的心！

饺子的光芒

说起饺子，饺子是我最爱吃的美食，没有之一。自认为不是嘴馋的人，但饺子例外。

俗话说：好吃不如饺子，舒服不如倒着。看来吃饺子是许多人的共同喜好，并不是我一个人独宠。饺子在美食界的地位确属独一无二，虽低调内敛，却有着遮不住的光芒。

在我国大多具有仪式感的节日里，都少不了一盘饺子烘托氛围。

除夕夜吃饺子，有多少年的历史了？你能想到有一种食物，在同一天的同一时段，要举国上下、家家户户同做同吃吗？这算不算是中国独有的奇观呢？中国有多少人？想想这一天要诞生多少饺子呢？是不是应该计入吉尼斯世界纪录？

年三十的下午，从太阳偏西开始，家家户户都心照不宣地开始剁馅包饺子了。

除夕的饺子总会与平时不同，要格外用心。用最好的面，馅要调得香香的。特别记得，平时不怎么做饭的老爸，在这一天也要参与到包饺子的行动中，一家人即忙乱又温馨。

老爸这时候总要卖弄一下，他是独树一帜地掐饺子；妈妈要准备几枚硬币包到饺子里，看看谁能吃到；奶奶则嘱咐我们要小心，不要打了碗，不要说不吉利的话。这也让这顿年夜饭越发显得隆重、神秘，深具仪式感。

外面的天黑了，屋子里亮起温馨的灯光，一碗碗热气腾腾的饺子也上桌了。

过了除夕夜，一年中有说法、有讲究的吃饺子的日子还有很多。

保定婆家初一早上还要吃饺子，我们老家是初一中午吃饺子。

然后是正月初五，破五要吃饺子。

麦田在歌唱

头伏包子二伏面，三伏饺子蘸辣蒜。

转眼就到立秋、立冬、冬至。微信朋友圈里总有热心的朋友提醒你：不要忘记吃饺子。

平日里亲人出门要吃饺子谓之发饺，"出门饺子回家面"，也叫"上车饺子下车面"，寓意是出门交好运。家里来了客人吃饺子，即妥帖又温馨，是不错的选择。

记忆中，我奶奶特别讲究粗粮细作，尤其喜欢包饺子。包饺子的馅料原则上应季，有什么菜就包什么馅。

有一年，老姑父驾到。在乡村里，姑爷是贵客，要隆重招待。可是中午吃什么好呢？正是青黄不接的时候，奶奶着实犯了愁。

奶奶围着院子绕圈，忽然在院墙上，浓翠的倭瓜叶子里发现了一个碗口大的倭瓜，这是当年结的第一个倭瓜啊！奶奶如获至宝，赶紧摘下来，也不掏籽，切成细小的丁，用葱姜蒜盐拌好，这馅就成了。

越是生活困难，越能彰显女人的智慧。

在困难的年月，哪里有那么多白面包饺子呢？但这也难不倒奶奶。

那时候家家户户红薯多，人们把生红薯切成片晾干，再把红薯片用碾子轧成面。但红薯面黏性差，奶奶就扯一些榆树皮，晾干，用碾子轧，再用笸箩筛出面来，放到红薯面里，这样就可以包饺子了。

那时候，我经常看到的场景就是：奶奶包饺子，一半白面的饺子给爷爷，一半黑面的白薯面饺子给自己。

这些年，我经常回家给老爸做饭，通常都是烙肉饼或者包饺子。老爸爱吃面食，自己包的饺子，手艺再差也比超市里买的好吃，因为我们是用心在包。

记忆中，所有包饺子的场景都是与美好约会。春节是家人的团聚，新年是与同学和朋友的欢歌。从上大学开始，许多个新年都是在包饺子和歌声中度过。我想大家都有与同学、朋友，甚至是同事一起包饺子的经历吧。

上大学的时候，每逢新年，全班同学一起包饺子是固定的节目。为什么是包饺子，而不是其他？我想，饺子是营造温馨场景的大师吧。

包饺子的时候，大家各尽其力，借家什的，和面的、剁馅的，包的煮的，你来我往，说说笑笑。这哪里是包饺子，分明是包的喜悦和快乐啊！

现在细想有些不可思议，学校食堂可真是给力，那么多班包饺子，哪里来的那么多面板呢？不知道。

今天我吃饺子的时候，忽然就想，饺子很像中国女人：

你看它小巧精致，性格温软能包能容；你看它外表单纯可爱，内里丰美妖娆。

虽然看似普普通通的饺子，却是中国女人的智慧道场。大饺子、小饺子，煮饺子、蒸饺子，形状大体相同但味道不同，最爱吃奶奶和妈妈包的"小老鼠饺子"。

馅里的乾坤更是大到不可想象，只要你想得出，可以无所不包。因其能包容，所以蕴含了强大的生命力。这是饺子的魅力，人亦如此吧。

如今，我们的生活好了，吃饺子已是寻常。

只要有时间，一家人围在一起，一边聊天，一边包饺子，是温馨的家的味道，是热气腾腾的生活。

麦田在歌唱

钓鱼小记

深秋的一天，老周兴冲冲回家，神秘地告诉我：明天咱去唐海钓鱼啊！

钓鱼？可真是新鲜事。在这之前，虽也见过别人钓鱼，我却没有任何感觉，据说是闲人雅士的爱好，好像离我的生活很遥远。不过我的想象力极好，既然钓鱼这么风雅的事情突然闯进我的生活，我立刻脑补出一幕想象中的钓鱼场景。

想象中的钓鱼场景

深蓝的天空宁静而深邃，似纱似棉的云若游若移，暖暖的秋阳下，一条清澈的小河从原野上淌过，岸上有婀娜的柳或挺拔的杨，水边是洁净的白沙和各色的鹅卵石。我和三五好友，悠然地坐在浓荫下，吟诗品茶，看那水中的鱼儿如何上钩。

遭遇浓雾

第二天早上起来，天啊，窗外大雾弥漫，浓浓的大雾将天地间一切景物遮了个严严实实，几乎是对面不见人。怎么办？等等吧，盼着阳光早些冲破迷雾。可是老天似乎是在考验我们的意志，一个小时过去了，仍不见消散的迹象，可是约定在先，准备就绪，箭在弦上，还是出发吧。

汽车在大雾中缓慢爬行，往日里熟悉的建筑都不见了，恍然间，仿佛来到异域星球，行走在时光隧道上……

资深钓友——老孙

终于，我们找到了老孙一家。老孙可是资深钓友，已有十多年的钓龄，对钓鱼的痴迷程度已达到茶饭不思的地步，几乎把自己所有的业余时间都献给了钓鱼事业。说起钓鱼来，从历史到现实，从哲学到文学，从气候环境到钓鱼技法，出口成章，滔滔不绝，硬是侃出了一门钓鱼文化。我们这些初学者可谓受益匪浅，聆听了一次充满激情的钓鱼文化演讲。这次由老孙带队钓鱼，我可是信心满满。

雾中南湖

因为前边修路，南湖公园成了必经之路，车进南湖，就像掉进了迷魂阵，路径曲折，处处通幽。虽然我们来南湖已经玩过多次，这片区域却从未来过，南湖之大可见一斑。虽然看不到湖面，涌向车窗的草地是翠绿的，树的叶子却已经斑驳了，已绿的不胜其力。红叶和黄叶却正当时，是明的黄和艳的红。可以想象，晴日里，这儿的湖光水色多么美。我们约定，等天气好的时候，再来这里玩。

范庄豆浆

车子终于从南湖的迷宫里突出重围，前面不远就是丰南范庄了。老孙介绍说，范庄的豆浆可是远近闻名，许多城里人不辞辛苦，长途驱车，专程到这里品尝鲜美的豆浆和香喷喷的炸饼。我们既然路过，当然不能错过。老孙和爱人张芳没吃早饭，就是准备在这里美餐一顿。远远地就闻到炸饼的香味，赶紧上前打探，才知道我们来晚了，鲜豆浆已经卖完，算是一点小小的遗憾，不过那炸饼的香味让我找到了小时候妈妈炸饼的味道，现在城里是绝对找不到了。

水岸风光

驱车再次上路，大雾终于渐渐散开，太阳露出迷人的笑脸，我们的心情也大好起来。

终于到目的地了。与想象中的钓鱼场景确实不同，这是一泊稻田环绕的静静的水面，稻子早已收完，眼前已是广阔沧桑的大地。我们仍然可以想象：这片土地，

麦田在歌唱

经历了春日苏醒的惊喜，夏日生长的茁壮，秋日成熟的金黄，也曾经是蝉鸣百里阔，十里稻花香。

已是深秋时节，水草和岸边的植物已经变颜变色，红黄驳杂，远远望去，亦是一道不错的风景。岸边的草木倒映在水中，又是一种如梦似幻的感觉，让我想起了徐志摩的《再别康桥》，这里虽不是康河，却是一样的波光柔柔，艳影摇曳。

正待准备钓鱼，忽见远方飞来一群鸟儿，几百只？上千只？好壮观，是喜鹊吗？看不清，是南飞的大雁？大雁应该飞得更高些啊，正在惊诧之时，鸟群已经掠过我们头顶，向远方飞去。太壮观了，太美了，城里怎能见到这样的场景，这一路的艰辛得到了额外超值的收获。

学钓鱼

我们一群人里大部分都是第一次钓鱼。作为垂钓新手自是紧张兴奋，又不免手忙脚乱。好在老师很是耐心，手把手教我们如何挂鱼食和抛鱼钩。经过反复练习，终于找到感觉，老师夸我抛得不错哦，很有成就感啊。好了，手握鱼竿，静坐水边，就等着愿者上钩的鱼儿吧。

此时，天不是很蓝，微风拂面，太阳暖暖地照着，总有调皮的鱼儿跃出水面，打破秋水的宁静。心里默念着那些美丽的诗句"醉偎春江柳，梦依夏荷花，心逐鸿雁去，身披万里霞，诗吟寒江雪，歌赋浪淘沙，池边风月好，垂纶抛天涯"。

不一会儿，我的左右两边不时有兴奋的尖叫声传来，我赶紧跟着帮忙摘鱼，分享快乐。这哪里是钓鱼，分明是钓惊喜啊！很像小时候捡蘑菇的感觉，在山坡上，松树下，寻寻觅觅，忽然发现草丛中一大片蘑菇，那是怎样的开心啊？

我的眼睛紧紧盯着鱼漂的动静，累了就把目光投向远方，看天、看云、看树和那些飞翔的鸟儿。我最喜欢飞来飞去的喜鹊，这鸟儿不仅名字喜兴，长相也大气，很像优雅的绅士。此时，我亦心静如水，钓鱼求的什么？求的是远离尘世的自在和沉淀浮躁的安闲。

完美收官

　　然而，尽管我很沉静、很耐心、很有毅力，可是这鱼儿偏和我较上了劲，就是不上钩，莫非鱼儿也欺负我这老实人？事实就是事实，不管我怎么努力，眼看收工的时候到了，依然没有钓上鱼来。尽管大家一再安慰我，新手嘛。就我一人一无斩获，心里仍不免沮丧，要接受空手而归的现实了。最后时刻到了，无奈也得收杆。怎么回事？这杆怎么不对劲啊，沉，哈哈，鱼，天啊，鱼出来了，我也钓上鱼来了。我大叫，大家都跑过来，围着这条鱼又叫又跳，分享这最后的、意外的喜悦。

　　这次钓鱼以新奇开头，以惊喜收尾，总算是皆大欢喜，完美收官。

麦田在歌唱

星空下的露天电影

　　浏览马未都先生博客的时候，看到他写露天电影，又唤起我当年看露天电影的美好回忆。

　　来电影了！今晚有电影！不知谁喊了一声，很快消息像长了翅膀一样飞过整个村庄。是真的吗？啥片子？是彩色的吗？很快整个村子被这个快乐的喜讯笼罩着，大人孩子都不安稳了，空气里弥漫着喜悦和兴奋。

　　生产队长说：今天早点收工，都回家做饭，准备看电影吧！大家一阵欢呼，赶紧收工往家溜。孩子则兴奋地家里家外地跑，早早地搬板凳，占地方，盼着太阳落山，盼着天快点黑。

　　小时候听我老爸说过一个笑话：说的是，那时候人们迷恋莲花落，就是现在的评剧。孩子回家告诉妈妈说唱落子的来了，妈妈正在做饭贴饼子，听到消息，慌急之下，一把将饼子贴在了门框上！每当我们急慌慌要去看电影的时候，爸爸就偶尔说这个笑话，嘲笑一下着急的我们。

　　那时候，电影放映员很吃香，又有一点神秘。大一点的男孩子紧挨着放映员，如果被允许帮着安置放映机，挂幕布，那叫一个得意，仿佛掌握了所有核心机密。

　　整个放映场，随着天暗下来，也越发热闹起来。大人呼叫孩子，小孩们叽叽喳喳你喊我我喊你。只有当雄壮强烈的乐声响起，人们期待的长春电影制片厂的标识——工农兵雕像终于出来了，八一电影制片厂放着金光的"八一"两个字出来了，还有北京电影制片厂的标志性影像出现的时候，现场才会安静下来。

　　还记得，放映正式电影之前，要加一个新闻片——农业学大寨。伴随着欢快的音乐，梯田、水渠、红艳艳的苹果、丰收的庄稼、劳作的农民成了经典的画面。

夏天的夜晚，即使不看电影，也是人们纳凉聊天休闲的好时光！边看电影边享受着皓月当空、清风拂面是多么美好。当然，繁星满天的时候更多，我喜欢看天，看电影的时候，也偶尔抬头，常有美丽的流星划过夜空。

天上的星星，地上的眼睛，一起聚光在屏幕上，映照在人们的心灵里。

露天电影，有着太大的吸引力，有时候最冷的冬天也挡不住看电影的脚步，人们穿着厚厚的棉衣，裹着大衣，站着或跺着脚也要把电影看完。

也有一个经典笑话：那是个物资极度匮乏的时代，电影里正上演着一群人大吃大喝，一个小孩被眼前的景象迷惑，人们静静的观影中，忽听小孩大喊一声：妈，我要去电影里吃好吃的！惹得满场人哄堂大笑。

露天电影是乡村人最开心的娱乐活动！看露天电影时，一般都是全家出动，大一点的孩子，找要好的小伙伴一起看。小一点的孩子禁不住瞌睡，大人们却舍不得回家，只好抱在怀里睡，直到电影散场。

露天电影场也是人们最好的交际场。对那些谈情说爱的青年男女们来说，是最好的约会时光。乡村没有情人节，放电影时，就是他们最好的情人节。

有时候，我们也会结伴到附近别的村庄去看电影。有时要跨过小石桥，在熠熠的星光下，路过黑漆漆的田野，夜间的田野能听得见庄稼拔节的声音。

看电影的时候黑压压的一大片人，可是散场以后，要回到自己的村庄，走着走着，人越来越少了，也越来越害怕。

看完电影往回走时，人们兴奋的心情还没有平息，欢乐的心情一直延续到回家的路上。人们边走边议论刚刚看过的电影，也有非常独到的见解呢。

如今，露天电影已是一个时代的印记，几成绝唱，但那种美好从未消失。那时候没有电视，没有手机，也没有多少书可读，露天电影就是乡村人通向外部世界的窗口，是他们的文化盛宴和集体狂欢。想想，几百人随着剧情一起悲伤，一起欢笑，享受着共鸣的快乐是多么美好！

不知从什么时候起，乡村露天电影几乎绝迹，只有婚嫁喜庆之时偶尔有人包场。人们都在家里看电视了，一家人争抢遥控器，再也没有那种慌急的、喜悦的、期盼的心情。再后来，人们又开始一个人端坐在电脑前看各种新闻、影视节目或者玩游戏；

麦田在歌唱

后来的后来,人们把目光聚向了更小的屏幕——手机。屏幕越来越小,联络越来越方便,人却越来越孤独。

怀念那时的大屏幕、老电影!星空下的露天电影,你在哪里?

那些年我们追过的电影

说起露天电影，不能不说那些年追过的电影！

《英雄儿女》《地道战》《地雷战》《南征北战》《冰山上的来客》《五朵金花》《秘密图纸》……

我可以稍改一句歌词来形容：看你千遍也不会厌倦，曾经的经典，难忘的回忆……

说这些电影名字的时候，电影里的人物就在眼前闪现，那些经典台词仿佛就在嘴边。看过无数遍啊，而今依然喜欢，那是怎样的魅力啊，仿佛早已融入我的血液里。

星空下，银幕上，那些经典的画面，那些熟悉的旋律，令我们沸腾、痴迷、向往，最是难忘。

看过次数最多的当属《英雄儿女》。村里放映的不算，只要听说某某庄要放映这部片子，小伙伴们立刻欢欣鼓舞，连想也不想，顶着星星，踏着月色就出发了。看过多少遍呢？不记得！现在想起这部电影，依然莫名激动，丝毫不输今天追剧的小伙伴。

为什么这样喜欢呢？按说，女孩子应该不是太喜欢战争片。但是很奇怪，那时的战争片仿佛有一股魔力，非常好看。就像《英雄儿女》这部电影，有一种说不清的、那个年代独有的浪漫色彩。影片里的部队首长、战士、老工人、朝鲜大爷、文工团员、王芳、王成都是那么神秘又可爱。每次看这部电影，每个细胞仿佛都被"美好"的情绪激活。特别期待王芳跳朝鲜舞那一段，那发髻、长裙和长鼓，朝鲜族独特的音乐旋律，旋转的、优美的舞姿，特别是王芳那清亮、纯真的眼神，感觉是那样的美，

麦田在歌唱

那么令人陶醉，我也因此爱上了朝鲜族舞蹈。王芳啊，就像在战争风雨中盛开的一朵美丽的小花，散发着卓异的光彩！

王芳演唱《英雄赞歌》的场景尤为令人难忘。每到那段战士朗诵：我们的王成……，以及之后的和声唱：为什么战旗美如画，英雄的鲜血染红了它……都令我热血澎湃，仿佛要燃烧起来！

那个年代，我们接触到的艺术的东西很少。因此，王芳的朝鲜舞，《列宁在1918》里面的天鹅湖片段就成了我的艺术启蒙，百看不厌。电影里的王芳是我们那个时代所有女孩的偶像，那样入骨地痴迷，绝对不输现在的粉丝。

我们迷恋的往往是我们缺少的、向往的东西。

电影里的王芳，是我们心目中最漂亮的女孩。那时候我们形容一个女孩漂亮，就会说：哎呀，她长得可好看了，像王芳一样漂亮！

王芳不仅长得好看，她还是一名能歌善舞的女兵！她能唱歌、说快板、跳朝鲜舞！她还有一个老工人的爸爸，一个部队首长爸爸，这是多么令人羡慕啊，是我们这些小女孩永远也无法企及的梦想。

时光悄然流逝，一转眼，几十年过去了，电影成了我们回忆那个美好时代最好的光影。

老电影将时光拉回到20世纪80年代初。特别怀念20世纪80年代，各行各业都展现了前所未有的新气象，融合了前时代良好传统和新时代的新生活力。如果说那些黑白老电影是单纯的经典，那么，20世纪80年代初，开始有了彩色电影、宽银幕电影。电影的题材和内容也进入了繁盛的时代。一切都是那么欣欣向荣，那是一段充满生机和希望的美好时光。

20世纪80年代最典型的电影有《甜蜜的事业》，后来又有了《小花》《庐山恋》《海霞》《许茂和他的女儿们》《瞧这一家子》《少林寺》《黑三角》……

每一部电影都能激起生活的浪花，跃动人们的思想脉搏，引领着时代风尚。

那时的电影明星，陈冲、张瑜、吴海霞、张金玲，她们像天上的星星，只能仰望，高不可攀。她们只出现在电影里和《大众电影》上。没有绯闻，没有炒作，没有整形。她们神秘而美好，是万众尊崇的偶像！

那时候，我们追电影，也追《大众电影》那本杂志，上了封面的明星是一种莫大的荣耀，可谓万众瞩目。我们也只有从大众电影中了解一些幕后发生的事情，知晓那些明星的故事和一些来龙去脉。因此，得到这本杂志，仿佛就掌握了某种重大秘密，像得了宝贝，一遍遍翻看，魂不守舍。

那时的电影歌曲，也特别好听，《大理三月好风光》《花儿为什么这样红》《怀念战友》《妹妹找哥泪花流》《绒花》《牧羊女》，那是多么美好啊，清新、明媚，充满了春天般的热情和朝气，也因此熟知了一批词作家、作曲家——雷振邦、王立平、刘炽、乔羽。你的笔记本里是否也抄满了当时的流行歌曲呢？李谷一、成方圆、毛阿敏、郑绪岚是我们追逐的最美丽的歌者。

真是一个美好的时代啊！是一个充满激情的年代，一个拥有情怀的年代，有一种倏忽之间百花盛放的欣喜之感。有一首电影插曲叫《我们的生活充满阳光》，正是那个时代人们美好心境的展现。

还记得，我们这帮女孩子，无论是出去玩耍还是干活，话题兜兜转转总会回到电影上来。

有一次，我们去山上割草。后来干活累了，坐在一块大石头上坐着聊天。有个叫翠芝的女孩，模仿电影里一个挥刀的动作，竟然用镰刀砍伤了胳膊，却并不以为意。

电影看多了，除了萌生向往之外，也让我们对未来充满了迷茫和遐想。想象着自己能当兵多好！能到外边的世界看看多好。而这些对于我们这些乡村女孩来说，是多么难以实现啊！

其实，在这些电影中，对我最具震撼力的一部电影是《等到满山红叶时》。这是一部表现20世纪70年代末船员生活的电影，由当时很著名的演员吴海燕主演。震撼到我的不是电影的内容，而是演员吴海燕自身的容颜和气质。

我自认为，她是那一代女演员中气质最好的一位，用现在的话说就是自带光环。而她扮演的是一位女船员，吴海燕自身的绝美气质和容颜，再加上那身海员的服装，让她的形象更有一种超凡的意味。并深深触动了我的内心，因而生发出对丰富多彩的大千世界的向往。这也是后来我能努力学习，发誓考上大学、走出山村、走向新生活的巨大动力！这就是老电影的魅力！

提起那个时代的电影，不能不说粤剧《红楼梦》和舞剧《红色娘子军》。不同于普通的电影，是将戏剧和舞蹈搬上了电影。感谢电影，否则在那个年代，我们不可

麦田在歌唱

能看到这么美的粤剧、越剧、芭蕾舞。

我是看过徐玉兰、王文娟版的粤剧《红楼梦》之后，才看到文字版的《红楼梦》。中国古典文学的语言之美、构筑的情境之美再次将我击中。《红色娘子军》是除了那一小段芭蕾舞天鹅湖之后，看过的第二部芭蕾舞。这么丰富的舞蹈语言，整齐的舞蹈动作，大概唯中国独有。这两部电影给人视觉上巨大的冲击，服装、形体、唱腔，无不展现极致之美。

多年之后，我依然怀念它们。感谢强大的网络科技，让我又能和它们相遇。重温美好，那种欣喜和感动，再次将我淹没。

当晚风拂过，当星光闪烁，我们站在一起，追寻另一种生活。多少年过去，月光已流成河，你我生命的密码里，依然藏着老电影的歌……

我的婚礼

金秋十月，是北方最美好的时节。不仅山川绝色，百果盈香，更有新中国的生日、中秋佳节这样喜庆的气氛。

家国吉庆，花好月圆。因此，这段时光也是首选的结婚季。这个假期我要参加两三个婚礼呢。有城里高大上的婚礼，也有颇具乡风民俗的乡村婚礼。

不管是城里还是乡村的婚礼，都具有浓浓的仪式感。婚车要选最豪华的，花要捧最鲜美的，衣服要穿最靓丽的，美食也是最丰盛的。现场花团锦簇、美人盛景、美酒佳肴。一切都是那么完美。

每当这个时候，我就想起我自己的婚礼。

我和周同学都是从农村考入大学，毕业后分配到唐山工作的。毕业两年后，我们准备结婚。正值20世纪80年代末，那个时候条件还十分艰苦，工资五十多块钱，根本没有存款。

那可是真正的裸婚呢。我们没有房子，只有两辆破旧的自行车。房子是单位的单身宿舍，筒子楼，在楼道里做饭。床是两张单位的单人床并在一起，桌子也是公家的一张书桌。婆家给买了一套当时很时兴的白色组合家具。娘家给了买了一台录音机，一台洗衣机。就这样，我们就准备成家了。

我们也是那年的10月1日结婚。公公带着小叔子，提前一天，从老家保定背着两套行李、带着四百块钱来参加我们的婚礼。爸爸在我的婚礼之前也给我送来了两套行李。

我先用四百块钱给自己买了一件红色的呢子外套和一件黑色的呢子裤，加上我

麦田在歌唱

之前的一件白衬衫，这就是我结婚那天的装束。我住对门的同事买了一条漂亮的头饰，给我戴在头上，新娘子就打扮好了。

因为就在我住的宿舍结婚，所以不要说坐汽车，连自行车都没坐。那天，我的大学同学学丽、淑敏、小陆来到我的宿舍，给我们做了一桌饭。其实也挺丰盛的，有炖肉，有各种炒菜，摆了满满一桌子。

因为我是新娘，同学们给了我最高的待遇，那就是：十指不沾春阳水。就这样看着他们做饭，跟他们聊天。想着那时的场景，鼻子还是有些发酸，特别感谢我亲爱的同学们。

参加婚礼的就是我俩的几位同学，还有我公公和小叔子。可能是觉得我这里地方小，怕我不好招待吧，所以娘家竟然没有来人，后来又请了几桌同事。总之，我就这么稀里糊涂地结婚了。

后来，有好多年，我对这个婚礼耿耿于怀。每参加一次婚礼，我就对老周发一次牢骚：你看人家这排场，你看看我当年结的那个婚，连自行车都没坐上。这一叨叨就是好多年。老周常常无奈地说：我算是欠了你一辈子的情。说得次数多了，他竟然也动了脑子，给自己找足了理由。

有一次我又跟他翻旧账，他竟然振振有词地说：你一点都不亏呀，你看我，大老远地从保定追你到唐山，够有面儿吧？你嫁了我这么英俊潇洒、年轻有为的青年才俊，赚大发啦，知足吧！婚礼也就一天的事，我跟你好好过一辈子，多值啊！

仔细琢磨一下，也是这个理，婚礼就一天的事，生活是一辈子的事，我还是偷着乐吧。

其实我们还不算是最惨的。有好些人是这样的：在单位说，我们在老家结婚啦；到老家又说，我们在单位结的，实际上两头都没办也是有的。

我们虽然没有像现在这样热闹的婚礼，但是婆家娘家都是单摆了桌的。

那年放寒假回老家过年，婆家选了个吉日，请老家的亲戚朋友热闹了一下，摆了好多桌呢。

那天的情形着实有趣。

请客那天天气很好，老家的大院子收拾得干干净净，满院子冬日暖阳。

亲戚们陆陆续续来了。有骑自行车的，也有开拖拉机的。我惊奇地发现，他们每家都带了一大篮子馒头。那可不是普通的馒头，而是像小孩枕头那么大的超级大馒头，馒头上点了红点，边上还放了一捆粉条。

　　婆家的亲戚多，很快一篮一篮的大馒头摆了整整一个大院子。遗憾的是，那时候没有现在的手机，要是能拍下来，多好！这让我着实吃惊不小：这么多馒头，得什么时候吃完呢？不放坏了吗？

　　我追着小周问，他也不说话，只是朝我神秘地一笑。

　　吃完饭后，客人们逐渐散去，我突然发现，他们又把篮子拿走了，而且基本上是原封不动地拿回去了。院子很快又干净了。我又傻了，这是干吗？这是走形式呢。

　　一个地方一个风俗。我们这边走亲戚时兴拿两包点心。走的时候怎么着也得留下一包啊？这事让我想起来就觉得好笑。

　　时光流逝得太快，一晃结婚三十年了。现在还常常想起刚结婚时的那个情景。那时候公公给买了两盒磁带：一盘是《百鸟朝凤》，一盘是《花好月圆》。我家的录音机里经常播放的是我喜欢的那盘《花好月圆》的带子。大多是20世纪三四十年代流行的曲子，发散着那个时代特别的韵味，绕梁的歌声在我家小屋里回荡。

　　春风它吻上我的脸……

　　浮云散，明月照人来，团圆美满今朝醉……

　　此时，夜已渐深，万籁俱寂。天上的月亮渐渐圆了，在白色的云团中隐现。

　　佳节将近，让我的祝福像这满月的清辉，遍洒我的家人和朋友们：家家美满共团圆，柔情蜜意满人间。

麦田在歌唱

我的棉布乡村

又一个秋天不约而至。秋意最浓的地方还是乡村，那些田野、村庄、炊烟、落日、晚霞都像一幅画一样在我的脑海里闪现。

天气渐渐凉了，过去的年月，每到这个时候，是奶奶和妈妈最忙的时候，要赶在天冷之前把家人过冬的棉衣、棉被做好。

记忆中的乡村总是柔软而温暖的，就像朴实的棉布，任何时候抚摸它，都是那么妥帖舒适，令人怀念。

小时候，特别喜欢看奶奶或者妈妈做棉被，被里是奶白色的棉布，被面大多是红底大花图案，那花应该是牡丹花吧，一床一床的大花被，好像把世上所有的牡丹花都搬到了家里，给肃杀的冬日平添了一份热烈和喜气。

还记得吗，冬天，在乡村里，屋子里的火炕是热的，满屋子的阳光照在摞起来的大花棉被上，靠在上面，感觉特别踏实温暖。

虽然都是做棉衣，但内里有乾坤。从布面的选择，到裁剪是否合身，最能体现妈妈们的功夫。我妈妈手巧，又有一台燕牌缝纫机，做出的棉衣既合身又好看。我们的棉裤、棉袄都出自妈妈的手。直到后来，我也有了女儿，女儿的所有小棉衣、小罩衫，都是妈妈亲手做。可惜，这些活儿到我这里就失传了。

小时候，我特别喜欢妈妈做的碎花小棉袄，柔软的花棉布包裹着同样柔软雪白的棉花，穿上它，从身暖到心。

想象一下这个画面：一个小姑娘，穿着花棉袄，红红的脸蛋，翘翘的小辫子，在大街上蹦跳着，多么像行走的春天，给万物萧瑟灰白的冬天，带来一抹鲜活和亮色。

小花棉袄是我冬天里最舒适、最温暖的记忆。

说起棉布，我又想起那些蜡染的门帘、蓝底白花的包袱皮儿，那是乡村别样的俗韵。真好看啊，那蓝是天青的蓝，那白是月光的白，那一方典雅吉祥的花纹，激活了我对风雅的先祖们无尽的想象。

棉布是乡村的风景，也是乡村的生命。夏单冬棉，人的日常穿着都离不开棉花、棉布，纺线织布的日子离我们似乎遥远又不遥远。小时候，我跟奶奶一起纺过线，我婆家到现在还保留着一台织布机，婆婆是织过布的。现在也有人织布，当然不再是迫于生计，织的是艺术、风情和韵味。

那时候，我们穿的鞋子都是妈妈做的舒适小布鞋。做鞋在乡村里是一道别样的乡村风情画。

每到春天，太阳好的时候，乡村的女子们就要开启一项重大的做鞋工程了——"打夹纸"。不知道是不是这几个字，发音是这样的，尚待考究。

先用玉米面打足够多的糨糊，然后，卸下门板，找出做衣服剩下的边角布头，或者不穿的旧衣服，先在门板上刷一层糨糊，接下来是往上粘布头，然后再刷糨糊，再粘一层布头。拼接布头是很有意思的，是技术活儿也是艺术活儿，布头间要粘贴的严丝合缝，要剪子不离手。

小孩子最爱掺和，我们从包袱里找好看的花布头，央求大人们给拼接个上学用的花书包，背这样的花书包上学很神气啊！

夹纸打好了，要把门板竖起来，放在太阳下晾晒，晒干以后，卷起来备用。接下来就可以比着鞋样剪鞋底了。剪下的鞋底还要包上白布边，把四层或五层摞在一起，就可以纳鞋底了，号称千层底。

纳鞋底之前还要捻麻绳，好像这些活儿都是夏天做。在有过道风的堂屋里，或者大树的阴凉下，姑嫂们有说有笑地用拨垂捻麻绳。那麻也是地里长的，放在水里沤一段时间，再把麻皮剥下来，丝丝缕缕。这鞋无一寸不是天然。

鞋底做好了，还得剪各种布面的鞋帮，一针一线地缝在鞋底上，我们叫上鞋帮，一双鞋就这样做成了，真不容易！

那时候考验一个女子针线活做得好坏，就是做一双鞋，这关系到是否能嫁一个好人家呢。那时候，女子订婚后都要给未来的丈夫做一双精美的棉布鞋，以此来展

麦田在歌唱

示手艺，表达情意。按这个标准的话，我可能要嫁不出去了！

我大概是杞人忧天，虽然做不好这些活儿，却害怕这些东西失传，因此，在这里尽量描述一下，也算是补偿一下自己手拙的缺陷。

我最喜欢条绒面的布鞋，穿着这样的小布鞋，和小伙伴们跑遍了家乡的山坡田野。可那时候，我是多么渴望一双塑料凉鞋呀！大概越是稀缺越是美好。

有一次，我爸买了一双凉鞋，其实是给我二哥买的，但是我也特别想要凉鞋，爸爸无奈，只得略施小计。我爸说："君君，给你买了一双凉鞋，你试一试吧。"我美滋滋地赶紧去试，可是鞋太大了，穿不了。我爸说："哎呀，这可怎么办呢？鞋买大了，给你二哥穿吧。"这些往事成了我家经典笑话，经常被提起。如今，这些故事早已成了我最温暖的回忆。

我们的大脑很是奇特，像是有个滤镜，总是把以前美好的事物存留下来，变成流金的岁月。

我的乡村是一篇温暖如棉布的散文，我慢慢地叙述那如烟的往事，许多人、许多的物件都已不在。然而那些难忘的、怀念的以及难以割舍的意绪如一首歌、一部电影，稍一触碰便浮现出来。

谨以此文，纪念我再也回不来的棉布乡村、我的亲人。

生命里的那束光

看中央电视台的《经典咏流传》，被其中的一个节目深深打动。曾经支教的老师梁俊，带着一群山里的小孩子，将清代大才子袁枚写的一首小诗《苔》咏唱了出来。

这个节目打动了亿万观众，其中也包括我自己。我一遍一遍地听，一遍一遍地看，被感动得泪水横飞。

白日不到处，青春恰自来。

苔花如米小，也学牡丹开。

如果没有那次眼泪灌溉，也许还是那个懵懂小孩。

溪流汇成海，梦站成山脉，

风一来花自然会盛开。

……

一首小诗，被谱以简单的旋律，在梁老师和孩子们的口中，反复咏唱，竟然焕发出卓然的光彩，仿佛照亮了所有的生命，连那些正襟危坐的大咖们也禁不住泪光闪烁。

尤其喜欢拓展的歌词，与原诗的内容是如此吻合又极其典雅。孩子们清新质朴地咏唱，像从遥远的时光中，从翠绿的大山里淌出来的小溪，拂过心田，令人沉醉又感动。

夜深人静的时候，我暗自问自己，到底是什么打动了你，让你如此感动？是清新稚嫩的歌声？是淳朴善良的孩子？是梁老师的深情演绎，还是对小诗的恰当解读？

也许都有吧？而有一刻，当我再看那个女孩小梁的时候，突然恍悟，原来是找到了当年的自己。

麦田在歌唱

我何尝不是那个不起眼的苔,那个在风里雨里、在田野、在山坡、在河边奔跑的女孩。就像梁俊说的:不是最好看的那一个,也不是成绩最好的那一个,是什么时候有了像牡丹一样开放的梦想呢?是谁点亮了自己,曾经发生过什么?

我先生曾不止一次对我说:他之所以能考上大学,是因为小的时候,得了很严重的中耳炎。家里为了给他看病,爸爸曾带他去石家庄的医院看病。没想到这件事却成了他小小的骄傲。在同龄的孩子中,他是唯一坐火车去过石家庄的人。而见过大城市的他,便再也不甘心一辈子待在乡村里了。

也同样是因为耳疾,妈妈曾为他长大后娶不上媳妇发愁。他的一个姨夫,年轻时曾到过兰州,见多识广,先生小时候特别敬佩他。就是这位姨夫,曾拍着他的小脑袋瓜说:"小子,好好念书,将来考上大学,小姑娘们排着队来给你当媳妇呢!"

姨夫也许是随意的一段话,却在小孩子的心里亮起了一道光,好好读书的念头由此而起。

人生需要引领,混沌的小孩,遇到打开他心灵的一道光,从此便是不同的人生。这道光也许是你特别敬佩的人的一句话,也许是你读过的一本书,也许是看过的一个电影。从此,茫然的世界便有了目标,你不再甘心日复一日,今天和明天一个样,你期待改变和突破,那么,破茧而出的那一天就不远了。

我看《经典咏流传》便有了这样的感悟。这个节目的意义,或者说这首歌的意义,不但是鼓舞了许多自卑的、微小的生命,努力去寻求自己生命的价值,还实实在在地改变了台上小梁和小伙伴们的命运。

你信吗?这些孩子们,这些见过了大城市、大舞台的孩子们,其实在此刻,他们的命运已然改变。并不是人为地给了他们什么机会,而是他们的目光不再局限于大山之内。一道生命之光已经激活了他们的内生动力,从此,这些懵懂的小孩将走向更为广阔的世界!

他们真的应该感谢梁老师,而梁老师也在成为引领者的同时,也成就了自己。

我自己也是十分幸运的,在人生的关键时期,总是不乏引领着。他们是我读过的书、看过的电影,是我的亲人、我的老师、我的领导、我的同事、我的朋友。他们是烛照我生命的爱与善的光!有些人、有些事我已经写过,有些还没来得及写。但我的心里有一份感恩的清单,每一天都在向他们发送我的祝福!也许我没有最成功的人生，但因了他们，我却拥有了温暖而美好的人生。

　　被人引领是幸运的，可能由此而改变命运；能引领别人也是幸福的，这最能体现人生的价值。

　　去追寻你生命里的那道光吧，让我们的人生更加开阔！抑或是让我们自己成为光，去照亮别人，引领别人！

麦田在歌唱

何不重拾典雅

有一天，在唐山师范学院图书馆大厅里，看到一副装裱的书法字。那字笔力遒劲，风神秀伟，很有大家风范。仔细辨认，只见上面写着："读者无别，服务有章，人才舟楫，学识津梁。"我心里一震，这不就是我们图书馆常说的"读者第一，服务至上"吗？

到了馆长办公室，又见一幅装裱的书法，看起来是一副对联的样子："藏古今学术预知来往千年事，聚天地精华博览中西万卷书。"我反复读了几遍，越品越有味道，一副对联就把图书馆的功能、服务宗旨，表述的既清楚又深具古风，典雅优美。于是赶紧追踪出处。馆长说，这两幅书法字，内容及书法均来自中文系戴连第教授。

他还给我讲了这几副字的来历。原来，新的唐山师范学院图书馆建成后，为了装饰图书馆，请戴教授写几幅书法字装裱。写什么呢？馆长说，写"读者第一，服务至上"吧，可是教授看了很不满意，觉得这些文字太过直白浮浅粗糙，与图书馆的文化氛围不相符，于是就有了"读者无别，服务有章，人才舟楫，学识津梁"这句隽永典雅的演绎文句。这几幅翰墨，令图书馆熠熠生辉。

戴教授实在是大家风范，在师范学院教授文字学、古代汉语、书法等课程，古典文学造诣深厚，书法更是别具风格，在唐山赫赫有名。

由戴教授的文言雅句，我在想，什么时候我们把祖先这种简洁优美的文字表达方式丢掉了呢？

看汪曾祺的一篇散文《徙》，讲到他小时候唱的一首校歌：

西挹神山爽气，

东来邻寺疏钟，
看吾校巍巍峻宇，
连云栉比列其中。
半城半郭尘嚣远，
无女无男教育同。
桃红李白，芬芳馥郁，
一堂济济坐春风。
愿少年，乘风破浪，
他日毋忘化雨功！

汪先生在文章中说，校歌的歌词，小孩子也许并不知其深意，只是无端地觉得很美。我也觉得很美，读来令人齿颊生香。一堂济济坐春风，他日毋忘化雨功……画面立时浮现：一群小孩子济济一堂，或朗读课文，或唱着校歌，稚气葱茏，春风满面。

同样喜欢汪先生的文字："一个担任司仪的高年级同学高声喊道：唱校歌！全校学生，三百来个孩子，就用玻璃一样脆亮的童音，拼足了力气，高唱起来。好像屋上的瓦片、树上的树叶都在唱。"

多美的描述啊，能够想象这些小学生们唱歌时鲜美生动活泼的样子。我想，校歌的文字之美在涵育学子的过程中，定能展现化雨功。

近两年，开始研究我族续修的《浭阳刘氏谱牒》。翻开《浭阳刘氏谱牒》这本蓝色大书，第一句话便是："谱牒之德大矣，一以显世系传承，使水源清而木本明；一以彰祖宗功德，令子孙向远而凭今。"这清雅的文字令我着迷。

还有，"据《浭阳刘氏谱牒》记载，浭阳刘氏本于浙江金华府义乌县清肃刘也。"又载："自明永乐间，始祖河柱，行九十八者，随征北镇兴州，阵亡于鹞儿岭，有子二焉，后调丰润屯田，始祖妣诸氏负始祖骨骸，携二子始居松林里……"

仅仅几十个字，就把义阳王后裔河北浭阳刘氏家族的北迁史描述得清清楚楚，其简洁、端肃、庄重之美，令人叹服。

最近我在读一部李汝珍写的章回小说《镜花缘》。这部章回小说，前半部述说唐敖、多九公、林之洋等一行人，到海外游历黑齿国、白民国、淑士国、两面国、犬封国时，

麦田在歌唱

所遇各种奇人异事和奇风异俗。后半部讲武则天开科考试才女，录取百人。之后才女们相聚"红文宴"，小说借才女之口，将古代流传下来的传统文化精髓，如琴棋书画、医卜音算、灯谜酒令等尽数展现出来。其中有一副璇玑图，更是玄妙。彰显了我国古代文学的博大精深，令人惊叹。

一本《镜花缘》我已读了两遍，仍觉离读透她还相差甚远，仅就这幅《璇玑图》的解读，就足以让我眼花缭乱。

《镜花缘》珍藏着许多国学的精华，我不明白，它为什么不是我国五大古典文学名著之一。

我钦佩那些深具古典文学功底的人，他们内藏风雅，颇显神秘，仿佛周身都散发着光芒。而那些出自他们心手的诗词雅句，让文章意象优美，像历史的遗珠在角落里熠熠闪光。我们何不重拾典雅，让他们发扬光大。

科技推动社会飞速向前发展，我们获得了越来越多的方便、舒适。与此同时许多先前的美好是否也在丢失？那些文字的雅义之美，曾经固守的优良家风，棉布的朴素温暖，针线的温情和体恤，慢工细作的纯美味道以及邻里相助的古道热肠……

何不重拾典雅，是时候了！

也说生命的意义

生命的意义，这个命题太大了，应该是哲学家们思考的事情，由我这个小人物来说似乎太可笑了，可我确实思考了。在遇到一件事情的时候，我思考过它；在读书的时候，偶尔遇到与此相关命题的时候，我思考过它；在我仰望深蓝的天空，看着云朵梦一般的变幻而沉醉的时候；当我看一朵小花在风中微笑而心生喜悦的时候，看青禾在阳光下自由生长的时候，我在想，我在想，生命的意义到底是什么？

活着就是意义

看余华的《活着》你就了解，活着就是最大的意义。

是的，首先是活着，没有活着，生命的意义无从谈起，那就是零，再多的零没有"1"也是徒然的。那个"1"就是活着，然后我们不断地加零，就是增加生命的意义。当然，还要更好地活着。是母亲，你应该整洁、温雅、慈爱；是父亲，你应该儒雅、坚强、智慧；是老师，你应该耐心、理解、奉献；是员工，你应该守时、敬业、超越……

活着，似乎简单，其实不简单，看你怎么活。

生命的意义在于被需要

当我看到父母亲眉眼的沧桑，满头的白发，踽踽的身影，病重的无助，我知道，我是多么被需要；当我回家，看到爸爸妈妈那慈爱的、喜悦的、欣慰的目光，我深深地感到，我的存在对于他们的意义；当我看到孩子依恋的、楚楚可怜的目光，我

麦田在歌唱

深知我的孩子需要我；当我的朋友诉说他们内心的苦楚，那求助的眼神让我明白，我是被需要的。被需要，让我感受到生命的意义。

英国作家狄更斯曾经这样充满深情地描述生命的意义：如果我能够弥补一个破碎的心灵，我便不是徒然地活着，如果我能够减轻一个生命的痛苦，抚慰一个生命的创伤，或者让一只离巢小鸟回到巢里，我就不是徒然地活着。是的，每一个人，都应该具有这样的人生信念：不能让自己徒然地活着！

生命的意义在于懂得

懂得，让你的内心丰富而美好。内在丰富的人，更加懂得生命的意义。生命的意义在于懂得欣赏，我想，懂得欣赏是一种美德，也是一种能力。

海上生明月，日落生紫烟。大自然的美，如果没有我们去欣赏，它该多么失落。

如果不懂得欣赏自然的美好，我总觉得内心一定寂寞如荒原。当一个人为看到的自然美景而震撼，激动得落泪、感叹的时候，而另一个人在同样的美景前无动于衷，他们两个人生命的意义是相同的吗？我觉得不同，就像河流，一条是丰盈活泼的，一条是干涸枯寂的。

此刻是入秋时节，有一种天地疏朗之美，一种沉静悠远之美。某一天，你会蓦然发现，大地山峦变了颜色，喧腾的河水却安静下来，那一泓清澈明媚的秋水让你由衷地赞叹。

对人的欣赏亦是如此。我有许多欣赏的人，他们是我的亲人，或是我的领导，或是我的朋友、闺密和同事。他们或睿智先锋、或知性优雅、或全能达人、或美丽聪慧。我欣赏她们，自己也在欣赏美好的同时，感染着、同化着、净化着，又升华着。

我欣赏你、懂得你，是一句多么有分量的话，从此，我们就是高山流水，成为知音知己，此所谓知遇之恩。古人云：士为知己者死。可见被欣赏被懂得对一个人是多么重要。不论自然还是人类，被欣赏之后便是不同了。

生命的意义还在于懂得感恩

人生不如意事十之八九，你想从痛苦中解脱出来吗？你想保持一颗从容平和淡定的心吗？你想快乐吗？那么，让我们感恩吧！感恩是一颗慈悲心，是看人生的独特视角。时光的历练，越来越让我感悟，感恩是通往快乐人生、成功人生的永恒法门。

给我一滴水，我也要把它放在阳光下，折射出七彩的晶莹。

生命的意义在于懂得爱，懂爱的人生才会达到至善至美的境界。生命因爱而富足而美好。

让我们去爱吧，爱一个人多美啊，从此你的眼波里便有了如水的柔情，笑容里便藏着花儿的甜蜜，心儿变得软软的……

爱人、爱家、爱世界。爱是生命的暖色，爱是生命乐章里温馨的合唱，爱是冬日的暖阳、夏日的清风、春天的新绿、秋日的百谷香……爱让生命更有意义。

生命的意义在于超越

敢于超越自己的人，每天的日子是不同的，每天的自己也是新的；超越自己，给我们带来的是充实和快乐，使我们的人生更有分量、有价值；超越、创造赋予生命更深刻的意义。

此刻，我一个字一个字地写着我对生命的感悟，也写着我对生命的尊重和祈愿，我的生命也在沉淀着、踏实着。

愿我们每一个人都收获丰厚而华美的生命意义！

麦田在歌唱

苹果树

秋天真是一个美好的季节，不仅天气清爽宜人，田野里、山坡上，各种果实的香气是不是更让人迷醉呢？葡萄、甜梨、苹果……

是的，在这里，我想说说大家都喜欢的苹果和苹果树。

在一众水果中，苹果有着非同一般的、明星般地存在。它不仅清甜美味，而且有益健康，医生们常常告知人们每天吃一个苹果的好处，更重要的是，它还有平安的寓意。除此之外，"苹果"在历史上还有特别的意义。

有人说，到今天为止，历史上有3个最著名的苹果：一个诱惑了夏娃，一个砸醒了牛顿，还有一个，我们都知道，乔布斯的苹果手机。也有人说，3个苹果改变了世界，它们为人类开启了一扇通向未知世界的门。如果说，前面几个苹果曾经改变了世界，那么这个苹果树的成长寓言，或许能改变你的人生。

一棵苹果树终于结果了。第一年它结了10个苹果，9个被拿走，自己得到1个。对此苹果树愤愤不平，于是自断经脉，拒绝成长。第二年，它结了5个，4个被拿走，自己得到一个。"哈哈，去年我得到10%，今年得到20%！翻了一番。"这棵苹果树心理平衡了。

但是，它还可以这样，继续成长。譬如，第二年它结了100个果子，被拿走90个，自己得到10个。

很可能被拿走99个，自己得到1个。但没关系，它还可以继续成长，第三年结1000个果子……

其实，得到多少果子并不是最重要的。最重要的是，苹果树在继续成长！等到苹果树长成参天大树的时候,那些曾阻碍它成长的力量都会微弱到可以忽略。真的不要太在乎果子,成长是最重要的。

这个寓言读后颇为震撼,确有醍醐灌顶之感。

仔细回味这个故事,心中百味杂陈。

我们好多人就是没看明白一棵苹果树的成长寓意,包括我自己。

你关注过自己的成长吗?还是只看到自己得到的果子?似乎我们都没有想过,等你成长参天大树,一切自然到来。

在工作中,在个人成长中,我们常常遇到一点挫折,没有收获预期的果子,就心存抱怨,觉得没有希望了。"就这样吧,不必那么用力,没有用!"正是这些错误认识,让自己这棵苹果树停止生长,正如那个寓言所说:自断经脉。

在我的职业生涯中,在我的写作生涯中,都曾中了这个魔咒。或太过看重一时一事,缺乏长远识见,或被一些事情打断,不能持续坚持,这是做不成事的根本原因。

2006年评正高级职称,自以为自己写的论文不少,课题不少,自恃条件不错,应该水到渠成,没有问题。偏偏不知哪个环节出了问题,竟被批否。虽然各种猜测,各种鸣不平,都没有用。遗憾的是,一步赶不上步步赶不上,学校的政策发生了变化,职称往教学线上倾斜。如果在教学线上,以我的条件,评正高完全没有问题。可谁让你在教辅单位呢?后来各种形势表明,教辅没有希望再评上正高。从此便泄了气,再没劲头像以前那样搞科研、写论文,保持高发态势,只满足于完成任务而已。

没有想到,后来又有机会,虽然说是败给了莫名其妙的机器以及各种说不清的原因,但终极原因还是自己努力的程度没到位,自断经脉,没有让自己这棵苹果树持续成长,结更多的果子。

之所以犯这种错误,是因为我从没想过:生命是一个历程,是一个整体。在乎一时的得失,忘记了成长才是最重要的,而成长是一生的事情。

我的写作经历亦是如此。20世纪90年代初,也曾写过一些散文,并在一些杂志上发表。记得《葫芦花·月亮梦》一文还登载在国家一级刊物《儿童文学》上。可惜的是,写作也没有坚持。给自己的理由是,带小孩、坐班,没时间写文章,然后一直心安理得。

今年我们图书馆举办世界读书日系列活动时,我想邀请一位著名作家给我们做

麦田在歌唱

讲座。虽然我知道她很有名，她是大作家，报刊上时常见到她写的文章。但是在搜集材料的时候，我还是被她出版 20 多本书的事实吓了一大跳。天哪，她写了那么多书吗？

我不羡慕她的功名，我羡慕她那 20 多本书。我可能资质禀赋不能与她相比，但倘若我稍稍坚持，她写 20 本，我能不能写 1 本？她灯下码字的时候，我在干吗？停止成长的结果就是一无所获。

想想，人家那么聪慧还那么自律，坚持深耕写作，一直努力成长，她这棵苹果树早已丰茂繁盛、果实累累。

而我自己这些年，给了自己种种放弃写作的理由，至今徒留遗憾，终于成功地步入庸常者的行列。像我这样的故事，在我们身边比比皆是。还好，现在明白过来，希望能有所补救。

这些年，在单位里，看多了一茬茬年轻人进来，几年过去，他们逐渐在职位和职称中拉开距离。个中原因是有些人停止了成长，或者成长速度变慢。而那些一直在各种学习、经受各种挑战的人，正是在给自己这棵苹果树浇水施肥，修枝剪型，所以越来越茂盛，结了越来越多的果子，事业与人生逐渐拉开档次。

那么好，现在将这棵苹果树的故事讲给他们听，希望有更多的年轻人，因此而改变人生。

你连接了吗

人活在世上，不仅有从众的日常，还要不间断地学习，努力地思索和悟道。

这些天来，我一直在思考，有了新的人生感悟：如何过好自己的一生，收获所谓幸福、所谓人生价值、所谓丰盈美好的心灵世界？这取决于我们与世界、与自己连接的能力。

"我看青山多妩媚，料青山看我亦如是"与看山是山、看水是水的人应该是两种截然不同的人生吧。如果感受不到花开如锦，细雨如诉的美好，即使草长莺飞、陌上花开这样的动人美景也毫无感觉，我想，他是与大自然失去了连接的能力。

追求"天人合一"的境界，培育与自然深度连接的能力，让我们对自然的变化、自然的奇观更易敏感和触动。如果能将季节的变幻、光阴的美好与古典诗词巧妙结合，在自然与文化的交汇处深深沦陷，那将是何等幸福。连接才会深得其味，瞬间的美好也能长久铭刻于心。

我认为自己最接得住的是与自然连接的能力。我从不为自己来自乡村而感到自卑，相反，儿时的山野花草生活，让我对大自然心怀敏感和敬畏，是我人生的色调中最美的一束光彩。

不论是海上生明月，日落生紫烟，还是偶遇的小花小草都能让我感叹落泪，感受到生命的丰盈美好。即使是繁华尽失的冬天，我依然被天地疏朗、阳光明澈温暖以及深蓝色天空沉静悠远的美深深打动。与世界连接的能力让我永葆一颗稚子的初心。

情之所以美好，是我们热烈地投入其中。爱人的一个眼神、一个微笑就能将我们融化，那是情感的深度连接，恋爱中的人能体验无与伦比的美好。与家人、与朋友亦如此，同样需要情感的连接。家人之间虽然是骨肉至亲，家与家之间的氛围也是

麦田在歌唱

千差万别，和睦幸福的家庭同样需要付出真情和热爱。

我们羡慕王世襄，黄永玉、汪曾祺们，他们是艺术家，也是大玩家，玩透了。但这并不是说，他们一生顺遂，也经历过各种艰难坎坷，但是他们有对未来的美好期许，有豁达乐观的心态，任何时候都不放弃学习。就像黄永玉说的：吃过的所有苦，终会熬出甜，终会照亮前方的路。

他们的人生是一条用经历、用笔墨、用智慧汇聚的人生故事的大河，是如此趣味横生、丰盈饱满、多姿多彩。我想说，那是与生活、与艺术深度连接的人生。他们活出了一部真人大书，活出了生命的真味，活出了行走的真人图书馆。

我们读书是与古代先贤、现代智者、知识智慧以及先锋思想的连接。读书令我们从多维角度看世界，从更高的视野看人生。好书不仅带给我们陪伴与温暖，还会加深对生活、对世界的深刻理解，对未来将会遇到的一切，学会坦然面对。

读书多的人大抵对万事万物敏感、豁达而富有情怀。因此，我们鼓励多读书，与作者和书中人进行超越时空的对话，与书中的思想发生化学反应，从而明亮我们的精神，涤荡我们的思想，丰富我们的情怀，拥抱我们生活的世界。

我们与世界、自然和古今贤能达人的思想连接，最根本目的是与自己连接，找到内心的那个自己。

无法与自己连接，必是枯萎的内心世界，人生就是一具空壳。

而疗愈这样的人生，我想：唯有连接！

读书、经历、热爱，是我们与世界连接的三大法宝。

学会全方位的深度连接，在自然中感知生命的律动，在读书中体味文明的生生不息，在经历中与万物相连。让个体小宇宙融入大宇宙，才能感知大千世界的美好。尼采说：我们来这世上一遭，本就应该跟最好的人、最美的事、最芬芳的花朵倾心相见，如此才不负命运一场。

如果你觉得不快乐，一定要问问自己：读书了吗？与家人朋友是否好久没交流了？是不是该出去走走了？

大地飞花，云水流烟，世界如此美好，让我们热爱生命，去阅读、经历和修行。

已是小雪的节气。窗外，是冬日里纯净悠远的天空、叶子斑驳的树木，往后的日子将是一日冷似一日。然而，只要我们学会与世界连接，就会不惧一切，从容地迎接即将到来的变化。

连接吧，每一个日子都是新的。打开自己，融入世界，让心灵从容丰盛，浩荡如春水，陪伴我们走过生命的万水千山。

麦田在歌唱

关于装修那些事：（一）其实我也不太懂，我只是信任你而已

今年9月1日，天高云淡，风朗气清，一切都显得那么美好！

我们等待了7年，也为之奋斗了7年的房子也终于尘埃落定，可以拿到钥匙了。

售楼处、物业管理处、小区里到处是横幅彩挂和兴奋的人群。但那一刻我好像也没有太多的喜悦，兴奋和激情都被这七年的艰辛经历磨光了。

7年来，我们和其他业主经历了开发商变更、资金链断裂、停工和上访维权等一系列糟心过程。好在政府非常给力，进行了一系列的协调斡旋，找到了比较有实力的开发商接盘，风雨飘摇的期房项目终于重新起航，我们也等到了拿钥匙的这一天，这一切来之不易，值得庆贺。

好不容易拿到了房子的钥匙，一定要好好装修一下，那么请谁来装修呢？

众所周知的原因，我们的电话号码也不知被谁卖了多少次。知道我们这里交了房子，每天会接到无数个装修公司的电话。我们没有精力自己装，需要找一个靠谱的公司来装修。

装修不是一件容易的事，关于装修的故事听过很多，心里十分忐忑，不知道找谁来装好。好在暑假期间，我们有一点时间，用了一个笨办法，就按照装修公司打来的电话，一个公司一个公司地跑。

每到一个公司，先体验一下这个公司的氛围，参观一下他们的材料，跟设计师聊聊我们的想法，然后找感觉，看哪个公司的装修更适合。

各个装修公司的竞争非常激烈，大家各有各的优势，都想拿到客户。我们如何

找一个靠谱的装修公司呢，算不上经验，只谈一谈我的想法，同时也给装修公司的设计师们提个醒。

这期间接触了几个很不错的设计师，有一个叫小丁的设计师，感觉还是很不错的，很专业、前卫时尚，我们甚至互相交换了微信和各自的微信公众号，谈得也还不错。但是当我们去参观他们材料库的时候，着实吓了一跳。这个打环保牌、想以环保优势取胜的装修公司，材料库却能熏死人，实在让人不敢相信，感觉特别不好，只好告别了这个装修公司，对小丁报以深深的歉意。

可见，一个公司要想拿到客户，体现的是综合实力，而且要关注细节，公司一定要牢记，细节决定成败啊！

接下来我们去了另一个装修公司，接触到了装修设计师小刘，小刘是位年轻时尚的姑娘，很专业，也很耐心，你提出的问题，她都能给你满意的答复。这个装修公司设计师都是年轻人，有一种团队意识，公司里也有他们的装修样板房，材质看起来不错。从他们那里回来，我大致就要决定由他们公司装修了。

这时候另一家公司给我们打电话，这家公司距离我家不远，我们就去看了看。想不到这一看又推翻了以前的决定。

这家公司接待我们的设计师，是一位漂亮姑娘，大家喊她小郭。

小郭先跟我说了一大堆我不明白的基础装修问题，我傻傻地听着，最后，我问："你能给我们出个效果图吗？"她有点无奈地：能，能给你出。""你要设计费吗？"小郭答："不要设计费。""我要怎么操作呢？"小郭说："先交一部分定金，签约以后，我先带你去看家具，看你喜欢什么风格、什么颜色的家具，定好了家具风格，我再给你出效果图。我刚给自己装修了房子，就是这么做的。"

这倒有点新鲜，之前，没有一个设计师这么跟我说呢。

小郭还语重心长地对我说："不要太相信效果图，效果图里的东西你未必能买到，还有那些装饰品，那就是一个美好的梦，并不现实。"

听起来确实是那么个理。我说："你还陪转家具，后期装饰也管吗？"她说："管呀！"这也出乎我的预料。我问："你是哪里毕业的？"她回答："我是苏州大学毕业的，毕业以后，在上海干了一段时间的软装，对软装这块还是比较了解的。"

原来如此。看着这个爽快的姑娘，我心里竟萌生了信任。实在的姑娘，说得都在理。

麦田在歌唱

　　心软的我又默默地给小刘姑娘道歉了。对不起呀！谁让小郭这么实在呢？谁让小郭听起来更有实力呢？相比小郭，小刘在接待客户的时候就有点不那么接地气了，并不是完全满足客户要求就是最好的，其实客户有好多东西是不了解的，可能只关心环保、材质和价格。

　　站在客户的角度去策划才能打动人心，或者说，就像给自己装修一样的姿态就对了。

　　好了小郭，装修就交给你了。

　　其实我也不懂，只是信任你而已。我发现，这世上最值钱的是信任。

关于装修那些事：（二）由信任结下的善缘

转眼就到了惊蛰的节气，人们也好像从沉闷的日子中醒了过来，开始倒腾春装，开始计划着新的一年将要实现的愿望，光阴一日胜似一日地缤纷起来了。

虽然乍暖还寒，但春的气息早已扑面而来，人们期盼的青枝绿叶、花繁似锦的日子即将闪亮登场。

经过几个月的装修忙碌，我们的新家也终于有模有样了。虽然离入住还有一段距离，然而好事总是希望尽快与大家分享！

国家开启了新时代、新思想、新征程，我们家也将过上新房子、新日子和新生活。大家小家，一起走进新时代！

我们追求的是简约、清新又温馨舒适的装修风格。不求高大上，也不追时尚，适合就好。

墙壁贴了白色壁纸。我坚持铺了木质地板，非常喜欢踩在木板上的那种亲切的感觉，比硬硬的地砖更契合心灵的渴望，草木贴心呀！虽然难打理，还是坚持这一选择。想想，随便在地板上铺一条毯子，就可以做几个瑜伽动作；放个坐垫，就可以席地而坐，多好！

装修真是一门遗憾的艺术。最让我们纠结的是挂画的选择。我其实特别喜欢那种写意风格的油画或者抽象画，但是转了好多地方，就是找不到适合的画，要么画风不喜欢，要么就是尺寸不对。最后还是回到了苏绣，我们找了些画面清雅、寓意吉祥的苏绣挂画，整体风格与我们简约现代的中式家具的风格比较吻合。

只是心里还是有些不甘。老周安慰我说："咱们再买一套写意风格的油画，然后

麦田在歌唱

咱们冬天挂苏绣，夏天挂油画。"这倒是不错的选择。

这期间，我们与装修公司沟通顺畅，工长小许、小郭特别负责任，还建了个微信群，每进行一个程序，都汇报一下，严格把关。小郭这个漂亮姑娘特别能吃苦，值得托付。装修之前，为了确定装修风格，小郭带我转了好多家具店，什么居然之家啦，常记家具啦，连卖家具的都说，没见过设计师带客户这么转的，话语中透着赞赏。

我也喜欢这姑娘，还喜欢看她的微信，满满的正能量，我每天也像打了鸡血一样，斗志昂扬地上班工作，回家哼着小曲刷锅洗碗。

小郭的微信也常发那种他们公司装修完的现场效果。我发现，我们家的装修效果没上过小郭的微信，大概是她看不上我们的装修样式，小郭追求的装修模式既前卫又佛系，可能是因为年龄而产生的代沟吧。

来我家看过的人都说基础装修质量不错，装修效果也基本满意。有些遗憾的地方就是门的颜色有点不搭，灯具选择有点草率，用一段时间习惯了也许就好了。但这完全是我们自己的选择，与装修公司无关。

都说傻人有傻福，确实有些道理。像我们这样简单的人，却总是遇到好人。负责我家装修的工长小许，真是个热心肠的小伙。本来他的工作完成后，就可以完全甩手了，但我们有什么后期的小活找他，还是特别爽快地答应，绝不推脱。比如买完画后还需要挂画，一个电话小许就来了，而且坚决不收钱，特别让我们感动。

因为新房子格局的原因，不太适合买家具，只好到处找合适的全屋定制。我们很偶然地就遇到了大爽。一聊起来，原来还是我们唐山学院毕业的学生，真是缘分。大爽一聊起学生时代的生活就特别兴奋，想当年他是学校里的活跃分子，说起他演过的话剧，一脸的辉光。对他的恩师毛老师更是赞不绝口。大爽真如他的名字一样，透着爽快义气。我们立刻拍板，家具交给大爽。

大爽不负众望，木料用的是北美红橡，每件家具都是实打实的用料，精工细作，价格合理，看起来让人心安。

安装那天，也着实吓着了我，看他们拉来一大车散件，四个工人整整安装了两天。没别的毛病，每件家具都特别沉，真材实料啊！

美好的生活不仅要有好的居所，更要与好人相伴。都说人生如戏，但你这个戏剧的主角如果没有与你实力相当的对手过招，没有丰富的背景，没有喝彩的观众，还怎么往下演呢？还有什么快乐可言，更不要说人生意义。

所以，如果你正在过着有品质的生活，别忘记感恩你的亲人、朋友，还有许多与你偶尔同行的人，甚或是你并不认识的陌生人。正是他们与我们多维度的触碰或思想交锋，相互提升了人生的质感，丰饶了生命的色彩！

我特别相信吸引力法则，你是什么样的人，你的身边就会汇聚与你同类的人。怀着一颗美好向善的心，日子会越来越美。

上天从不亏待那些善良又努力的人们！我们一起加油吧！

四　人生故事卷

佳人陪伴的时光

在我的人生旅程和阅读生涯中，曾有三位才情过人的女子与我相伴而行。她们用或深情、或浪漫、或灵动的文字，伴我一路成长，给予我难以言说的情感的满足、心智的增长、艺术的思考、开阔的人生视野和对未来的向往与期待。她们是我灵魂上的知音和挚友。我用一颗眷恋和感恩之心回首那些与她们在一起的美好时光。

有位佳人，在水一方——琼瑶

琼瑶，美玉。她的人、她的人生和她的作品就像她的名字一样，温润而美丽。

青葱岁月总是充满了种种幻想，在轻舞飞扬的美好时光中，能有琼瑶妙曼的文字与我青春做伴是一件多么美妙的事情。她那仿佛仙人点化了的神笔，演绎了太多令人千回百转、缠绵悱恻、柔肠寸断的爱情故事，让年少的我为之洒泪，为之痴狂。

谁又能抵挡啊，小说里的男人个个都是俊朗潇洒、幽默风趣、温柔又善解人意，且事业有成，情深义重。哪个女子不希望有这样的男人相伴，而现实世界中又有几个女人能幸运地走进这种被称为典范的爱情故事中呢？也许正是现实中的可望而不可即，才更让人为之神往。

那时，正值豆蔻年华的我，亦是兼具了一些文艺女生的气质，爱极了琼瑶的小说。曾经天天与琼瑶的小说为伴，《一帘幽梦》《窗外》《几度夕阳红》……

疯狂地阅读和着泪水欢笑，伴着忧伤和快乐，直看到食不知味、天昏地暗、不知汉魏，不知泪湿了多少纸巾。

麦田在歌唱

我爱琼瑶的小说，不单是因为诱人的故事情节，更爱她故事中蕴含的那种诗意典雅的美。

琼瑶用她细腻柔情的心和笔，将古典诗词的美好意境与曲折的爱情故事奇妙地糅合在一起，竟有一种不能言说的极致的美。不论别人怎样非议，我依旧感谢那些年她带给我的心灵悸动以及对未来的美好祈愿。

和三毛一起浪迹天涯

小时候曾经在姥姥家看过一本《十万个为什么·植物卷》，说某些植物暗示它所生长的区域可能有某种矿藏。于是在山上游玩的时候便多了一桩心事，看到一些长相奇特的植物就会发呆，想象着它的下面会不会有金矿？银矿？

在阅读外国文学作品时，最喜欢俄罗斯文学作品中对神秘森林的描述，特别迷恋英国文学作品中古堡和庄园，不觉中竟有了探险和旅行的情结，梦想着有一天和心仪的人一起浪迹天涯。

而现实的无奈，曾让梦想离我远去，直到那个神秘的女子出现。

一位长发飘飘的女子，牵着骆驼，行走在天边的撒哈拉大漠上。巨大的落日将沙漠、骆驼和女子泼染得一片辉煌。多么美妙的剪影啊，一个声音对我说，去追随她吧，这才是真正的浪漫，有梦才有远方。

于是，我和她一起去那遥远的地方。去撒哈拉、去西班牙、去摩纳哥，去中美和南美，游走在异域他乡，品尝人生的况味，我和她一起万水千山走遍。

做渔人素夫、去荒山夜宿，为芳邻们济世悬壶……

那种阅读带来的心灵的满足与升华是无以言说的。常常不自觉地微笑，亦常常泪流满面。

好似我读懂了她，她亦读懂了我，我读懂了自己的内心。我知道，三毛是一个真正生活过的人，是诗意浪漫、大彻大悟的人。

从此，旅行和探险的梦想再次回到心中。

这位热爱读书、热爱旅行的奇女子，依然在我的书桌上，在我的灵魂里陪伴着我。

情殇半生缘——张爱玲

张爱玲，这个古怪精灵的奇女子，她的每个文字都是有灵性的活物，生生地拽着你、引着你和她一起回到三四十年代的上海和香港。那旗袍、发髻、红唇的女子，那细雨、青石和油纸伞的窄巷。

张爱玲的文字是不能随便碰的，看了就会上瘾，读了亦会极其过瘾，像中毒了一般。文字里透着说不出的灵动与哀伤，惊艳得让你颤抖，透着令你无处遁逃的冷艳之美。

女人写女人是那么刻骨而深刻，何况是张爱玲笔中的女子们。她们在繁华的大上海和香港，演绎着各自不同的悲喜命运，即使是《倾国倾城》和《红玫瑰与白玫瑰》中的女子们也不能把握自己的未来，更感伤曼珍们的情殇半生缘。女人们的命运，大多以悲情落幕。

游走在书中，仿佛张爱玲和其笔下的女人们正穿越历史，破空而来，与我相互感应。体味着自己现实的人生，深感把握命运是每个时代女人们的人生主题。

感叹张爱玲的人生并未因其惊世的才华而受到命运更多的眷顾，其思想亦是有争议的，随着阅历的增长，我对她的认识也有所改变，但其绝世的才情无可争议。

常常恍惚，我和这个才气如云的女子竟是同乡，我们同是丰润人。丰润——丰饶润泽的地方，灵慧而神奇的地方，虔诚地祈祷曹雪芹、张爱玲们借我一点笔端的灵气和深刻的思想，毕竟同乡一场。

时光荏苒，经由了那么多的岁月，有些书早已不再读，有些依然在案前。无论如何，我要由衷地感谢她们的心灵陪伴，感谢她们丰饶了我的青春岁月，灵动了我的笔端，美好了我的容颜。

今天是秋分，北方最美的季节已经到来。盈澈的秋水里可否看见她们的身影，美丽的秋叶中是否藏着她们的欢颜。梦里落花，再次回味那些与佳人们共同度过的美好时光，唯有感恩。

麦田在歌唱

金一南的图书馆员生涯

俗话说，隔行如隔山。在国外，图书馆员是非常受人尊敬的职业。美国前总统小布什的夫人劳拉获得得克萨斯大学图书馆学的硕士学位，直到结婚前，她一直做图书管理工作，是实打实的图书馆管理员。

在我国，图书馆员队伍里也是藏龙卧虎，名人辈出。今天，我就给大家介绍一下最励志的、从图书馆里走出的将军金一南。

最好的图书馆员

金一南可能大家都了解，他有多重耀眼的身份，他是一名不折不扣的军事战略家、作家、教授、博士生导师、演说家，可谓惊世奇人、光芒四射。

而大家不知道的是，1952年出生的金一南只有初中学历，做过烧药瓶的工人，入伍后当过无线电技师和军体教员。1984年分配到国防大学，却不被待见，被安排到校办企业。经过自己多方争取，才转到自己心仪的工作单位——图书馆。

这一年是1987年。从此，他在图书馆一干就是11年。我1986年从河北大学图书馆学系毕业后，到唐山学院图书馆工作，他比我还晚到图书馆一年。很荣幸与金教授有过11年的同行经历。

而这11年他都做过什么呢？35岁学英语，41岁学计算机，涉猎当时很少人了解的互联网。他善搞数据库，真刀真枪地搞调研，掌握一手资料。为搜集资料，先后跑过7个大军区、15个省军区、11个集团军和3个海军舰队。

他坐过火车过道，也曾睡过座位底下。当年他主持开发的国防相关信息情报系统，获军队科技进步奖，成为军事训练信息网上运行的第一个大型情报信息系统。这样的成绩在当时的图书馆系统非常难得，他也从普通的图书馆员升职为情报部主任，这个职位太适合他了。

除了职业范围的工作，更痴迷军事理论研究。他利用图书馆丰富的文献资源以及善于搜集资料的专长，研读了大量军事文献资料。而过硬的英语、计算机技术和互联网知识牵引着他的目光，从图书馆破壁而出，将研究的触角伸向国外，为后来举座皆惊的逆转时刻埋下了伏笔。

举座皆惊

1998年，美国国防大学校长切尔克特第一次到中国国防大学访问。校长邢世忠亲自召集会议，研究怎么接待这位美国将军。金一南以图书馆情报室主任的身份列席会议。

临近会议结束被校长点名发言时，才向大家出示了他从互联网上下载的关于切尔克特的真实身份、发表的文章和照片等相关材料。那个时候，互联网还是新生事物，没几个人了解。金一南提供的材料，举座皆惊。

由于金一南提供的资料，中国国防大学接待切尔克特来访获得极大成功。这也让金一南沉寂多年的人生骤然出现一抹朝霞。一时间，好几个教研室都想把金一南调去，"官司"一直打到校领导那里。刚进国防大学时没人要的金一南一下子成了"香饽饽"。这一年他46岁，被破格晋升为国防大学副教授。

军事专家和作家

这一段内容，我反复看了好多遍，电影镜头般在我眼前闪现，仿佛亲历了现场，思绪万千。

我们总是抱怨图书馆人的地位，可我们谁做到了这样高水平精准服务？金一南的一手硬核材料谁又能不服气呢？这位情报部主任确实是实至名归！

时间的坐标轴上，我反复回想，1998年的我在干什么？

麦田在歌唱

那一年，我在采编部负责著录，图书馆正大规模回溯建库，用的是息洋通用集成系统。好像还没用过互联网，甚至不知道互联网为何物。业余时间就是看孩子、看电视或偶尔写点论文而已。而那时的金一南已经利用互联网研究国外的军事理论和军事动向了。

更难得的是，他从未停下脚步，撰写了大量具有真知灼见的军事著作。其中2009年推出的作品《苦难辉煌》牵动了大众的目光。这部作品被改编为纪录片播出。据媒体统计，从2009年出版至2014年，《苦难辉煌》卖了近200万册，金一南还因此登上"中国作家富豪榜"。

时至今日，他已写了20多部著作，在各大报刊上发表了很多篇观点新颖、见解独到文章，受到社会各界的关注。他又是天生的演说家，语言幽默、犀利，直击核心要害，深受听众喜爱。

总之，他收获了极大的成功，有众多的头衔和荣誉加身。

作为一名图书馆人，我为他感到荣耀，同时也想了解他成功背后的缘由。

读书狂

从掌握的资料来看，他是一个读书狂。有大量读书做基底，才有了后来蜕变发光的那一刻。

众所周知，金一南只有初中学历，这只不过是那个时代造成的。我想，如果正常考试的话，他也会考到国防大学。

他确是极爱读书的。注意，不是通读，而是研读。每一部书都让他获益匪浅。可见，那时候，他就是一个读书狂。

后来，他如愿进入图书馆工作。当他迈入书库的时候，书架上那些大部头的书让他眼睛都直了。从此，他埋入书海，如痴如醉地研读军事理论著作。

1996年，他出版了自己的专著《狂飙歌》，为此他耗时1000多个日夜，研读了300多本专著，整理了200多万字的笔记。后来他又写出了20多本专著，他又会因此而读了多少书，查阅了多少资料呢？无法想象。

他没有读过大学，却超越了多少名牌大学的硕士、博士。如今他是博士生导师，我想，没有人不服气。这一切源于他在军事理论、军事战略领域纵横捭阖的能力，而这一切又源自他长期大量阅读做积淀，并在此基础上深刻思考和实践的结果。

所以，如果你想超越自己，如果你也想书写自己与众不同的传奇人生，那么，读书吧，这一条适合所有人。

永远追求卓越

甘于寂寞，不畏挫折，追求卓越。1984年，他调入国防大学时，他父亲已去世。他没能依靠他的父亲为他做任何事，反而因为低学历而处处遇冷，人微言轻，不被重视。

1995年，他写成22万文字的《装甲战》一书，详细记述了人类历史上一次重要军事变革，传统步骑战向机械化、装甲战的转型。可惜这本书稿送到出版社，历经种种变故，最后因故未能出版。

谁没有站在低处被风吹雨淋的无奈和难过呢？关键是，你是否就此认输。金一南恰恰有一种认准目标，不怕困难，全心全意，执着向前的精神。他做什么都是最拔尖的，曾被称为"天生的好工人""天生的好技师""天生的好教员""天生的好馆员"。其实，那里有天生的呢？做任何事都力求做到最好、追求卓越的精神让他在任何岗位都能独领风骚，这也许是成功人士的特质吧。特别喜欢他在《苦难辉煌》一书中前言里的一句话："物质不灭，宇宙不灭，唯一能与苍穹比阔的是精神。"正是这种精神让他从沉寂中崛起，成就了自己。

独立思考

不盲从于任何权威的结论，有自己独立的思考。

对于现有结论，他不从众，而是通过大量阅读，深刻感悟、一线调研、多维思考、实践探索，直到拿出自己的结论，并证实这个结论。有人说，金一南长了一双透视历史迷雾的眼睛。这双鹰一样的眼睛，犀利而深刻，看到了历史背后的玄机和硬核。我们是否也拥有这样独立的思考能力？是否也能成就一个不一样的自己？

在这里，把金一南将军的一段话送给大家，希望我们都能从中受益。

"年轻人要敢于被埋没，'做难事必有所得'。年轻人不要有太强的趋利避害的想

麦田在歌唱

法,要主动做难事,敢于吃亏,敢于被埋没。这个时代充满了机会,但机会来临时,还是要看自己的积累够不够深厚。

"第二是'越是喧闹,越是孤独;越是寂寞,越是丰富'。真正的好东西一定是个人的,是诞生于'宁静致远'的过程中的。这个时代就缺乏摒弃喧闹的勇气。一个真正沉下心来、甘于寂寞的人,才能掌握自己的命运。否则活了一辈子,最后还是在随波逐流,一无所成。"

每一位图书馆人都应该读一读金一南的故事。不是每个人都能取得他那样的成就,但我们能不能比现在更优秀一点?把心沉下去,拿起书本来,像金一南一样,在服务他人、为他人作嫁衣的同时,也为自己做一件漂亮的衣裳。这样,在机会来临的时候,才能有勇气迎上去,接过来。

要想被人看得起,最终还是靠自己。

不渝初心，且行且歌

——我眼中的诗画家秋彬

  我与秋彬相识于河北省科教文委员会的一次会议。我们到达北戴河时已近傍晚。正值初夏时节，微微的小雨让我们下榻的酒店掩映在鲜润的翠色和花香之中。

  晚饭后，我们迎着扑面的海风，缓行在寂静的海边，边走边聊。这之前，我只知道他是画家，在同来的车上加了微信，看了他微信中很少的一些作品，特别喜欢。他是70后，所以也就不管他的名气了，随口叫他秋彬。

  随意的言谈中，却发现他诗词歌赋信手拈来，贤文典籍挥洒自如，虽竭力内敛，却挡不得住横溢而出的才华，这让我尤其钦佩。

  今年夏秋之交，得知秋彬于美丽的南湖举办海外画展之预展，真心为其骄傲和自豪，也觉得应该为他写点什么。怎奈秋彬人缘极好，布画之时，自有文韬武略的各路好友为他举起风中的旗帜，我站在旗下游移不定，该写点什么好？

  我不是画家，不敢从艺术的角度进行品评，但我能感受它的美。艺术是相通的，我虽不会绘画，但喜欢诗歌散文。在我看来，一个文艺作品是否成功，就看它能否打动人心，而打动人心的作品，必定是有生命、有活力的，它的作者也必定有丰沛的情感和善美之心。

  毫无疑问，秋彬的画作是成功的。没有大规模宣传，来看画展的人却络绎不绝，每幅作品前都驻足着许多细细观赏人们，那么多高高举起的手机和相机，原来早已声名鹊起。

  赏画归来，终归要回到作画的那个人，我还是写写秋彬吧。

麦田在歌唱

我想说，秋彬是一位深具"热爱"之人。

热是热烈，是热情；爱是博爱，爱自然，爱生活，爱自然与生活中的人！这种"热爱"的生命特质，让他笔下的画作充溢着优美的生命意蕴。

你看：春天的一抹新绿，夏天深长的河流，秋天霞彩的红叶，冬天妖娆的雪野。站在这些看似简静的诗画面前，季节灵动的大美与气韵，深深地感染着人们，心中会升起一片暖意，留下久久不去的涟漪。每幅画看起来都是那么深邃典雅、意象丰美，让人愉悦舒展，让人恋恋不舍。

我想说，他的每幅画里都藏着"热爱与美好"，正如他阳光的性格。画如其人，那里有他最真的人性，最善的灵魂，最美的人生。

热爱之下是生活的流水，热爱之上是哲思的云端。

秋彬是一位勤于探索、执着追求的画家。

初识秋彬，只知他是一位很有名气的画家，与他聊天时才发现，他还是一位颇有建树的建筑师：中国注册一级建造师、中国注册土地估价师、中国注册造价工程师、高级工程师、建筑学硕士。此所谓"盖得了广宇大厦，也玩得了笔墨春秋"，我深以为然。

这位纯正的理工男爱读书，喜诗词，会唱歌，幽默风趣，十八般武艺样样拿得起，正是多才多艺，人生赢家。

看画时，尤其喜欢附着在画中的风雅诗词："月出惊山鸟，时鸣春涧中""绿荫不减来时路，添得黄鹂四五声""停车坐爱枫林晚，霜叶红于二月花"。仿佛随意，却拥抱了来自远古的诗词光芒，升华了画作的内涵雅韵，彰显作者诗画人生的执着追求。

秋彬自幼钟情诗词歌赋，敬慕遥远的古圣先贤。因为，他们是如此的遗世而立，缓歌慢行。如果能够穿越，他一定是生活在诗词繁盛的唐宋时代，看衣袂翩翩，秋水天长，文字生香。

最喜那幅"晚来天欲雪，能饮一杯无"，仿佛看见秋彬从画中探出头来，笑盈盈地召唤：能饮一杯无？

我喜欢秋彬的诗画，那是把诗歌带入另一种永恒的探索。诗入画，画成诗，互为衬托，诗画共鸣，是"处身于景，视境于心"的大美之作！是超越风景本身的包含生命意义的心灵之作。河北大学一位老师称赞其为"小王维"，诚然不欺也。看他的画，是一种人生的奇遇，画里有灵光的闪耀，灵魂的激越，无以言说的生命律动和感动。

我非常欣赏他画中的跋语。这些跋语或睿智或诙谐，每每警句俚语，闪耀着哲思之光，常常令我忍不住笑出声来，抑或看出眼泪来也是常有，看到精彩处也会不自禁地击掌叫好。这些画有着鲜活的表达力，用我们通俗的话说就是：接地气！深得其味之人都会得到非凡的享受。

美感的世界纯粹是意象世界，超出利害关系而存在。我想秋彬的绘画成就除了他的天赋和勤奋，还来自"无所为而为"的精神。就像朱光潜先生说的：把自己所做的学问或事业当作一件艺术品看待，只求满足理想和情趣，不斤斤计较利害得失，才可以有一番成就。简静中暗含着热烈，素朴中有追求和向往。好的文艺作品应该能洗却精神的尘埃，触动平庸的灵魂，点燃神奇的想象，我想秋彬做到了！

可爱的天真之气，少有的赤子情怀。

秋彬心性纯善，崇尚自由，对世界对生活充满好奇和美好的向往，葆有他这个年龄少有的可爱天真之气，十分难得。他的画里藏着对世界孩童般纯真的渴望，看他的画时，仿佛回到了曾经的青草故乡，欢快的溪水童年，深切地感受着那些本真的美好。在外的游子需要安放漂泊的心，赏秋彬的画，你便找到了家乡。正是"此心安处是吾乡"。

不懂绘画技法，但我能感受到画里蕴含的曼妙诗情和赤子情怀。看他的画，我总是由衷地想说：这世界多么美好。

天真不独属于孩童，他属于深具情怀之人，不论年龄。秋彬自比蒙童，自侃"六一"快乐！这得之于其家兄李彦彬的赠联："一诗一书一幅画，一时一节一枚章。"这也是本次画展的主题。"田家此乐知者谁？我独知之归不早。"

祝秋彬在未来的日子里：时节如流，不渝初心。其乐无疆，且行且歌。

麦田在歌唱

微笑的蒲公英

总有一种美好留在时光的印记中，在这风中带着翠色与花香的初夏时节，一个背着手风琴的优雅清丽的女孩悄然走进我的生活。

她叫王峥，名字很有男孩子气，然而，这个"80后"女孩非常不简单。

说来，我与王峥是正牌的同事。然而最初听说这个名字还是在 2016 年。那年学校准备举办校庆文艺演出，并向校内外征集校歌，很幸运，我与另一位同事撰写的歌词同时入选。

听说学校邀请了两位作曲家为之谱曲，并由我们学校的合唱队演唱。非常荣幸，我的那一首由著名作曲家、指挥家郭文德先生谱曲。郭文德先生是词曲大家，给我那首歌词的谱曲也颇具古风。因为这首歌的缘故，我也被同事拉入了合唱队，毕竟唱自己写的歌，想想也是很开心的吧。

但我也被另一首歌惊艳到了，那是真正的校歌风范，青春、昂扬、向上的节奏，清新优美的校园歌曲旋律；曲调与歌词十分吻合，唱起来节奏鲜明，精神振奋，感觉又回到了轻舞飞扬的学生时代。

当时，看到这首歌的曲作者是王峥，我一直以为是一位著名的大作曲家。

后来听人说，王峥就是咱们学校的老师，我有点不敢相信。后来又有同事指给我说，就是台上弹钢琴给我们伴奏的那个女孩，我差点惊掉了下巴。多么有才华的女孩，也太低调了吧。

心生羡慕和欢喜的我，一直想找个机会和才女王峥认识一下，但似乎总是没有机会，时光就这样匆匆而过。

今年5月初,我忽然从微信圈里看到同事们转发的、令我震惊的消息:王峥要举办"难忘的旋律"巴扬手风琴独奏音乐会!难道她的专业是手风琴?不是钢琴?不是作曲?

我的心一阵悸荡。

我太喜欢手风琴的音色了,在所有的器乐中,我喜欢如泣如诉千回百转的小提琴,喜欢空灵悠远明亮如月色的长笛,更喜欢时而空蒙如烟雨、时而热烈坚定如策马向前、时而浪漫柔情如花开的带有俄罗斯风情的手风琴。是的,也许是受到俄罗斯文化的熏染,我有深深的手风琴情结,或者说,王峥的手风琴激活了我一个遥远的、关于手风琴的梦。

我的脑海里总有这样一个画面:在飞驰的火车车厢里,在开满鲜花的树下,在微风荡漾的绿色田野上,一群志同道合的好朋友围坐在一起,在手风琴那独特而优美的琴声伴奏下,我们忘情地唱起一支支或深情、或欢快的歌,一直唱到心儿飞起来,每个人都深深地沉醉其中。

然而这样的景象现实中从未发生,成为深埋在我心中的一个梦。

当我看到她的音乐会海报时,我才知道,这女孩的履历太厉害了!

她毕业于西安音乐学院音乐学专业,获得硕士研究生学位;她是河北省手风琴协会会员,唐山市音乐家协会会员。

我曾经听她说过,在唐山大剧院举办音乐会是她的梦想!当时我以为,她还没有举办过个人独奏音乐会。然而,看介绍,她居然已经成功举办过两场个人专场巴扬手风琴音乐会及一场巴扬手风琴三重奏音乐会。除了举办音乐会,还出版过两本书手风琴专业书籍。

这个安静的蒲公英女孩展示给我的是一连串的惊叹号!令我震惊的还有一系列的国家级演出以及一系列的国家级演出奖项。

这一身"硬核"本领的王峥老师!

我心里说,再也不能错过了。我主动联系了王峥。虽然我是"60后",她是"80后",努力又有才华的人就应该受到尊敬。我加了她的微信,发现她的网名是:蒲公英的微笑。

我笑了,多好听的名字,这和她本人真是太契合了:朴素、低调、谦逊又内敛的女孩。而她拉琴时的样子多像蒲公英的花儿,在生机勃勃的绿色原野上开得那么

麦田在歌唱

明艳，那么动人！

我想象着，去唐山保利大剧院，看看盛装的女孩梦想花开的时刻。瑰丽的霓虹灯下，听欢快热烈的音符在恢宏的音乐大厅里旋转飞扬，让激荡的乐声直击心底，沉醉，沉醉……

由这一场音乐会我也学到了很多东西。由音乐会的演奏曲目和伴奏乐团——冰与火探戈乐团，我发现手风琴竟然是演奏探戈乐曲的专用器乐，这打破了我原来的认知：一直认为手风琴独属于俄罗斯及东欧一带，没想到竟然与南美的阿根廷也有着很深的渊源，而本次巴扬手风琴独奏会也是主要以探戈曲风为主。

可是，人有很多时候是身不由己的。不得不说，因为特殊情况，我还是没能感受现场的热烈盛况，欣赏她那美妙的琴声，我辜负了王峥，非常遗憾。

但我极尽所能，找到了网上能找到的所有节目单里的曲目，特别是电影《闻香识女人》中经典的舞曲片段《一步之遥》。这首华丽高贵的探戈名曲震撼人心，令人心醉神迷，连同那一段视频，成了我心中永远的经典。

曲目中还有《花儿为什么这样红》《当探戈遇到彩云追月》《当探戈遇到贝加尔湖畔》等颇具中国音乐特色与民族风情的新探戈作品。特别是李健的《贝加尔湖畔》是我的最爱，原来伴奏中就有手风琴那种特别的音色，忧郁而迷离，浪漫又抒情，直抵心中最柔软的地方。改编成探戈曲风，一定会给观众们带来了不一样的音乐体验吧。

我默默地闭目欣赏这些经典曲目，就当是欣赏了王峥的演奏吧。我想以后还会有机会的，这么优秀的演奏家，一定还有后续演出，那时，我一定不会再错过。

我想说：王峥，你是唐山学院的骄傲，也是唐山人民的骄傲，愿你走向更大的舞台，用你的巴扬手风琴演奏出人生最美好的乐章！

写这篇文字的时候，正是初夏的傍晚时分。窗外，晚风清凉，花影扶疏，霞光渐隐，星辰初现。这一刻，我的脑海里闪现出一幅画面：这时节，儿时家乡的麦田里，青青的麦穗已经抽得整整齐齐，微风拂来，清波荡漾，麦田边的空地里，渠水边，到处是安静开放的蒲公英花，格外清芬、美丽。我给女儿摘一朵，戴在发辫上……

王峥啊，是天上一颗耀眼的星，地上一朵微笑的花。

大风中的女孩

前两天，阅读疗法委员会主任、华北理工大学图书馆原馆长黄晓鹂教授委托唐品老师给我送来了一本柴丽丽医生写的书——《痛并明白着》。

这些年，不知是书的质量问题还是我的灵魂麻木了，总之，很少像年轻的时候那样，废寝忘食、哭哭笑笑地看完一本书了。之前也并不了解柴丽丽。当我拿到这本书时，先随意地翻了几页，没想到，这一翻就陷了进去。

忙碌的我硬是熬了几个晚上，争分夺秒地看完了这本书。除了《窗前的小豆豆》，我很少有这样畅快的阅读体验了，我对它的喜爱甚至超过了一些经典图书。

我还是按常规，给大家介绍一下这部书的情况。这是一本自传性质的著作。

作者柴丽丽出生22个月时被诊断为运动神经元性全身性进行性肌肉萎缩，也就是人们常说的"渐冻人"，太残酷了！

这个无情的结果，注定让她开始了与别人不同的艰难人生。

她在父母的背上完成了小学、初中、高中学业。就是在这样的困境下，2001年高考，竟然取得613分的好成绩，却因为身体的原因，被医学院拒绝录取。为了实现当一名医生的理想，她宁愿放弃调剂到其他专业，从而错过了上大学的机会。

为了这个选择，她背负了无数磨难。

后来，要强的她，硬是通过自学考试取得中医专业本科文凭和执业医师、执业药师资格。2008年，她开办了"阳光中医诊所"。善良的她，常年为残疾人、70岁以上老人和低保家庭提供义诊。她的仁善、她的医术被当地人盛赞。

这段看似冷静的介绍，却包含了这个女孩多少疼痛、煎熬、挣扎、无助、希望、

麦田在歌唱

失望……

不仅仅是生理的，我想更多的是心理的伤痛。就像被压在重石下的一棵小花草，挣扎着探出身来，向着阳光倔强地生长，并且开出了芬芳的花朵。所有这一切，都是非常人能够想象的。

读着她的书，多少次潸然泪下，多少次摇头叹息，心绪难平。与丽丽医生相比，我们是不是该自省：那些所谓的困难，那些所谓的波折，实在羞于出口。站在她面前，我想说，健康的我们是多么幸福。

读着丽丽医生用生命写就的文字，能感受到每个字的温度以及血液般的赤诚，仿佛看到一个女孩被命运的大风疯狂地吹打，却不肯就此趴下，而是拼命抵挡着，抵挡着，努力让自己一次次挺起来。这个坚强坚忍的女孩，让我想到了贝多芬的名言——"我要扼住命运的咽喉，它将无法使我完全屈服。"想到那个倔强的小哪吒放出的豪言——我命由我不由天！

自然、真实、流畅的文字令我感动，也令我痴迷。字里行间看似平淡，却有着深刻的生命体验和感悟，一点都不输那些大作家。言语中深藏着一丝丝的无奈，但更多的是感恩，感恩父母亲人，感恩那些有意或无意走入她生命中给她帮助和启迪的每一个人。

长期与疾病抗争的她，对生命的本质有着更深层的探索和体悟。她说：生命本身必然会伴随着痛苦，没有痛苦的人生就没有意义。不要过度关注自己，要把眼界打开；人生需要比较，与那些和我有同样疾病而早逝的人相比，我还活着，我比他们幸运；生命只是一呼一吸间，我们要学会与痛苦共处，学会与痛苦和解，学会享受生命带给我们的喜怒哀乐。

疾病在一点点吞噬她宝贵的生命，她却没有放弃对生命的温情凝望与守护！

这位每天都在与疾病、与时间博弈的女孩，让我心生无限的心疼。总想着能有办法帮帮她该有多好，让她从此享受微风细雨，春风浩荡，蓬勃而灿烂的生活在这世上。

今天，我终于见到她了，比我想象的还要瘦小。她竟然还是一位很棒的演说家，没有讲稿，一切了然于胸，滔滔讲述着对读书的见解，对生命的感悟，对世事的通达与理解，就像她那本书的名字——《痛并明白着》。

然而她平静地叙述，却在我心中激起巨大的波澜。特别是华北理工的杨双琪老师朗诵了丽丽写的《我是医生》，让我再一次潸然泪下。

上天给了她不健全的身体，但却让她修成了令人信服的、有着无限未来的好医生，以及文字真实、自然、质朴又不乏深刻的优秀写作者。

通过自身的疾病以及她接触的病人，也让她对生命、生活有了更多的理解和禅悟。相比那些一辈子浑浑噩噩、到死也没活出生命味道来的人来说，她是幸运的。

丽丽的人生经历让我感叹：这个世界上没有一个人是完美无瑕的。当他给予你一些东西的时候，便会拿走另一些东西，或者说当他让你失去一些东西的时候，必然也会给你另一些东西，这是人生常态，我们必须接受。

这位聪慧而又卓异的女孩，早已认清了生命的本质，并且平静地接受了这个现实，她的目标是过好当下，让每一天都活得有意义。

现在是寒冷的冬天，我突然想到，或许这个女孩正在酝酿一场精神的大雪，终有一天，那浩大的白，那铺天盖地的美，会让世界为之动容！

柴丽丽，这个在命运的大风中拼命挺直身躯的女孩，是这个世界的英雄，让我们向她致敬！

麦田在歌唱

有点特别的大舅

说起来大舅只是一位普通的农民。他勤勉、淳朴、沉默，善稼穑。大舅种的烟叶尤其好，大概这与他喜欢抽烟有关。

在我的印象中，总觉得他与普通的农村叔伯有很大不同。

每次去看大舅，都能在桌子上看到诸如《东周列国志》这样老旧的线装书。因为我在图书馆工作，大舅经常让我给他找些老书看，我每次都答应他，但常常忘记。大舅也不怪罪，见面还是让我给他找书看。

大舅家墙上常年挂着一把二胡，那可不是摆设，他是真的会拉一些曲子的。大舅身上确有一股书卷气，像他这个年龄段，是村里少有的读书人。

我的表舅已从教授的岗位上退下来，他们是一起读过书的。我没有问过大舅为什么没有像表舅一样继续读下去，反而留守在乡村里。

现在猜想，可能是因为大舅是独生子的缘故吧？当时姥姥家家大业大，子承父业是顺理成章的事，可惜现在已没有了答案。

可是读过书的大舅毕竟与众不同。在我很小的时候，我就非常喜欢去姥姥家，因为姥姥家的一个厢房里有很多很多的书，我不知道它们是如何幸存下来的。其中就有很多的老语文书，那些带有绘画插图的语文书真是太吸引我了，至今还记得一篇课文叫《秋翁遇仙记》，书里那些精美的诗词、故事带给我太多美好时光。

还有当时流行的一些小说或剧本，甚至还有几本《十万个为什么》，那是大舅和表舅读书时留下的。由此，我成了从书香门第里走出来的女孩。

特别记得在我小时候，大舅家有一台火电匣子，就是现在说的收音机，那是一般人家没有的。我特别喜欢到姥姥家听匣子，对于一个乡村女孩来说，它给我打开了一个崭新的世界，激发了我对文学世界的向往。

最让我记忆犹新的是20世纪80年代初，大舅在我们村里第一个买了电视机，那是一台12英寸东芝牌黑白电视机，这在当时引起了很大轰动。

一到晚上，大舅家里的人就络绎不绝，我当然是常客了，我也因此看上了我们国家最早期的春晚。从那以后，村里人才陆陆续续买电视机。后来又流行录音机，大舅也是第一个买的。因此种种，大舅成了我的骄傲。

大舅也是乡村里少有的开通人。我有两个表兄，大表兄看起来不是很智慧，而且当时家里穷，娶媳妇就成了一个很大的难题，家里人十分着急。

这时候大舅拍板让大表兄过继给了二姨家，不论二姨家提什么条件。二姨家没有子嗣，家境富裕，这是大表兄娶妻成家的唯一出路。但这样做在当时也是需要勇气的。现在看来，大舅的决定是十分明智的。而今大表兄儿孙满堂，十分幸福。留在家里的二表兄生了三个女儿。按一般乡里人的看法，作为家里的长辈，明里暗里总是会有些埋怨。但是大舅不同，他从无怨言，欣然接受，对三个孙女宝贝得不得了，并且分别赐名为宝华、贵华、中华这样大气的名字，孙女们也特别喜欢爷爷。

大舅还特别善于学习，从电视里学习养生知识，而且善于实践。大舅慈眉善目，面带欢喜，虽年近八十，仍有一口整齐的白牙，令人羡慕。

然而，就是我这可爱的大舅，在那年的5月突然绝尘而去，以令人难以接受的非正常方式。现在想来，也许是大舅患了老年忧郁症，因为他去的那天正是大妗子（舅母）去世一周年的日子。大妗子瘫痪在床20年，大舅毫无怨言地伺候了20年。自从大妗子走后，大舅就变得非常沉默，兼之表嫂得了重病，表兄身体也不好，他还有点迷信，怕抢了儿子的寿数，怕儿子不能给他送终，总之他就这样决然地去了。

然而奇怪的是，我竟没有特别悲伤。因为平时我也只是过年过节的时候去看望他，所以总觉得大舅依然在，只是我没有见到他而已。

为大舅送行的那天，正是立夏已过小满将至的日子。凉爽的风中带着青草的气息，空气里有小麦正在灌浆的味道，天空出奇地干净透明。我走在送葬的队伍中，偶尔仰头望天，突然发现大朵大朵的白云低低地、悠悠地向我而来，我被这异象惊呆了，一时恍惚中竟忘了自己身处何处。

我突然悲从中来，大舅啊，你是来跟我们道别的吗？

麦田在歌唱

80岁的同学聚会

上个周末陪老爸去天津，参加他的同学聚会。本想这次去天津，主要任务就是做好后勤保障，没想到这一程跟下来，却有了意外的收获。

这个聚会是由在兰州工作的马叔发起的，在天津工作的杨叔叔全力响应和支持。

老爸有个愿望：就是坐一坐高铁。所以这次去天津，我们选择了高铁作为交通工具。遗憾的是，时间太短了，仅仅半个多小时的车程，座位还没热乎就下车了，有点不过瘾。老爸感叹说：高铁太快了，这要搁以前，从唐山开车到天津，要花半天时间呢。

老爸是老司机，曾经开着大挂车走南闯北，多么难走的路都走过。在他的印象中，高铁线路上应该拉着缆线，就像有轨电车那样子。坐在干净整洁方便舒适的车厢里，老爸有点吃惊，这完全超乎他的想象。

到了天津，杨叔叔热情接待了我们。杨叔叔问老爸："到天津有什么愿望啊？"老爸说，想去他当兵时的军部看看。好吧！说走就走，杨叔叔打车，带着我们来到天津驻军军部。

当老爸一眼看到老八一礼堂的时候，特别激动，跟我们说，当年他就是在这个礼堂，看到著名歌唱家马玉涛演唱的一些歌曲。

在以后的许多日子里，我不止一次听老爸讲述当时的演出盛况。他常常哼唱这几首喜欢的歌，以表达怀念之情。也是在这里，他和部队的战友们看过许多经典老电影，留下了深刻而美好的印象。

但老军部早已没有了以前的模样，听说军部已经搬走，现在不知被什么公司买走了，正在装修。但老爸已经很满足了，不仅看到了自己年轻时战斗成长的地方，更感受到了老同学的深厚情谊，慨叹我们这个国家日新月异的飞速发展。

晚上同学聚会，达到了一个小高潮。马叔带着老伴陈姨来了，在天津工作的王叔带着老伴和小孙女来了，围了满满一桌子，让人难忘的同学会正式开场了。

杨叔叔在水利部门工作，退休前是单位领导，见多识广，思想睿智，幽默健谈，很会调节气氛。大家在欢乐的气氛中，边吃边回忆青葱年少时，那些细碎的、美好的小故事。

各自回忆了几十年未曾联系的春秋岁月。

此时的他们，虽然都已白发苍苍，中间隔了几十年的光阴，然而一说起学生时代，那眼神却都放了光，好似又回到了年少时流金的岁月。看着他们兴奋的样子，我蓦地心生感动，差不多都是近80岁的高龄，还能有一场这样的聚会，是多么不容易，多好啊！

曾经少年，依旧少年。

能活到80岁，说容易，仿佛也是一瞬间。老爸常说，时间过得太快了，不知不觉间，80岁说到就到了。正如季羡林《八十述怀》中所说："我从来没有想到，我能活到八十岁，如今竟然活到了八十岁，然而又一点也没有八十岁的感觉。岂非咄咄怪事！"

要说不容易，也真是不容易。这期间还有个人不能掌控的意外、疾病等。80年漫漫人生，有多少山重水复，幸而又柳暗花明。一个人能活到80岁，想想确实不容易。

80岁还能一起聚会，讲述各自的坎坷与荣光，我真为他们感到欣慰和自豪。我想说，年轻是一首轻舞飞扬的诗歌，中年是多姿多彩的散文，老年是一部曲折丰富的小说，而年居八十，应该是活成一部经典了吧？

愿我的父辈们，依旧做着春天的梦，鹤发童心，畅快自由。愿他们：出走一生，归来依就是少年。

我也希望：走过紫陌花开的小路，穿越风霜雨雪的人生季节，一路活到80岁，然后，也有这样一个情谊深长的同学聚会。

麦田在歌唱

马叔的故事

　　人生是一部大戏，没有彩排，每一个细节都是现场直播。一部戏好不好看，关键看有没有故事情节，有故事的人生最精彩。

　　听经历丰富的人讲故事，就像翻看人生的大书，就像探寻一座宝藏。经年的磨砺，岁月的淬炼，总有一块独属于他自己的、闪闪发光的智慧宝石，下面，我要挖宝了。

　　跟老爸参加他同学聚会的时候，特别爱听他们聊自己的故事。

　　杨叔叔是单位领导，经常国内国外地飞，经过的事多、见过的人多，当然故事也多。可惜在一起聊的时间短，这座富矿未及深挖。

　　马叔与我老爸是丰润车轴山中学的同学，也是特别有故事的人。因为我们同住一个酒店，所以，我常常追着陈姨、马叔聊天，假装不经意地问这问那，暗中搜集许多材料，在这一一给大家展示，不知马叔看了什么表情。

　　话说一起聚餐时，不知是有意还是无意，马叔说他还有个和自己女儿一样亲的侄女，是陈姨姐姐家的孩子。大家追问说："不对，那应该是外甥女。"马叔说是侄女，再细问之下，原来是陈姨和姐姐嫁给了马叔和他的哥哥。众人恍然大悟，原来是亲姐俩嫁了亲哥俩，真是亲上加亲，喜上加喜，好欢乐！

　　马叔年轻时在唐山开滦工作，由于在西北工作的哥哥的关系，认识了现在的老伴陈姨（嫂子的妹妹）。陈姨生得娇小玲珑，瘦瘦的，虽然已近80高龄，依旧身手敏捷，腿脚灵活，跟着马叔国内国外地旅游，真是令人羡慕。陈姨是知识分子，从事农林技术工作。看她总是很安静地坐在那里，别人与她开玩笑，她还会脸红，很可爱的样子，我心里叫她"小少女"。

马叔和陈姨结婚后,从开滦调到甘南的一个小工厂当技术员。

那时候的马叔大学毕业后,在开滦练就了超强的电工维修技能。他到了当时相对落后的甘南后,很快成了工厂里离不开的技术骨干。

马叔技术好,人缘好,后来被调到了政府机关当起了政府干部。但是,爱钻研、爱干活的马叔适应不了这种闲适的生活,主动要求到技术研发部门工作。很快,在那里马叔又成了部门离不开的技术能手。

那个时期,马叔干了一件现在说起来仍然十分得意的事情:当时,上海的一家工厂为专门翻印制造了一台复印机。这个复印机很特别,有一间房子那么大。在翻印的过程中,忽然出了毛病,印不了了。负责翻印的人束手无策,十分着急。不知谁介绍了马叔过去。马叔到那里一查,很快找到了症结所在,原来是用电出了毛病。找到问题就好办了,很快问题得到解决,翻印得以顺利进行。也许是这次特殊的经历使然,我总觉得,此后马叔的人生一路顺利。

马叔有两个女儿,一个是中学语文教师,一个在新华书店工作。一个平凡的家庭,虽然不是大富大贵,但一家人相互关照,尊老爱幼,其乐融融。两个女儿不啃老,都鼓励老两口趁身体还好,到处走走。虽然他们在外走,但购买车票,预订酒店,行程安排等事宜,都由小女儿都通过网络提前打理好。

当然马叔也是旅行高手。年轻时经常出差,不犯怵在外边走。让马叔尤为得意的是:他曾经坐过我国生产的小型飞机。因为马叔是电脑和各种电器的行家,对电子产品十分在行,手机的各种功能都能玩得转,真是80岁的年龄,60岁的人生啊!

看马叔的微信朋友圈,上半年去欧洲转了一大圈,饱览欧洲美景和文化,天津聚会后,马上要启程去美国了。大家都羡慕他,孩子们不用操心,现在有闲还有钱,身体也好,可以到处走动,活得真潇洒!

从天津回来后,我一直在想,马叔为什么这么好运?

可能是那时候,人们都比较单纯吧,特别是大西北的人们。

我特别欣赏马叔那种把事情做到极致的较真劲头。大凡有成就的人或所谓成功人士都有这信念:做什么都要尽可能做到最好。也就是这股劲让他练就过硬的本领,让单位,让周围的人离不开他,而这样的人生才是有价值的人生。

所以,最有说服力的原因,应该还是他的善良,帮他躲过灾难,终于守得云开

麦田在歌唱

见明月，成为那个幸运的人。

遇见了对的人，见过最美的景色，经历过坎坷，也有过荣耀，面对儿孙时，有拿得出手的故事可讲，这应该算是成功的人生了吧？

我的婆婆

楼下的大姐看到我说："花坛里的豆角长了好多了，快去摘吧。"豆角？哦，想起来了，可是那个豆角不是我种的，但是确实与我们有关系。

这事说来话长。

前两年，婆婆被我们从保定老家接来，和保姆共同照顾小外孙。

楼下有两个花坛，花坛里有块空隙露着土，这就被婆婆盯上了。离开乡土的婆婆太想念土地了，看着这块方巾大小的土地就动了心思。

我也不知她从哪里找到了豆角和丝瓜种子，从老家带来的？反正悄悄地种下了。

每天下楼带外孙玩的时候，我想她一定像看着小孩子一样看着她的苗儿发芽、生长。老周与我多次跟她说："物业规定，花坛里不许种其他农作物，园林工人会给你拔掉。"婆婆说："拔就拔吧，我看苗儿长一天就高兴一天。"

可奇怪的是，园林工人收拾花坛的时候竟然把苗留下了！那些收拾花坛的大姐就是当地曾经的农民，她们一定和我婆婆一样深爱着土地和庄稼，不忍心拔掉吧。

婆婆高兴坏了，天旱的时候盼着下雨，实在不下雨，就拖着病腿从五层楼上往下拎水浇她的苗儿。老周急得跺脚，拔了苗怕她伤心，不拔苗怕她摔着，真是矛盾极了。我们都知道老人家对土地超乎寻常的热爱，怕她憋出病来，最终还是依从了婆婆，没敢拔。

从春到夏，苗儿越长越好。花坛中间的位置，不知谁移栽的一棵杏树没有成活，干枯的枝权立在那儿，没想到却给丝瓜豆角搭了架子，它们高兴地爬上了树枝，又垂下来，开着一串串白色的豆角花，金色小喇叭的丝瓜花，竟然成了花坛一景。

麦田在歌唱

每天早晨，人们下楼就能看到花儿们热闹地开着，好不身心欢畅，都开心地上学、上班去了。

去年过年，外孙大一点了，转移到孩子的爷爷家。婆婆完成使命终于如愿回了老家。我们送婆婆回老家的时候，她交给我一把小锄头和一把种子让我带唐山来，嘱咐我来年春天一定要在花坛再种上丝瓜豆角。我们表面上答应着，心里说，不能种了，不合物业的规定。

可没想到，去年地里落了种子，今年自己长出来了。收拾花坛的大姐们再次把苗儿留下来。也没人管它们，苗儿自顾自地疯长，秋风一下来，竟然结了豆角。楼下大姐很自然地把这豆角归了我，看见我就催我去摘。

而我们看见这豆角就想起婆婆，连小外孙也知道，这是太姥姥种的豆角，仿佛她依然在这里看着我们。

婆婆已经76岁了，一路走来非常不容易。我们结婚那年，周家大伯请我们吃饭，说得最多的话是："你娘不易，好好待她。"

我婆婆在她娘家兄弟姐妹中排行老大，下面有7个妹妹1个弟弟。老周唯一的舅舅仅比他大1岁，两个人从小玩到大；最小的小姨比老周还小1岁。老周的姥姥姥爷去世较早，长姐如母，婆婆要照顾弟弟妹妹们，看着她们一个个嫁人娶妻，成家立业，自然是操了不少心。

我婆婆结婚的时候，夫家条件不好，只有3间小房子，公公婆婆早早去世，还有一个小姑子年幼多病。要强的婆婆要想方设法挣钱，改善家庭生活，还要为小姑子治病。

最让老周念念不忘的是，当年我婆婆走街串巷收鸡蛋，收满两筐100多斤，起早到保定市去卖，来回200里路，就为挣那一点点差价，经常是天黑了才回来。

能够想象，那些漆黑的夜晚、静谧的庄稼地、颠簸的土路，婆婆一个人骑车回家是多么害怕。婆婆说，有时候骑着骑着怕极了，就喊着老周爸爸的名字，咬着牙一路往家冲。

老周说，在河北大学上学时，他也尝试着骑车去了一趟保定。他什么都没带，来回200里路，把他累坏了，躺了好几天才缓过来。娘是有多辛苦，何况还要带100多斤鸡蛋呢！

除了卖鸡蛋，还卖各种小玩意，大热天到地里拔草，挖野药材，只要能赚钱，就会不顾一切地去干。为了一家人的生计，为了给小姑子治病，婆婆落下了腰腿疼的毛病。后来小姑子病好了，顺利成家，生儿育女，生活幸福。每年小姑姑来拜年的时候，都向我们说起婆婆当年为她治病的不易，特别感恩。

经过婆婆和公公的合力奋斗，家境大有改善，大儿子就是老周，当年以优异的成绩考上县一中，又顺利考入大学，成家立业，家里也盖起了铮明瓦亮的大房子。可就在这时，年仅50岁的公公不幸查出了绝症，仅仅治疗了半年，就离开了我们。

当时，小叔子还未成年，对于婆婆而言，这是怎样的至暗时刻！坚强的婆婆咽下悲伤，一人再次挑起这个家，独自面对一切。

似乎看不见的时间包裹着世间百态，它在暗中操纵着一切，如洪流般呼啸而过。一个人在历史的长河中是多么渺小，但每一个小人物都有自己的宏大叙事，众多小人物的生活构成鲜活的生活图景，在巨大的社会车轮裹挟之下，身不由己地滚滚向前。

后来，婆婆以一己之力为小叔子娶了媳妇，成了家，有了可爱的孙子。婆婆常常满足地说，一个孙女一个孙子，都是宝贝。

婆婆热爱土地，从穷困中过来的她是穷怕了，因此对赚钱更是心心念念。婆婆是极聪明的人，那些年月收鸡蛋、卖鸡蛋，卖各种小玩意儿，都是分分角角零头巴脑地算钱，她都是心算，而且算得很快，从未出过差错，实力秒杀我们这些所谓读过大学的人。

关键是那年月因为弟妹多，婆婆没条件上学，只是自学了一些字。这常常让我们感到惊奇不已。老周常常说："我娘若是受过良好的教育，一定是干大事的人。"

婆婆爱土地、爱赚钱，更爱她的家人，包括我这个外来的媳妇。

大概是2004到2006年，我读在职硕士研究生。这个硕士学位拿得十分辛苦，有3年的时间，每年寒暑假要到石家庄或保定去学习和考试，专业学科和英语考试的难度超乎想象。巨大的学习压力和心理压力让我身心极度疲惫。

那年腊月二十六，石家庄学习结束后，我特意去保定看望婆婆。婆婆看我憔悴的样子，心疼地说："这么累，就别念了。"我说："不行啊，拿不到学位，一万多块钱的学费就不能报销，那可不是个小数。"没想到婆婆说："一万就一万，不要了，着实个累。"

麦田在歌唱

我太吃惊了，这是我婆婆说的吗？真是难以想象啊！从前面的描述大家不难明白，婆婆是过日子极精细的人，对自己相当抠门，一分钱分八瓣花是对她最恰当的形容。

就是这样一位"极爱钱"的人，却说了一句让我至今想起来都温暖、感动的话。当然，我的学位还是念下来了，学费也报销了，心里却留下了永远的感念和感恩。

几年前，我女儿生了小孩发愁没人带，我们都还没退休，虽然请了保姆，交给保姆一个人带还是有困难的。不得已，我们去老家搬救兵。其实婆婆是喜欢自己拿主意、喜欢自由又有个性的人。年轻的时候总在外边跑买卖干活，照看孩子并不是强项。这些年在家里想吃啥吃啥，想干啥干啥，自由自在，很是惬意。

到了我家，虽然是自己儿子家，可以想象，生活习惯还会有各种不便，金窝银窝不如自己的老窝。况且这些年婆婆的听力下降，腰腿又不好，可是为了我们，还是硬撑着来了。

这两年，照看孩子受累不说，还有各种不习惯，各种想家，想念家里的人，想念家里的土地。有一次我们带婆婆去市场转转，回来的时候，她念叨了好几次，怎么一个认识的老家人都没有……

刚来的时候，婆婆每次跟她的弟弟妹妹们微信视频时，都会泪眼婆娑——想家！好在后来慢慢习惯了许多。婆婆真的不容易！

婆婆对生活要求不高，用她自己的话说，只要有白面、白菜，就满意了，总是感叹现在的日子真是太好过了。

婆婆曾经有个最大的愿望：就是住上新房子。前些年，我们出钱，小叔子一家出力，给婆婆盖了漂亮的新房子。如今，婆婆有房有地，生活自在，儿孙满堂。特别难得的是，两个儿子一个闺女，包括媳妇、女婿们对她都很孝顺，辛劳了一辈子的婆婆也算是苦尽甘来。

有人说，人生来都端着两碗水，一碗甜水一碗苦水，或先甜后苦，或先苦后甜，或苦乐参半。我想，我婆婆是先喝了苦水，往后的日子都是甜水了。祝老人家颐养天年，福寿安康！

改国姨的幸福生活

"父为乾天,母为坤地。乾坤相宜相吸,人宇和美无极。父亲有方向,母亲有温度,一个家庭的运势必然顺遂通达。"

这让我想起了改国姨和她的家人。改国姨是谁呢?她是老周的三姨。请允许我将改国姨的背景铺陈一下。

老周有7个姨1个舅。忍不住跟大家说说这些姨们的名字特别有趣,很有那个时代的特色,留有那个时代的痕迹,一个人的名字鲜明地代表了家人的企盼。

老周的妈妈也就是我的婆婆,姐弟9人,婆婆排行老大,名字叫俊英,很正常。接下来又生了二姨,家里人就有点犯琢磨了,盼男孩,于是起名俊改,改个男孩呗。又生了老三,还是女孩,直接从改上来吧,起名叫改国。一般男孩子都起名建国、志国什么的,改国姨也是我这篇文中的主角。又生了老四,还是女孩!

这里说明一下,因为姨们多,老周习惯称呼名字加一个姨字,比如,改国姨。这个四姨,我一直听个"圈儿姨"。今天中午,我特意问了下老周,圈儿姨是什么意思,老周说是缺儿姨!这是明目张胆地要儿子呀,我笑坏了。又生了老五,还是女孩,起名领弟,领弟姨,不解释了;又生了老六,依旧没如愿,起名改军,改军姨,因为男孩才参军;老七,依旧是女孩,起名应新,应新姨,应该来个新的;老八,谢天谢地,终于如愿,这个比老周大1岁的舅舅,起名健全,终于全了!本想乘胜追击再生一个男孩,没想到老九还是个女孩,比老周小1岁的小坤姨,于是,就此打住。

在那个年代,一家人中这么多女孩,就显得不那么金贵,几乎个个都被磨炼成了能摔能打的女汉子。在我看来,能干、善良、爽快是这些姨们的标配,如今的她

麦田在歌唱

们也是各有各的幸福。

改国姨并不是众姐妹中最能干、最漂亮的那一个，但是我却觉得她是众姐妹中非常幸福的一个，给我印象最为深刻，而且，确实有她的过人之处。

跟老周结婚30多年，见过很多次改国姨，她总是笑眯眯的，说话和善，而且说出的话特别中听，跟她聊天，让人极度舒适，从未见她愁过、恼过、烦过。老周也说，改国姨慢性子，脾气好，像甩脸子、发脾气、叽叽歪歪这样的事根本不可能发生在改国姨身上。

改国姨也确实命好，她找了个好丈夫，也就是老周常说的珠子姨夫（这个姨夫的大名到现在也不知道）。珠子姨夫平时话不多，总是在默默干活。年轻时经常到外省干活，现在叫打工，那时叫外出。在老周小时候看来，外出很神秘，对珠子姨夫就多了一层敬畏。珠子姨夫也是家人中见多识广的那一个，而且极喜欢这个小外甥，鼓励他多读书，经常给他生活上的指点。

改国姨一家人都特别善良，每到过年之前，珠子姨夫就会做好一大盘豆腐，从西柴村推着小车步行20多里路到西照村，给亲戚们分掉。每到过年，老周就盼着珠子姨夫的豆腐和姑奶奶的一篮大馒头，那是他小时候最美好的记忆，至今难忘。

改国姨有两女一儿，也都善良、喜兴，特别爱笑，给人阳光、健康、开朗的好印象。俗话说，爱笑的人运气不会差。我坚定地认为：不论是娶了这家姑娘的男人，还是嫁了这家男人的女人都是幸福的。确实，孩子们虽然不是大富大贵，但都家庭和睦、家事顺遂。

我总想，这一定得益于改国姨和珠子姨夫的好心态，得益于虽然没有上墙也没有形成文字的好家风，说好话、办好事、诸事感恩已经在琐碎的日子中潜移默化地传递给每一个孩子。

多年前，也听好朋友说过一句话：家里的女主人喜乐安稳，男主人踏实有定力，这个家必定祥和幸福。改国姨家就是如此。

其实，改国姨家里也并非事事如意。在困难的时候，她家也是经常入不敷出。所以，姨夫外出打工补贴家用，改国姨也想方设法做一些小买卖，以期改善生活。她卖过各种小物件，直到后来卖衣服，辛苦自是不用说。好日子不是说出来的，而是实打实干出来的。

还有一件事印象深刻。改国姨家的儿子结婚后迟迟怀不上孩子。一家人虽然着急,但总是心平气和,从无怨言,对儿媳妇一如既往地好。几年后,终于盼来了大孙子。

每年回老家,特别希望见到改国姨,看到她笑眯眯的样子,心情都会特别舒畅。我也会反省自己:我能不能像改国姨那样心平气和、和顺通达?号称脾气好的我,也经常压不住坏情绪这头倔驴。愁眉苦脸的样子确实难看,不但于事无补,反而会坏事,正应了小时候爷爷说的一句话:"噘嘴的骡子卖不了个驴钱。"

有些东西与学了多少知识无关,是天性加悟性。就像改国姨是再普通不过的乡村妇女,并不识字,却无师自通地会算账,会体悟他人的心情,说起话来总是让人甘之如饴。

这些年也读了些《吸引力法则》之类的书,一直在顿悟中。看看周边的人,发现也确实比较吻合,反向的例子也不少。其实,只要你本心善良,一时遇到糟心事,也未必是真的坏事,也许是以另一种方式成全你。

在这个世界上,有些事确实说起来容易,做起来难,所以修行永远在路上。

麦田在歌唱

梦想点亮奇迹

　　不可否认，我们大多数的日子都是庸常的、平淡的。也正因为如此，我们特别渴望奇迹发生。所谓奇迹，大抵是可遇而不可求的神迹吧？像流星雨、彩虹，一旦发生就会成为我们的记忆里一道耀眼的光，时常在脑海里闪现，定格为永不磨灭的时刻。

　　说起考试，可能是我人生中的一种痛，我是特别害怕考试的人，心理素质极差。在我的学生时代，平时一直是大家眼里学习好的学生，平常考试还好，一到关键性的考试就砸锅，与平时的成绩相去甚远。

　　而老周与我恰恰相反，他就是那种考试型的选手，平时不怎么显眼，一到关键性的考试就能脱颖而出。我这样泛泛地说，很显然"证据"不足，那就举个例子吧！

　　老周时常给我讲他的过往，讲他的小时候。他上学的时候是个典型的小屁孩，上学很早，跟着比他大几岁的乡邻哥哥们去上学。

　　老周说他整个小学都是傻乎乎、懵懵懂懂过来的，学习一般般，在人群里更不显眼。但是有一件事刺激了他，那时候公社组织各村小学举办了一场数学比赛，只有那些平时学习比较好的同学才有资格去公社参加比赛。老周——那时候的小周同学没能参加比赛，突然觉得心里好郁闷，因此在心里发誓要好好学习了。

　　后来顺风顺水地上了初中，但是初中三年，小周同学也并非大家眼里的尖子生。那时候考大学太难了，首先要过考上高中这道关。小周同学跟他爸妈要条件：要是考上一中，要求奖励一辆自行车、一块手表！这可是当年的三大件中的两件啊！但是，他居然就真的考上了安国一中！他们那所初中学校，当年才有几位同学考上安国一学，他所在的班一共考上两个。

当时的小周同学有点轰动乡里，他的老爸老妈高兴地合不拢嘴，居然真的兑现了承诺，给他买了一辆崭新的红旗牌自行车和一块上海牌手表。

大家都很奇怪，平时并不怎么显眼的他竟然一下子考上了一中，就像奇迹一样。对于小周同学而言，那时候确实经历了一点小奇迹。原来中考的前一天，复习功课很疲惫的小周同学躺在炕上休息，偶然看到炕上扔着一册生物课本，就随手抓起来了看了几页。更奇怪的是，第二天的生物考试题竟然就是他前一天看过的内容。

要说老周的记忆力可是真好，就这么一看竟然记住了大概内容，当年中考生物第一次纳入考试课程，满分是30分，老周差不多得了满分。要是换了我这脑子，即使看了，也不一定记得住啊！老周常跟我说，他并不聪明，但是记忆力好，学习踏实努力，才成就了今天的他。奇迹也是送给有准备的人啊！

还有一件对他来说相当于奇迹的事情，那就是高考。老周说，高中的时候他的数学并不很出色，关键是很多难题都攻克不了，所以他总说自己并不聪明。但是这个不聪明的人特别踏实，难题不会做，索性就不做了，而是踏踏实实地做基础题、做书上的题。

高考的时候又出现奇迹了。考数学的时候，老周突然发现有一道大题就是书上的原题，而且他已经做过了几遍，真是大喜过望啊！应该说，也是这道题给了他考好数学的信心。所以那年高考满分120分的数学题，老周竟然考了101分！我猜，真如他所说，除了难题，应该都答对了。恰巧，他所在的班也是101班，又一个奇迹诞生了。高考的时候，他们这个重点中学的101班，有为数不多的同学考上大学，老周赫然在列，首次高考一次中榜，又一次轰动乡里。

当时好多学习好的同学表示不服，好多看起来比他学习好的同学又上了"高四""高五"，甚至"高六"才考上。但事实就在那里，不服也罢。

时隔30多年，老周每次回乡里，还有当年表示不服的同学来找他，想问问他当年怎么就那么顺利地考上了大学。

事实上，老周在童年时代是一个非常自卑的孩子，因为得过严重的中耳炎，所以当时听力受点影响，妈妈担心他因此娶不上媳妇，爸爸多次带他去省城石家庄看病。

也正是这与众不同的经历，让他有了自己的想法。曾经看过一句话：万物皆有

麦田在歌唱

裂痕，那是光进来的地方。是不是可以这样理解：这世界上没有完美无缺的事物，也正是由于这些不完美，让人思考，并借此突破原有的界定，看到更大的世界，看到光，看到希望。我想，老周正是得益于他的不完美。

因为坐火车去过省城，所以开阔了眼界。那时候，大人们都说："要是能当上城里人，吃上商品粮，就一辈子不愁吃喝了。"当时吃商品粮和农业粮有着天壤之别呀！吃商品粮的人可以去当兵，退伍后国家给安排工作；吃商品粮的人可以考技校，国家给安排工作；吃商品粮的人可以接父亲的班参加工作。吃上商品粮，对于当时的他来说，是一个巨大的诱惑。

我想，是这些经历让他心里有了光，有了梦想，有了奋斗的动力，所以一直在默默地努力。

其实，所有的奇迹都是表面的灿烂，也许有运气的成分，但别忘了老祖宗的话：天助自助者！

奇迹的背后是无数个苦读的日夜，是梦想点亮了奇迹的光。

一张旧地图

今天收拾屋子，偶然发现了门后的那张地图。

说偶然发现是不准确的，它好像一直都在，只是以前从未留意过而已。

这是一张河北省地图，已经很旧了，甚至有几个破了的地方，已经用透明胶带仔细粘贴上了。我记得以前在老房子的时候，门后就贴着一张地图，如若是它，起码也有30多年了吧。

老周是地理控，平日里也爱看地图，对全国大部分城市，甚至是有些县的名称和方位都了然于胸，这一点我是佩服的。与他相比，虽然我也自称地理学得好，高考还拿了高分，但是和老周比起来，我就像学了"假地理"，实际应用起来完全不在状态。

我今天仔细看了看，才发现了这张地图上的秘密：上面有安国，北段村这样的地名。北段村距离老周的出生地——西照村只有3里路。原来这里有他的家乡，他原生的家。那里有他的母亲、兄弟、妹妹，还有众多的亲戚、发小和乡亲。

老周是非常恋家的人，不论多么困难，只要没有特殊情况，一定要回家过年。他是家中老大，有着传统的责任和担当意识。就是这样一个恋家的人，当年却毫不犹豫地跟我来到了唐山。其实按照他当时的条件——学生干部、党员、二等奖学金获得者，留在保定或者石家庄都没有问题，非常有竞争力。只是因为与我恋爱，当年唐山要的人又比较多，为了平衡分配，所以，老周被分配到了唐山。

傻傻的我当年并不觉得有什么特别，认为这很自然。我婆婆虽然舍不得，也遵从了儿子的意愿。当年只有20岁的他，可谓又傻又天真，没有时下的利益斟酌，没

麦田在歌唱

有算计，凭着一腔的爱与热情，远离家乡来到唐山。现在想想，他真的很不不容易啊！

有些体悟，只有经历过时间的打磨才能感受得到。

说来大家也许不信，老周千里追随而来的女朋友不但长相一般，还体弱多病。刚参加工作时的老周，用时下的话来说是个标准的小鲜肉。不明内情的同事想给他介绍对象，得知他奔对象来，想象着他这个对象一定是个如花似玉的姑娘，可见了我之后，都不言自明地表达了失望。

我当时的状况的确不能让人满意。好像从十四五岁开始，每年的春天，淋巴结炎就会找上我，从不失约。我每一次都要打一个多月的青霉素才肯罢休。更要命的是，在工作后第二年，我即使打针，淋巴结炎也不消了，而且越肿越大。

那时的我每天低烧，吃不下饭，瘦弱不堪，用我同事的话说，就是半死不活的样子。去医院检查，也没有查出是什么病。那个时候，如果换作别人，也许转身而去了吧？

后来，结核病防治所到师范学院为学生做结核病排查，老周灵机一动，带我去做检查，果然是结核反应。于是他带我去找二院一个认识的大夫。老大夫说，做手术吧。但是，我害怕留下疤痕，不想做。老周又带我去结核防治所治疗。恰好遇见的马大夫和老周是老乡，老周跟人家套近乎。

马大夫真是一位非常尽心尽力的好大夫。她给我配了9片药，一天服用一次，吃完不到半年，痊愈！马大夫非常吃惊，说我痊愈的速度太快了！只有我知道，病好得快，不仅仅是因为吃药的缘故。

老周和我刚参加工作时都不顺利。两个乡村里出来的孩子，没有人指点，情商不高，跌跌撞撞，被人欺负。心灰意冷的老周想到了刚毕业时遇到的郑景星老馆长。

老馆长是北京师大毕业的高才生，学高德厚，谦和儒雅，对老周颇为关照。在老周心目中，早已是恩师般地存在。可惜，工作没多久，老馆长就调任石家庄了。

老周多想也调过去，既能得老馆长提点，也相当于回到了老家，况且那里还有许多老同学，有胜似亲兄弟的拜把子哥哥，总比在这里势单力孤好得多。老馆长答应帮忙，费心周旋，答应先调他过去，再想办法调我。可是那时候调工作太难了，他怕中间出差错，把我一个人留唐山。想了又想，还是辜负了老馆长的好意，狠心放弃了这次机会。

如此恋家的他，为了我放弃了很多。如今回想这些事，越来越让我看清他心中写着的两个字：善良！而我也越来越学会了一件事：感恩。

但无论如何，总有一个位置留给他的老家，留给他的故乡和亲人。那张地图早已超越了它自身的功能，光阴的故事里，它变成了一个特殊的存在。它见证了我们一家30多年的风雨历程，见证了我怀孕生娃的艰难，以及生娃之后的旧貌换新颜。是的，生了女儿之后，我仿佛重启了生命，从此，欣欣向荣。它见证了老周辛苦工作，读书写作，熬夜写论文，39岁以无可争议的优势评上正高职，以及之后当选唐山市社科青年专家；它见证了孩子长大成人，成家立业。

也经历了诸多困境和坎坷，可是生活不就是这个样子吗？

现在，老周常常说："回忆那时候的你，想象不到你能变成今天的样子。"

茨威格说：命运所有的馈赠，都在暗中标好了价格。我想说，你真心付出的每一份善良，都会有命运馈赠的一份礼物。我们都有这样那样的不足，但怀揣一份善良，永远不会差到哪里去。

携手行走在岁月的指尖，风雨便可不惧，霜雪皆是曼歌。一切烟云，终会慢慢散去，在时光的流水中，我们默默相依，慢慢老去，过去的所有，皆是美好的回忆。

麦田在歌唱

失踪的小孩

今天看微信公众号推送的一篇文章，写了某家两次丢娃的惊心动魄的经历，真是感慨万千，也勾起我的回忆，女儿小时候也丢过两次呢！

第一次是幼儿园给弄丢的。具体惊险历程都是来自孩子，还有别人的描述。

大致过程是这样的：女儿和两个小朋友不知什么原因被老师罚站。站在教室外面的3个小朋友大概是心生不满，于是商议一起出逃，3个小朋友竟然出了幼儿园，先是去了一个小朋友的大姨家，因为这个大姨家离幼儿园不远。

这个大姨见了3个小朋友，肯定下了一跳，就赶紧把她们又送回幼儿园。但是，这个大姨只是把3个孩子送进了幼儿园的门，没有交给老师。3个孩子很不甘心，"密谋的大行动"居然失败了！于是商量了一下，决定再次出走。这次去哪里呢？小朋友的大姨家是不能去了，于是我女儿自告奋勇，带着两个小朋友去师范学院找她爸爸（老周）了。

这太让人吃惊了！那时候唐山师范学院还在建设路老华北煤炭医学院对面，距离她们幼儿园整整3个大路口！3个3岁多的小孩居然手拉手，真的走到唐山师范学院图书馆——老周上班的地方。碰巧的是，那天老周出门办事不在图书馆。

因为我女儿是唐山师范学院托儿所毕业的，是图书馆的常客，所以到了图书馆就像到家一样，跟图书馆的叔叔阿姨爷爷奶奶们都好得不得了。

那个时候，正是改革开放最初的几年，国家百废待兴，高校里的年轻老师大多来自农村，都是恢复高考的受益者，但是小孩由谁带是个大问题。众所周知，那时候房子紧张，即使老家有人来照看孩子，住处也是个大问题。而我们家根本没人能来看孩子。我妈血压高，身体不好；婆婆在保定，离得远。如果是现在，还不得愁死。幸好，当时有好多单位都有托儿所。感谢唐山师范学院，我女儿7个多月就入托了，确实给老师们解决了很大问题。

在此，我由衷地想说一句：感恩那个时代！

看到我女儿领着两个小朋友来到图书馆，大家都惊奇得不得了，听了孩子们的讲述，图书馆的老师们很生气：幼儿园怎么能把孩子弄丢了呢？先放下生气这件事，女儿的阿姨和奶奶们热情地招待了孩子们，刘老师还给她们煮了方便面，尽力安抚她们。

这时候幼儿园已经发现孩子丢了，安排老师急匆匆地到图书馆来找，可是生气的刘老师把她们藏了起来，说没看到，想给幼儿园的小老师一个教训。

幼儿园的老师无功而返，可能又找了别处没找到，那时候通讯没有现在发达，可能老师们也快急疯了，回去以后又打电话来询问。这次图书馆的老师们才说孩子在这里，幼儿园的老师又急匆匆地驱车返回来。漂亮的女老师抱着失而复得的孩子们痛哭不已——吓坏了，说："差点就上电视台发寻人启事了。"

整个过程都是我下班后去接孩子时，图书馆的老师们告知我的，惊心动魄啊！不敢想象，3岁的小孩啊，是怎么走过那么多车水马龙的几个路口，想想真是后怕得要命！

女儿第二次玩失踪，我在现场。

这一次，女儿大概5岁多。当时，孩子爷爷得了重病，正在唐山人民医院住院做手术，孩子奶奶过来伺候。

好像是一个下午，奶奶带孙女在楼下玩。可能是奶奶想起什么，到楼上拿东西或者干什么，让孙女不要动，在楼下等着。可是等奶奶再下来的时候，孙女没影了，左呼右喊也不见踪影，问了几个人都说没看见。这时候大家才慌了，难道孩子真的丢了？

孩子奶奶更是急得呼天抢地，真是祸不单行。好在我们长宁楼前后几栋楼住的都是唐山大学的老师，相当于我们学校的家属院。在家的老师们都让我们给折腾出来了，大家分头去找。特别记得在我们楼下住的、年龄比较大的张弓老师，还有腿脚不太利索的侯老师，立刻骑上自行车到附近周边去找。

麦田在歌唱

那个下午，整个长宁楼的气氛相当紧张。在外面看孩子的爷爷奶奶、爸爸妈妈们都搂紧了自己的孩子，唯恐孩子也丢了。那一刻，我恍恍惚惚，腿软软的，心里怕极了，茫然地在外边转来转去……

也不知过了多长时间，我们楼下一层的外语系单小燕老师跑过来说："孩子找到了！"原来女儿在常溪牧姐姐家看书呢。女儿在楼下等奶奶的时候，看到常溪牧姐姐。因为孩子们之间都特别熟悉友好，常溪牧姐姐一句："到我家看书吧。"女儿跟着就走了，完全忘记了奶奶的嘱咐。

我们跑去她家，俩孩子正津津有味地看书呢，没想到外边已经天翻地覆了。说到这儿，也让我特别怀念在长宁楼生活的那段美好时光。

当时住在那里的老师大部分年龄差不多，当然孩子也差不多同龄。平时，大人们在楼下聊天，孩子们在一起疯玩；大人们上班，孩子们一起上学。邻里之间互帮互助，相处融洽，度过了一段令人怀念的时光。

还记得，每到寒暑假，我们回保定老家，会把钥匙放在对门的安老师家，让他们帮忙照应。他们需要盘碗之类的家什，也直接到我家拿，都是很自然的事。以至于大家帮了我们这么大忙，好像连"谢"字也没说几个，更不用说请吃饭了。在这里，我借助这篇文章，向长宁楼的各位亲爱的老师们、我的好邻居们，好好说一声："谢谢！"

如今长宁楼早已拆迁，当时的邻居们都搬了不同的地方，很难再聚。好在当年的孩子们都长大了，我家晴晴的小伙伴们陆陆续续开始结婚了。无论谁家孩子结婚，大家除了恭喜贺喜，还格外兴奋。在这个时候，老邻居们终于有一个大聚会的机会了！怀念我们永远的长宁楼！

两次丢孩子，让我由衷地感叹，幸亏那是个社会清明、人情厚暖的时代。如若是现在，还真不知道是个什么结果。丢孩子的故事太多了，看过关于丢孩子的电影、电视剧，丢了孩子的痛，无与伦比，无以言状，多少家庭为之破碎。什么都不说了，只一句：丢啥，也不能"丢人"！

我的高考故事系列（一）：我们那个时代的高考

一说起高考，眼前像放电影一样闪过我的青葱岁月，那时的校园、上学的小路、同学们青春活泼的身影。

经历过那个时代的人都知道，那时候参加高考并能成功考上的人，大多是当年的老三届或者代课教师。当时教我们初中、高中的老师大部分都考上中专或者大学。记得教我们物理的安老师考上了当时的北京钢铁学院，是那个时期我认识的人中考得最好的一个！

北京钢铁学院，那是一个多么神秘而美好的地方！我们羡慕极了，以至于后来他妹妹成了我的同学，在我眼里仿佛他妹妹也，总有一种似有似无的骄傲。

那时候的高考真是一言难尽啊。

恢复高考后，学校开始重视学习，高中开学伊始，有了一次各科摸底考试，结果大部分同学每科仅得十几分、二十几分。

于是学校决定从头补课，也就是说上高中的我们，学的是小学、初中的课。所幸那时候我们的老师是极好的，都是名牌大学毕业的高才生。在那个特定的时代，他们到我们这里教书。

然而再好的老师也追不上时间。时光荏苒，两年的时间很快过去了，我们还没学高中的课程，却已经高中毕业了。

我的第一次高考是第一次高中毕业时抱着考着玩的心态参加的。因为根本没学过高中课程，我的物理、数学很烂，自己马马虎虎学了一点历史、地理，就参加了所谓的文科高考，没想到居然考上了中专段，竟然有了期待。那时的中专都是商校、

麦田在歌唱

财经学校、粮食学校之类，要看单科数学成绩的，我的数学成绩差，基本没希望录取。

但有了这一次，毕竟升起了一点希望之光。

所谓的高中毕业之后，同村的小明来找我，说："咱们去复读呗，好多同学都回去了！"我去问我爸妈，我妈说："十几岁的小丫头到生产队劳动人家都嫌弃，复习去吧，要是能考个中专，将来吃食堂，我们就省心了。"

我从小体弱，干不了重活，跟我二姑家的文霞姐姐比，那是一个天上一个地下。这一直是我爸妈的心病，这要是留在家里，种地、喂鸡、打狗，能找个好人家嫁出去都是难事啊！要是能上学，吃上商品粮，爸妈就再也不用操心我了。

抱着考学的愿望，我又回到学校。不是什么复读班，而是插到新招的高中班里，像新生一样，正式从高中课程学起。这之后才是真正的高考。

由于刚刚恢复高考，即使上学的人，底子都很薄，而且录取率极低，大概百分之三，一所普通高中能考上一两个都不错，即使重点中学一个班也仅能考上几个人，而高考是农村孩子走出去的唯一途径。

没有几个人能一次性高考成功。不甘心的学子们到不同的学校复习，一次次参加高考就成了常态。我考上河北大学之后，回母校看望老师，发现好多一起复习过的同学在操场上打羽毛球，他们还在为高考拼搏，望着他们的背影，不禁感慨万千，那就是去年的我、前年的我！也有好多人像我一样，并非功课不好，而是心理素质差导致临场发挥失常。

其实，我考三次并不算多。我有一位女同学，论功课绝对是我们那时的佼佼者，平时学习特别好，我只能望其项背，只是一到考场就发挥失常，所以，一年又一年……

我大学毕业参加工作两年之后，有一天，突然在图书馆借书的一群同学中发现了那位女同学，我们的目光碰到一起，都惊呆了！原来她考到我们学校土木系了，她见到我也很不好意思。其实，这个结果已经很不错了，不管考了多少次到底是考出来了。还有更惨的情况，我有另外一位女同学，平时考试成绩非常好，一到高考就掉线、黑屏，任怎么考都不行，最后据说放弃了，现在也不知在哪里。

这就是我们那时候的高考，有希望，有挣扎，有奋斗，有喜悦也有忧伤！

我的高考故事系列（二）：小药片

写我那一场场揪心的高考之前，先带大家看看我的母校——左家坞中学。它在我的整个生命旅程中是一个美好的存在。虽然也有许多的茫然、愁绪、苦痛，然而青春就是青春，无论多么苦，都有歌声、笑声从心里飞过……

我们的校园是个美丽的校园。

还记得操场边，老师们的办公室前有一颗大柳树，枝叶繁茂。夏天，我们在大树下听广播；体育课的间隙，我们在大树下休息。这里留下过我们太多的欢声笑语，是除了教室驻足最多的地方。

靠近学校大门的教室前面有一棵槐树。5月，槐花开了，我常常望着那一串串玉珠般的槐花发呆，想着该怎样描述它才好，阵阵槐花的香气飘过来，让我迷茫又警醒，高考，高考！

后排教室的前边是一排排绒花树，六七月间，粉绒绒的花朵，散发着淡淡的香气，远看像一片粉色的云朵，每当它们开花的时候，我们知道高考的日子马上就到了。

作为这个时代的人，你必得面临一场又一场考试。学生时代自不必说，如果你是考试型选手，那么恭喜你，你的人生自然顺畅很多，而像我这般心理素质极差，一到考试就筛筛子，考完试就哭鼻子的人，那就悲惨许多。高考是不论过程只看结果的一场艰难的跋涉。

看过三毛的一篇文章《天梯》感觉那就是在写我。一见考卷大脑一片空白，心颤手抖，等回过味来，考试已然结束。真所谓此情可待成追忆，只是当时已惘然。

3次高考，且不论平时学习的艰苦，仅仅这3次考试，每次都像被扒了一次皮那

麦田在歌唱

么难过。那种紧张、焦虑、等待录取，然后希望破灭，挣扎着爬起来，希望再次破灭的煎熬，是多么熬人，经历着心灵一次次淬炼。

多次经历这样的过程，以至于在心理上留下巨大的创痛。在这之后的一二十年，多少次在梦中梦到高考：惊觉要高考了，我还没复习好呀？蓦然坐起，吓醒，发现是一场梦，还好是一场梦，释然……

3次高考毕竟不是什么光荣的事情，所以总是深藏内心，羞与人说。那时候，考三次并不说明你很差劲，也并不代表以后就没出息了。

说实话，我一次次高考并不是因为成绩不好，而是心理素质太差造成的。平时考试很是了得，成绩都在前几名。每到高考时，整个人就莫名地掉到了山谷，整夜睡不着觉，考试时看到卷子脑子一片空白，卷子上的字变成了蚂蚁，手抖，写字困难。

我在县一中复习班时，临近高考时要先参加预选，那次预选，我的成绩在我们班排第九。高考时，我们班大部分人都考上了不错的大学，我很要好的两位同学考上了河北大学，而我再次落榜！

连续高考失败，父母亲几乎对我绝望，然而我自小体弱，除了念书成绩好，什么都做不了。父母心疼我，说："也不抱希望了，你去玩一年吧。"就这样，我又复读了一年。我知道，这是最后一次机会了，要做最后一拼。

一年过去，高考的日子很快又来了。

短短的决定我命运的3天，显得那么漫长！巨大的压力下，我又不好了：失眠，嘴里长泡，脸上长痘。高考前夜，睡在大通铺上，听着身边同学翻身、呓语的声音，又是一夜未眠。

我带着恐惧、忐忑的心情走向考场。头昏昏，手颤颤。语文卷面似一行行蚂蚁在蠕动。不知道自己写的什么，也不知怎么走出的考场。

带队老师是教我们化学的刘老师，他知晓我的情况，考完急忙走向我，问我考得怎么样？我一脸绝望，说："不行啊，还是不行。"刘老师安慰我说："没事啊，没事。"说完，刘老师好像想起了什么，快步走了，不一会儿又回来了。他把我拉到一边，说："没事的，君君，我给你两片小药片，你吃了就能睡个好觉，下午就能考好了。"我半信半疑，吃了刘老师给的药，不知是药起了作用还是心理作用，反正中午竟然睡着了。下午考地理的时候，心也稳了，手居然没抖，答题顺畅，自己也感觉答得不错。

从考场出来，刘老师赶忙走向我，问我怎么样，我说考得可以。刘老师很高兴，说："晚上睡前再吃两片小药，明天也可以考好了！"就这样，接下来的几科，在小药片的帮助下，我考得都比较顺利。

高考结果出来了，我以 475 分的成绩终于上线了，那年的重点线是 480 分。遗憾的是，我最好的一科——语文,120 分的卷子我只考了 72 分，大大地拉了后腿。后来我常想，考第一科之前要是也吃了小药片该多好，以我平时的成绩，语文考 90 分都是低水平发挥，上重点大学一点问题都没有了。

也许这就是命，别不知足，你的执着终究是感动了老天。我想，那天刘老师也许是灵机一动，想到了这一招。到现在也不知道刘老师给我吃的什么药，估计就是安眠药之类的。没想到，却因此改变了我的命运。

感谢我的坚持。我想起有一年高考作文，题目是看图作文。图面是：一人挖井，眼看再挖一锹就出水的时候放弃了。幸亏我没有放弃，多挖了这一锹，终于见到了渴盼已久的水。

更感恩父母的疼爱，换作别人家，或许早就不让再复习了,他们陪我煎熬了又一年。

感谢刘老师，没有刘老师和他的小药片，就没有我的今天！

麦田在歌唱

我的高考故事系列（三）：我的姥姥家

童年的我十分幸运，因为我有个花香伴着书香的姥姥家。

我家与姥姥家同村，我家在村东，姥姥家在村西。姥姥家的房子是青砖大瓦房。特别记得屋子里靠北墙有一排古旧的大板柜，板柜两头各放一个青花大胆瓶，特别好看，胆瓶里经常插着一把漂亮的鸡毛掸子。姥姥家的门帘是蜡染的，包衣服的布皮也是蜡染的。蜡染和青花的花色是反向的。青花是白底蓝花，蜡染是蓝底白花纹，都有一种说不出的韵味。

姥姥家有前后两个大院子，沉默寡言的姥爷却极喜欢种花种菜。夏秋时节，姥姥家的院子里总是生机勃勃，各种瓜果蔬菜从不间断，去姥姥家时，姥爷总要让我带些时令菜回家。

姥爷极喜欢种花，方圆各村谁家有好看的花，姥爷总要千方百计地寻来一些，种在院子里，像极了老语文课本里《秋翁遇仙记》那个花痴秋翁。

春夏秋时节，院子里总有开放的花儿，春天的迎春、芍药，夏天的石榴、凉丹子，秋天，窗台上摆满各色大菊花。即使是冬天，姥姥家的炕上还有一盆枝叶繁茂的"蜜罗"。我们通常是这样叫的，不知道是不是这两个字。

"蜜罗"长着绿油油的叶子，果实的样子、味道与柠檬相似，但果实的颜色是绿色的。

我最喜欢那大大的芍药花，它们长在姥姥家的西院墙下。

因为喜欢，几乎天天去看。春天，看它抽出紫色的芽芽，看它一点一点地长大。终于等到春末夏初，那大大的圆球形的花骨朵终于绽放出粉红色的、硕大的花朵！不是我们通常看到的单瓣芍药，而是重瓣的，散发着淡淡的药香。

那美丽的芍药是安放在我童年的一幅画，就像一首歌、一场电影一样，想起它就回忆起童年的时光。

每到开花的时候，姥爷许我掐两朵，插到我家的花瓶里。我手捧两朵硕大的芍药花招摇过街，引来小伙伴们艳羡的目光。总有小伙伴一路追随着我，还央求我："君君，我有凤仙花苗苗，换你一朵花，中呗？"不换！我骄傲地往家走去……

姥爷家还有一种花，一直觉得很独特。四五月间，会开出一串串粉色的小蛤蟆一样的花，我们叫它蛤蟆花。多年以后，在一个介绍牡丹的电视节目中才偶然发现，这种花叫荷包牡丹。

在我的印象中，还有姥姥美丽的发髻上总是别着应季的花儿。雪白馨香的碧玉簪花（我们叫凉丹子花）、火红的石榴花都是姥姥发髻上的"常客"。

姥姥是大家闺秀，长相端庄美丽，因了这些花，姥姥在我的眼里更加别有一番韵味。姥爷种花姥姥戴，在乡村人家，也算是一种浪漫吧。

我喜欢姥姥家，小孩子住姥家本就是一种享受，我在姥姥家的时间似乎比在自己家还多。但是有个原则，妈妈不许我在姥姥家吃饭。那时候家家生活困难，粮食少得很，我不能占了姥姥家的粮食份额。所以，每到吃饭的时间就会一路小跑着回家。

姥姥家里有一个厢房，那里堆了许多大舅读书时留下的旧书。我到现在都不明白，这些书竟然在那时幸存了下来。印象深刻的是那些老语文课本，里面的唐诗宋词自不必说，更有那些选自经典名著的片段——《威尼斯商人》《罗密欧与朱丽叶》《古丽雅的道路》《卓娅与舒拉的故事》。不知读了多少遍，让我深深地沉迷其中，忘记一切。

这些书给了我巨大的情感启蒙和精神滋养，去姥姥家探宝找书成了我最开心的事情。

平时的画风是这样的：我和姥姥都坐炕上，我低头看书，姥姥默默地看着我，端着她那长长的玉烟袋杆抽烟。冬天，姥姥有个火盆，姥姥边烤火，边给我烤些玉米、黄豆之类的东西。姥姥是很想跟我聊天的，但我沉浸在书里，根本不抬头。往往看书时别人喊我都听不见，我成了有名的"书呆子"。

姥姥家书香与花香的熏染，让那时的我成了有梦想的女孩，奠定了我人生的基调。读书启蒙对小孩子太重要了，回首年少时埋下的读书种子，让我不甘平庸。虽然也一路坎坷，却也是一路花开。

麦田在歌唱

　　读书，某种意义上说也是"中毒"：它让你看到了外边的世界，不再满足于眼前的生活，胡思乱想多起来，像一只企图逃脱藩篱的小鸟，挣扎着、冲撞着。

　　那时候，一个柔弱的乡村女孩，不像吃商品粮的人家，可以自然地接替一份父母的工作，或者可以安排一份工作。如果不能通过考学冲出去，就只能退守乡里，过普通的乡村生活。从我内心而言是极力抗拒的，那不是我想要的生活，或者我不适应那种生活。

　　因读书而产生的强烈愿望也是一把双刃剑，一定要考上大学的压力、焦虑自然就产生了。

我的高考故事系列（四）：我的父亲母亲

一直想写写我的父亲母亲。

小的时候，我就觉得他们跟别的父母不一样。和小伙伴们一起玩，经常听到他们诉苦说，他们的父母吵架厉害，他们也有时候被揍。可这样的事情从未在我家发生过，没见过父母像别人家的父母那样吵架，我和哥哥弟弟们也从未被父母打骂过，这也是我们兄妹几个感到骄傲的事情。

我的父母都喜欢唱歌。母亲边做饭边唱歌我们视若寻常。记得父亲有一个歌本，非常精致，是那种硬皮本儿。里面都是手抄的、他们那个时代流行的歌曲。最特别的是，每首歌都带有简谱。父亲高兴的时候，经常拿着歌本咪嗖啦咪嗖地唱，让我觉得特别新奇。我有时候也把那个歌本从柜子里翻出来，偷偷地看了一遍又一遍，仿佛里面有什么秘密。

后来大一点了才知道父母都是念过书的人。

母亲的遗憾

那时候母亲家境尚好，母亲的大姑父曾是唐山老八中的校长。我母亲在她的兄弟姐妹中尤其聪慧，被大姑父带到唐山去念书。

母亲的功课很好，尤其是作文经常被当作范文，据说还得过奖，但是却没有一直读下来。原因是母亲与大姑父的女儿也就是她的表妹有了一点小摩擦，母亲回来和姥姥、姥爷诉苦，姥爷当即决定不让母亲回去念书了，不受那个气了。大姑父多

麦田在歌唱

次叫母亲回去，但终究还是没能完成学业。母亲就这样中断了她的学业。这也是母亲终身的遗憾。后来每每想起这些事母亲都说：要是不回来该多好。可是人生没有如果，人生没有彩排。这也是母亲希望我好好读书，不再像她那样留有遗憾的一个原因。

然而，回了家的母亲，在当时依然是很优秀的。母亲入了党，村里有活动，也请母亲写文章。我见过母亲娟秀的字体，真是惭愧，我的字一点儿都不能和母亲比呢。

父亲的遗憾

父亲呢，有一个金光闪闪的毕业证——车轴山中学毕业，说起来就让我感到十分骄傲。父亲中学毕业后被要求当兵，就这样父亲到了天津某师某连某排某班当了汽车兵。

那时候父亲在部队可吃香了，因为有文化，开车学得快，又识简谱，经常教战士们唱歌，部队领导特别喜欢我的父亲，那时的父亲真是备受赏识，前途无量。

可遗憾的是，父亲和母亲有了相同的境遇。那时候我大伯在粮食局工作，大娘和5个孩子在家。父亲和母亲也已经结婚了，有了我的两个哥哥，当时家里就我爷爷一个劳动力，其余的都是妇孺，爷爷迫切地希望爸爸能回来帮他一把。我父亲没能抵挡得住爷爷的千呼万唤，在部队首长劝阻无效、十分遗憾的目光中复员回到了乡里。

从部队回来后还有一个桥段。据说，当时公社请刚刚复员的父亲当武装部长，我那没尝过生活真滋味的、傻傻的父亲，又拒绝了，觉得自己回来就是照顾家的，担任武装部长不是又不能在家了吗？与其这样，还不如不回来呢，真是年少不识愁滋味。

虽然后来当了大队副书记和民兵连长，很快体会到了乡村生活的艰辛和不易，但是这时候再想出来已经很难了。虽然有开车的一技之长，也有大连二姑父的各种帮忙，但是命运仿佛跟他一直在开玩笑，总是在即将功成之际发生意外，然后希望落空。后来在交通局工作的老战友帮忙找了一份工作，也是开车，但身份是临时工。

那时候父亲非常辛苦，每天早起四五点就要骑着一辆自行车到30里外的县城上班。不过这样辛苦地工作，困扰父亲多年的肺疾竟然不知不觉地好了。

父亲和母亲同病相怜。他们有着相同的境遇，有无法改变的无奈，他们的目光放到了我这个爱读书、成绩也最好的女儿身上，仿佛只有我能考上大学，他们才能出了这一口气，弥补一些他们命运中的遗憾。

优秀的母亲

父母虽然运途上坎坎坷坷，但读过书的他们与许多小伙伴的父母是不一样的，在我眼里是极优秀的。

我母亲平时和其他人一样下地挣工分，但空闲的时间从来不在大街上闲聊，说家长里短，有时间就在家里做衣服。

父亲复员的时候给母亲买了一台缝纫机，据说那是第一批出厂的燕牌缝纫机，有五个抽斗，那是母亲最喜欢的物件儿，所有剩余的时间都和缝纫机捆在一起。我们小时候一年四季的单衣棉衣服都出自母亲的手，甚至后来我女儿的小棉衣、小被子、小罩衫都是我母亲做的。

我特别记得母亲做过一件当时非常时髦的风雪衣，就是带毛领的条绒棉大衣。那是相当难做的，她硬是照着裁剪书一点一点地做，用缝纫机做了好长时间，竟然做成了。母亲手很巧，俗话说，巧妈妈笨闺女，说得真不差，我这个闺女实在是笨手笨脚。

由于遗传的缘故，母亲的后半生几乎都是在和高血压斗争中度过的。为了改善身体状况，减轻病痛，母亲让我给她找了很多医书，天天研究穴位，几乎成了半个医生，对减轻病痛起了很大作用。我的几个姨妈都很短寿，但是母亲活到了79岁。虽然寿数还是短了些，但这已经体现出母亲自医的成果。

识字读书的母亲确实与众不同，她最喜爱的节目是中央四套的《海峡两岸》，渴望台湾快些回归祖国。你也许觉得这画风与她这位乡村老人的身份违和，但这就是我真实的母亲。

麦田在歌唱

多才多艺的父亲

父亲识得简谱就足以让我崇拜一辈子。父亲爱唱歌，只要看到有简谱的歌，拿起来都能唱，而我到现在都没学会。父亲说这是他上小学时，一位老师教的本领，真是让我羡慕。

2016 年我写了首校歌，被唐山市音乐家协会主席郭文德先生谱了曲，父亲听说后十分兴奋，我把歌词曲谱拿给他看时，他当即就唱了出来，一点都没错。

父亲还当过导演呢。回首 20 世纪 70 年代，那时候村里文化活动还是很丰富的。在父亲的策划并指导下，村里排演了整场的歌剧《白毛女》《收租院》。从挑演员、教唱全部曲目和情景设计都由父亲亲力亲为。冬天农闲的时候，有时下着大雪，我经常随父亲到学校排练场看他们排演歌剧。看着父亲在现场忙碌、指挥若定的样子，小时候的我真是崇拜极了。

不要说农村没人才，父亲不仅能物色到符合角色的演员，还有自己的乐队。父亲他们排演的歌剧曾到附近各村镇巡演，受到热烈欢迎。那时候，表达一部戏演得好的说法就是：把很多台下的观众给唱哭了，一时间风头无两。

父亲还当过威风凛凛的民兵连长，经常带一帮年轻的姑娘小伙实地训练。那时候的民兵可不像现在，真正是备战备荒为人民，挖防空洞，实战训练。

父亲下象棋也是一把好手。过年的时候，他和哥哥们在屋子里摆上棋盘，对弈厮杀。母亲在外间屋忙着做各种饭食，我们这些小孩子屋里屋外地跑来跑去。那种温馨的场景延续了很多年，至今想起来，还是无比怀念。

父亲才华横溢，热爱学习，不惧新事物，一学就会。不仅如此，父亲性格开朗、乐观、幽默、爱开玩笑，我的表兄表姐们都特别喜欢二舅（我父亲）。

人缘好的父亲，身边总有人围着转。年轻的时候，晚上总有人到家里与父亲聊天，即使到现在，身边也有一群老伙伴。生活中他遇到难以解决的事，只要一个电话，总有人过来帮忙。

几十年很快过去了，父亲也很快步入老年。前两年母亲去世，给父亲带来巨大的打击。他们是多么志同道合的一对，都是党员，有着相同的信仰，平时有说不完的话，很少脸红，我们这些后辈只能望其项背。

母亲走了，父亲的心空了，他忍受不了这样突然的分离。几乎我们每次回去，父亲就都会抹眼泪，这样的状况持续了一年多，以至于大病一场。时间是治愈伤痛的良药，父亲现在终于缓了过来。现在的他看淡一切，无欲则刚，心态超然。

前两年，作为老司机的他坚决要买一辆老年代步车，要过过开车的瘾，我们担心他年龄大了掌控不好，都不同意。还是了解他的母亲拍板，同意他买。如今，他经常开着车，带着一帮老朋友到处去唱歌，去看附近的风景，每天都过得很精彩。

如今，爱学习的父亲竟然玩起了微信。现在，我们回家除了给父亲改善生活，还要解答父亲提出的无数问题，关于微信、拼音等。跟我们谈论的话题都是从微信上看到的国家大事，有自己的观点和立场，读过书的父亲有自己关注的内容，这多少减轻些寂寞，让我们这些晚辈感到非常欣慰。

这就是我的父亲，80岁的他在唱歌，80岁的他在玩微信，80岁的他在开车。

我的高考

我自幼体弱，除了读书，什么农家活、家务活都干不好，父母很为我的未来担心。如果没读过书还好，什么都不想，一辈子也许稀里糊涂过下去，偏偏我还向往外面的世界，不甘心在家里就这样过一生。父母的际遇也让他们对我心生期待，希望我能弥补他们的人生缺憾，因此父母更盼望我能考上大学。而平时成绩尚可的我一到高考就砸锅，他们一次次陪我等待、煎熬，我这个闺女可真是让他们操碎了心。

每次高考完，父母身边的亲朋好友都要追着问："君君考上了吗？"可是不争气的我接连落榜，让父母很难堪。

在县一中复习的那一年是最有希望的。那时候父亲在县城开车，经常从家里给我带些好吃的，我的成绩也是突飞猛进。高考完那天，父亲骑着自行车去接我。那天下着瓢泼大雨，父亲骑着破旧的自行车带着我和行李在大雨中骑行。看着艰难地带我回家的父亲，我在心里默默祈求着：老天，我已经这么难了，你就让我考上吧。

其实，生活有时真的很残酷，哪里会相信你的眼泪。

麦田在歌唱

　　感谢父母，感谢他们一直宽容、忍耐、爱护我这个家里唯一的女儿，给我一次又一次机会。有磨难、有眼泪，有开心、有幸福，这就是生活本真的面目吧。如今，我也成了他们眼中的骄傲。我会尽最大努力让老父亲的晚年过得更好，不留遗憾。

我的高考故事系列（五）：素娟表姐和凤兰表姐

我有两位让我特别羡慕的表姐：大姑家的素娟表姐和二姑家的凤兰表姐。

两位表姐都长得俊秀美丽，知书达理，是我父母口中的好孩子，我的人生榜样。更重要的是，她们与我有着不同的人生。她们都属于城里人，吃商品粮。那时候吃商品粮的孩子有着天生的骄傲，气色和气质与我们确实不同，两种身份有着天然的、无法逾越的鸿沟。没经过那个时代的人，根本体会不了那种巨大的差异。

两个表姐就像天上美丽的云朵，我能远远地望见，却够不到她们的生活。

素娟表姐的爸爸是我大姑父，14岁参军，参加过震惊世界的、伟大的抗美援朝战争。听我爸说，大姑父在战场上受了很多伤，战争结束后回国，转业到青海省人民医院。也因为受伤的缘故，适应不了高原的气候，经常晕倒，所以就从西宁回农村老家病休。

大姑父是我们家的骄傲，原来我家里有很多他的照片。那些照片比时下的明星还有气质，既有军人的英武，又有知识分子的儒雅。

现在，大姑父已经90多岁了，非常有个性。记得我小时候，大姑一家回来时，大姑父总爱去山上转一圈，采一把野花回来。大姑父一生跌宕起伏，这给热爱写作的他提供了素材，前几年还在写回忆录。

大姑一家虽然回了老家，但是大姑父享受着病休的待遇，表兄表姐也是与我们不同的。素娟表姐到昌黎师范学校读书，表兄又回青海参加工作。

我是多么羡慕素娟表姐呀，她不仅长得好看，天生一副好嗓子，说话特别好听，而且气质优雅，性格率直、可爱，做事极其认真。

素娟表姐上高中的时候，在我们家住过一段时间。小时候，她经常带我踢毽子

麦田在歌唱

玩耍，所以特别亲切。

然而那时候的素娟表姐是既亲切又遥远的。她毕业后成了县城一所小学的音乐老师，穿漂亮衣服、戴手表、吃食堂、看书、弹琴唱歌。她就像天上的一颗星、一朵云一样，让我心生期盼，带给我人生的方向。

那时的我是多么希望能走出乡村，过上和表姐一样的生活。然而，小小的我已经觉察出，我或许永远也过不上素娟表姐那样的生活。直到后来有了高考，明白了只有努力读书，考上大学，才能改变命运，才能够到素娟表姐那朵云。

素娟表姐好强上进，特别支持我高考，热切地盼望我能考上大学。我在县城参加高考的时候，素娟表姐给我提供了吃住等一切便利。后来知道我考上河北大学以后，比我还要高兴。现在我们和素娟表姐一家联系密切，她也成了我写作的最大支持者，不断给我鼓励，不吝赞美之词。

二姑家在美丽的海滨城市大连。二姑在针织厂工作，二姑父在造船厂工作，也是厂里的领导。那些年，因为交通不便，一提起大连，总觉得相当遥远。那时候与二姑家的联系主要是书信往来。每次收到大连来信，都是凤兰表姐执笔。那信写得，不仅字迹娟秀，而且言辞极得体，特别有礼貌。每次收到凤兰表姐写来的信，父母都特别开心。父母的口头禅是：你看看人家凤兰表姐，都跟人家学着点！凤兰表姐是父母口中典型的、别人家的孩子。

二姑一家人特别周到礼貌，给我们老家人的印象特别好，说起来都是赞不绝口。二姑父曾竭尽全力帮我父亲找工作。有一年我父亲去大连看望他们，二姑父不知用了什么法子，竟然帮我父亲戒了烟。我父亲现在能有这样的好身体，二姑父是立了一大功的。

20世纪90年代，二姑难得回老家来探亲，几乎给所有的亲戚都带了礼物，那时我已经工作了，还给我买了一块紫色布料。我用它做了一身西装套裙，着实美了好一段时间。凤兰表姐曾经和表兄一起下乡，后来返城，在大连商场工作。

遥远的凤兰表姐一直是我心里一个发光的存在。我父亲曾去过大连几次，回来就表扬凤兰表姐细心、周到、懂事。那个生得美丽的凤兰表姐，那个一年四季穿裙子的凤兰表姐，那个从小就让我心生向往的凤兰表姐！

凤兰表姐从小就穿裙子，这仿佛是城里人的特权。我家有凤兰表姐穿裙子的照片，小时候，我总是趴在镜框前看啊看，慢慢地也就成了我的梦想——穿上花裙子，它曾是我最大的向往。下面是我曾经写过的一段文字：人生的每个阶段都有不同的梦想出现。儿时的城市和乡村是两个截然不同的世界。有一天，邻家小伙伴的家来了一位城里亲戚给她带来一条漂亮的花裙子，那条花裙子在我的眼里是多么耀眼啊，小伙伴那个骄傲，那个炫耀啊！小小的我从此充满了期待和渴望：什么时候，我也有一条花裙子呢？

花裙子在前边飞舞，召唤我走向外面的世界。我深深地知道，读书求学是我走向广阔世界的唯一出路。喜欢读书并不等于热爱考试，然而，要想成功出山，必须经过无数次考试的煎熬。我却是个热爱读书，不会考试之人。强烈的向往也让我产生对失败的强烈恐惧和心理脆弱，总是在最后的关头与失败握手。

然而，我不会屈服，于是历经磨难挣扎，终于坚持到梦想花开。这个乡村女孩身披彩色的梦想，终于飞向她向往的、外面的世界。

感谢发达的通信时代，我和凤兰表姐虽然不能常见面，但是在微信上联系密切。自从我父亲玩微信后，表姐又跟我父亲联系上了。这个善良又暖心的表姐经常逗二舅开心，给二舅发好看的视频，经常视频聊天，比我这个闺女还贴心。凤兰表姐也是文艺青年，喜好诗词歌赋，也是我写作的鼎力支持者。

我的两个表姐现在依然美丽。利落能干的凤兰表姐仍然返聘工作，业余时间看看诗词歌赋，唱唱歌。素娟表姐退休后在家带班教小孩钢琴，表姐夫歌唱得极好，想想看，一个弹琴，一个唱歌，那场景是多么温馨和美！

两个表姐曾经是我人生追求的目标，现在更是我人生的助推器。我每发一篇文章，两个表姐会第一时间点赞、转发，而且收集读者反馈意见给我。表姐们的鼓励让我继续将思想变成文字，构筑属于我与所有的亲人和朋友们的精神花园，共赏春花秋月，共度美好时光。

童年的经历往往昭示着未来人生的走向，感谢我的两位美丽的表姐，是你们带我走向人生的春天！

麦田在歌唱

我的高考故事系列（六）：黄维明老师

我上高中的时候，我的老师们可不一般呢。他们差不多都是重点大学毕业的高才生。后来老同学们相见时，聊起我们的学生时代，都感到很幸运：曾经有过那么一批高水平的老师教过我们。

其中有一位老师给我留下了特别深的印象。他是我们的数学老师，叫黄维明，是上海师范大学毕业的高才生，一个典型的南方人。他瘦瘦的，肤色黄白，带着一副高度近视眼镜。黄老师的妻子白景兰也是一位数学老师。白老师戴着厚厚的眼镜，总是穿着浅蓝色中式上衣，文静而略带严肃。虽然没有直接教过我，据说教学水平也是极高的。那时候他们两人就住在学校里。

开学没多长时间，同学们就发现了两位老师跟别人不一样。他们每天都要看书到很晚。特别是夏天，他们把电灯接到屋子外边看书。我们下晚自习回家的时候，看到他们还在灯下静静地看书。

当时，在学校住的老师很多，他们显得很特殊，这也是我们当时的一个话题。

多少年过去了，两位老师在夜晚的灯光下安静看书的场景已经定格在我们的脑海里。

黄老师说话的口音有点难懂，不知道具体是哪里的口音，只能泛指为南方口音。那尖细的、挑着的长音仿佛还在耳边，但是他讲的数学我们都能听得懂，而且讲得特别好。

那时候我们经常步行到七八里外邱庄水库农场去劳动。黄老师总是扛着锹，迈着大步，走在队伍前面。

黄老师不仅干农活卖力，课讲得更好，特别认真，较劲儿。那时候还不重视文化课，上课的时候，常常有家长把正在上课的学生从教室里叫回家干活。别的老师可能忍了，可是这样的事情在黄老师那里办不到。

有一次黄老师正在上着课，有一个家长闯到教室里，要从教室里把他家孩子叫回去干活。黄老师不干了，直接酸着脸说："请你出去！"这个事情在学生和家长们中间传了很久，很多家长确实收敛了很多，同学们从心眼里敬服黄老师。

恢复高考以后，学校开始重点抓教学，黄老师的春天来了！他上的课再也没人敢打扰。听说是他力主让我们这些没怎么学习过的高中生从初中课程开始补课的，这为我们后来的高考打下了良好的基础。

不久，优秀的黄老师被调到丰润县的重点中学——车轴山中学任教。不久，一个令我们震惊的消息传来：他考上了研究生，而且是他们那个专业全国排名第一！这让他的学生们都非常骄傲。联想到黄老师夜晚读书的场景，学生们深受启发和鼓舞：向老师学习，努力读书。

一位好老师，胜过万卷书。黄老师严谨、认真、敬业、耿直的品格以及热爱读书、努力学习的良好形象，深深地影响了他的学生们。

后来我们同学们聚会，说到黄老师的时候，都以我们曾经有过这样一位好老师而感到骄傲和自豪。

现在的黄老师应该是七八十岁的老先生了吧，早已没了联系。不知黄老师现在哪里，请接受学生深深的敬意和祝福！

这篇文章在微信公众号发表后，被他的学生们看到，纷纷给我转来黄老师的消息：黄老师和白老师现居北京。现在的他们，身体健康，家庭和美，晚年幸福。真好！

麦田在歌唱

我的高考故事系列（七）：励志周老师和魅力马老师

第一次高考落榜之后，城关中学按照高考分数划段招了两个复读班，我被招了进来。这里的老师都特别优秀，其中有两位老师让我至今记忆犹新。他们是教政治的周继武老师和教英语的马国栋老师。

励志周老师

周老师个子不高，脸红红的，眼睛不大却很有神采。周老师课讲得好自不必说，他还有一个特点，就是特别善于激发学生的积极性。每次上课前都爱讲一些与大学或高考有关的故事，特别励志。

那时候是精英教育，大学少，招生少，极难考。大学绝对是一个巨大而又神秘的发光体，强烈地吸引着我们，凡是与大学有关的故事都让我们热血沸腾，备受鼓舞。

周老师经常跟我们说："××考上××大学了，××大学有多么多么好。考上××大学的××同学平时是怎么学习的，你们要学着点。人生一世，难道你们不想去大学走一遭？"

有一次，我记得上课时，周老师先给我们读了一张报纸上的文章，文章说的是北京师范大学某宿舍6个女生的故事。我们一个个眼神炯炯地望着周老师，听得心潮澎湃，恨不得立刻变成那个宿舍的6个女生之一。可是光想有什么用呢？还是要经过高考这道关啊，不努力学习怎么能实现呢，所以好好学习吧。

也许是周老师特别爱讲励志故事，他的课也特别受欢迎。只要周老师在学校，总有同学围着他探讨学习问题，周老师总是特耐心地满足每个同学的要求和愿望。

周老师还是一位古道热肠的好老师。有的学生病了回家不方便，周老师从家里熬好汤粥送给学生。

还记得我们班有一位姓商的男生，学习特别好，却因谈恋爱受了些刺激，经常敲着饭盆哭哭啼啼，也没心思学习了。眼看着孩子要毁了，周老师看在眼里，急在心上。

他千方百计地与男生聊天谈心，疏解情绪，帮助他找回自己。我不知道具体细节，想想就知道，这样的工作是很难做的。我不知道周老师用了什么妙方，但令人惊异的结果是：这位同学恢复理智，考上了南开大学！天上地下的人生也许就是一念之间，而这一念的转换曾经暗藏了怎样的惊涛骇浪。我想，周老师就是那个摆渡人吧。据说商同学现在工作生活安好，我想，他一定会感念师恩。

回想难忘的高考时光，虽然艰苦却也是激情燃烧的岁月，我们曾有过那么多的好老师教导我们，陪伴我们，给我们点燃希望之光，助力我们走进大学的校门。

周老师现在也该70多岁了吧？希望我们的周老师好人一生平安！

魅力马老师

马老师可不得了。我可以肯定地说，所有被马老师教过的学生，不管是男生还是女生都会成为他的铁粉。

马老师长得高高大大，大眼睛、高鼻梁，戴着一副斯文眼镜，一笑露出一口白牙，说话的声音特别好听，绝对是儒雅帅气的外交官长相、外交官的风度。当然，最重要的是：讲课一级棒！

每天早上，校园广播里播送马老师和他的妻子韩老师朗读的英语课文，比录音磁带还要好听。

马老师还有一个特别让人称奇的地方，就是他教过的学生，他都记得名字。上课的时候，马老师从来不看点名册，对学生的情况了如指掌，你想想被这样的老师记住名字，那该是多么多么快乐的一件事啊！也许一个班的学生的名字好记，可是马老师教过太多的学生，所有学生都说：只要被他教过，他都能记得名字。

麦田在歌唱

就是这位马老师，激起了我学好英语的强烈愿望。别看我被复读班招了进来，然而我的英语跟没学过差不多，当年高考的英语成绩是9分！入学的时候，老师们看了我的英语成绩又是皱眉，又是摇头，让我心里特别忐忑。

可是，自从上了马老师的英语课，我突然发现英语单词不那么难背了，学习英语也是一件挺有趣的事。我的英语成绩进步很快，马老师也不吝表扬。每次考试之后，马老师总是说："你看君君进步得真快呀。"马老师说我进步快，我的英语真就进步飞快，高考时我的英语成绩已经不难看了。

虽然这次高考我还是没考好，但是英语成绩从9分上升到69分也算是奇迹了。亲爱的马老师，请接受学生深深的感恩和祝福！

我考上河北大学以后，惊奇地发现马老师也到河北大学进修两年。这可把河北大学这帮被他教过的学生们激动坏了。偶像与我们同在一个学校，那是怎样的一种心情呢？

后来听说河北大学要留下极其优秀的马老师，但是丰润县教育局爱才心切，不肯放手，马老师只好又回丰润。据说后来在车轴山中学任副校长，儿女皆出色。

现在马老师应该是一位极有风度的老先生了吧。非常怀念那段难忘的学习时光，想念马老师和周老师。

写到这儿，我忽然想到，几十年时光荏苒，马老师、周老师、黄老师他们或许早已不记得我，更想不到我会写下这些文字，然而他们的言谈举止、品格才华却给我留下了深刻的印象，忆念至今，感恩至今。

其实，我们看似平淡随意的每一天，身后有多少人在看着我们？我们自己是否也会成为别人文章里的素材？那我们是好例子，还是不那么好的例子？我们是不是别人文章里的马老师、周老师、黄老师？

那好，让我们努力成为优秀的自己吧，在这世上走一遭，留下美好的足迹。

五 游记卷

带着老爸看草原

80岁的老爸有个愿望：他想去看看草原，要是能骑马在草原上跑跑就更好了。

为了实现老爸的愿望，我这个出了名的"生活不能自理"的人，鼓足勇气带着老爸出发了。没有邀请任何朋友，怕给她们添麻烦，也是要给自己一个"自立"的机会。

正是雨季，连日的大雨让人心生忐忑。还好，导游小孙既贴心又幽默，让我踏实不少。

我们从唐山出发的时候正下着蒙蒙细雨。大巴一路奔驰，路过八达岭的时候有些堵车，不过也正好看看连绵的、翠绿的大山，山脚下偶尔的流水人家，山峰上一闪而过的野长城，也是不错的风景，风景在路上一点都不错。

老爸一路上兴致勃勃，毫无睡意。

当我们看到远处云雾缭绕的群峰时，导游说，景区快到了。

这次旅行的目的地是张家口怀来县黄龙山庄的云中草原和草原天路。正好在中午12点之前到达黄龙山庄。我们下车吃饭，休息一会儿，就往山里进发了。

因为老爸不适合走太多路，我们先乘观光车来到缆车的始发地。坐上观光车，经过一个月亮门之后，仿佛来到了另一个世界。路两旁林木茂密，曲径幽深，空气清新，令我惊喜的是还看到了一排排优雅俊逸的白桦树，黄龙山庄的美初现端倪。

下了缆车还要攀上一段高坡，路两旁装饰着五颜六色的风车，煞是好看。

坐上缆车了，很快我们就被淹没在雾海之中，大雾将远近山峰遮挡得严严实实，只能看到往下走的缆车和近在眼前的一些绿植。我心里暗暗有些失望，莫非这一趟

麦田在歌唱

就白来了吗？我是被云中草原这个美丽的名字吸引来的，不过这云雾也太大了吧？

怕老爸不开心，我说："爸，我们就当在云里飘吧，像个神仙，也不错呀？"老爸说："中，中，挺好。"

终于，我们踏上了云中草原的木栈道。这里不是真正意义上的草原，而是高山草甸。大雾依旧，微雨蒙蒙，一阵阵凉风刮过来，微微有些寒意。

我环顾四周，忽然开心起来，天哪，这里的花草真好看！翠色之中，万花点点。雨雾中，红的、黄的、白的、紫色的花草格外鲜润娇美，露珠在青翠的叶子上、在安静的花朵上轻轻颤动着、滚动着，悠然、安静，它们在山顶上，在天空下，仿佛有一种遗世独立的傲娇。

我恍然悟到它们格外好看的缘由了：它们是这里的真正的主人！

这里没有牛羊啃噬、踩踏；这里没有人把它们当作野草异物给拔除。每一朵花、每一棵草都是鲜润的、自由的、活泼的。它们被风拂雨润，依着山、偎着云，吸纳着天地之精气，这些幸运的花草们已然成仙。

我的脑海里突然闪出一句诗行：是不是我们都在寻找这一刻／你用芬芳，我用千里万里的风尘……

我们一边赏花，一边沿着栈道来到草原的高处，隐隐看到刻有"云中草原"四个字的大石碑。

正准备往石碑那里走去时，忽然感觉有些异样，天地间好像亮起来了！老爸说，雾要散开了。正说着，大雾像被施了魔法般霎时无踪，天地间拉开了一幅环形大幕，四周黛色的山在白亮亮的云海中浮现出来，这些山峰被一会儿涌过来、一会儿飘过去的云轻轻地拥抱着、亲吻着。

这奇异的一幕把我们惊呆了，那条白色的云带仿佛是一条来自天上的大河飘落人间，诡异而妖娆，无法形容的奇美又神秘。

那一刻，我忘记了身在何处，恍若全世界的花都开了！我好像要飞起来，飞到云海中去，去触摸那时隐时现的山巅，我们在山巅上奔跑着、旋转着，看着四周玄妙奇幻的景观，仿佛来到了另一个世界，太美了！太震撼了！

云中草原也现出了它本来的模样：云雾缥缈，绿野阡陌，草密花繁，还有点缀在原野上的白色蒙古包，隐隐的马头琴声。

这奇诡壮观的一幕让我深深沉醉，不知今夕何夕。

这奇景只是短短一瞬，很快云雾又涌了过来，瞬间四野合拢，除了眼前一尺之内的花草，什么都不见了。

但是，这短短的一瞬已经足够了，这仙境般的奇观已经定格在我们的脑海中，成为永存的记忆。老爸开心极了，说他从未见过这么美的景致，这是可遇不可求的。

美丽的云中草原，这里是山的王国、云的故乡、花草的世界，是大自然献给人类的天地大美的诗歌。

下得山来，我们还发现了一处美丽的清凉园，里面有一方微波粼粼的静湖，背倚云雾缭绕的连绵的青山，左侧是一帘大瀑布，清静雅致，很奇怪这里竟然没什么游客。我和老爸在这里边休息边吃饭，拍了很多照片，好不惬意！

令我惊喜的是，晚上还有一场热烈欢快的篝火晚会。有草原上真正的歌者、舞者带来的精彩节目。我们和大家一起，围着篝火，载歌载舞，与素不相识的人们分享着快乐和喜悦。经常在影视中看到的一幕，竟也真切地来到身边。

第二天，草原天路就没这么幸运了。依旧是大雾弥漫，只在鸡冠山观景台休息的时候，雾散去一会儿，我乘机让老爸骑马到草原里溜达一圈，总算实现了老爸的愿望。

此行不虚，不虚此行，云中草原，期待与你再相逢！

麦田在歌唱

膜拜草原

草原，在我的想象中，总是在遥远的天边，是挥之不去的前世的乡愁，我的心一直向往着那个美丽的地方。

1992年9月，我去包头参加一个学术会议，有机会拜谒了当时的成吉思汗陵。那是我人生中第一次看到大草原，激情之中写下文字：

茫茫草原，在我的想象中，总是在遥远的天边，是挥之不去的前世的乡愁，我的心一直向往着那个美丽的地方。

这一天，我真的来了，乘着9月风的羽毛、鸟的翅膀，飞来了，来到成吉思汗的故乡，来到嘎达梅林骑马射箭的地方。

呼喊着，我扑向你，扑向我向往已久的圣洁的绿地，这就是草原吗，我梦中的草原吗？

远远地，我走向你，美丽的甘迪尔草原，仿佛是天空做背景、大地做版画的无边风景，慢慢地移到我面前，好似一幅上下相应的立体画，蓝天与草地，白云与羊群互为倒影。

9月的草原虽不是风吹草低见牛羊，却也是天苍苍，野茫茫，却也是天多深、草多远的绿丝毯。草原无边的绿消融了我，我变成了一棵草，任高原的风吹拂。多么想让这蓬勃的绿的生机渗入我的肌肤里，滋养我一生的活力。我摇曳其间，野野地攒动，尽情地接受来自草原深情而隆重的洗礼。

轻轻地，我踏上草地，一种软软的、柔柔的，又有些摇晃的感觉，像是踩上了厚厚的地毯，落脚的地方湿湿的，漫出些水来，总有些指甲盖大小的小蛤蟆怯怯地蹦来跳去，唬得我们不敢轻易落脚，唯恐得罪了这些小生灵。我蹲下身来，仔细地看着脚下这片被称作草原的地方。草极绿，极矮，仿佛是趴在地皮上，偶尔有几朵星星般的小黄花散落其间。

这是另一种类型的草原，一种不同于锡林郭勒草原那种草密花繁的草原。

风又将我们推向远处的马群，来自尘世的人们，全都失去了往日的庄重，孩子般地笑着，跑着，或扳着羊角或依着马群，看那飞扬的黑发、飞扬的神采，给美丽的草原平添了一道活泼鲜亮的风景。连一向严肃矜持的我们的头儿竟也显出少有的惬意，做迎风招手状。我们的歌声、我们的笑容、我们的快乐连同草原的羊群奔马、晶莹的蓝天白云，被一张张留了下来。

草原，美丽的草原，你用深广无边的绿为每一个扑进怀里的孩子脱去厚重的尘世外衣，回归本原的自己，那一刻，让我们忘记一切，静静地变成这里的一叶草，一丝风……

回到草原的边缘，我们登上了高高的瞭望塔，却不见了远处的烽烟，勒勒车上依旧旌旗猎猎，却听不见了战马嘶鸣。

汽车的喇叭声响了，在召唤我们，它将重新把我们沦入都市的尘俗中去，我不舍，不舍。

草原的风再次荡起我的长发，翩翩着我的衣裙。慢慢地，我跪下来，给这苍远的草原以深深的膜拜……

麦田在歌唱

温暖之约
——月坨岛、菩提岛之行

今年的冬天很丰盛。

暗自盘点了一下，入冬以来，我竟然写了许多与冬天有关的诗歌和散文。冬天的风、冬天的树、喜鹊、残荷、冬季感怀等。

本以为已经写尽了冬天的美好，以后的日子只有等待雪。原来我还是遗忘了一件美好，那就是和好伙伴们一起相约温泉。

那一天，我们一群志趣相投的朋友，驱车前往月坨岛海景温泉度假区。

湛蓝的天空，暖暖的冬阳，微微的风。

车窗外，路两旁是一排排简笔画似的杨树，它们伸着细长的手臂，拥抱天空，拥抱太阳。而它们长长的影子横卧在大地上，诉说着天空、大地、阳光与树木密不可分的无限亲情。

枝丫间的喜鹊窝格外显眼，松松蓬蓬的一个窝，架在高高的枝杈间，总让我担心，会不会被大风刮下来，小喜鹊会不会很冷。

事实证明，我的担心是多余的。喜鹊们自在地踱步，快乐地飞翔，是北方冬天最美的精灵。也有冰冻的河流，泛着白亮亮的光，从眼前一晃而过。

在这寒冷的冬天，想着我们将奔赴一个温暖的所在，心情格外美好。

终于看到了造型优美的唐山国际旅游岛三贝码头。与夏季相比，这里冷清多了，但我们的心情是热烈的。从这里，我们登上了去月坨岛的游船。

在温暖的船舱里与好伙伴一起遥望大海，真是一件十分惬意的事情。

与喧闹的夏天相比,大海也平静了很多,海水的颜色更接近天空的颜色,粼粼的光点在海面上跳跃,白色的游船在蓝海中游弋前行,这多像电影中的场景!

20分钟的船程很快就过去了,下了船,迎面是一座金色的女神塑像,岛上风格迥异的建筑渐次进入眼帘。虽然是冬天,岛上人少了许多,但依然有一份朗阔疏然之美。

月坨岛被称作中国的马尔代夫。这里的夏天,有蓝海和白沙,有造型各异的小木屋,让这里独具异国风情,是中国北部海域最负盛名的生态旅游度假中心之一,又有绿岛和快乐岛之称。

旅行中最快乐的事,莫过于现实超越想象,当然是比想象中的好。

当我们步入温泉酒店的房间,不由自主发出一声惊呼:好大的房间啊!这应该是我住过的面积最大的酒店房间了。那阔大的房间,原木色的装饰,是一种古朴的优雅,清简的奢华,给人一种极舒服的感觉。

带我们去的朋友说:打开窗帘看看吧!当窗帘徐徐拉开,又是一声惊呼,眼前就是辽阔的大海,窗下就是一池温泉!来时,看到酒店后身有一池温泉,酒店西侧也有泉池,令人惊奇的是,全部是露天温泉。据说,温泉水自地下1780米处汲取,pH值为8,呈弱碱性,对人身体特别有益,而且观海娱乐两不误。

拥抱温泉

看到氤氲着热气的泉水,那么清澈、洁净、温润、饱满,我们立刻欢悦起来,赶紧脱下厚重的冬衣,扑进热泉的怀抱……

在寒风凛冽的室外,在天空之下,大海之旁,被这暖暖的、热热的泉水包裹着,浸润着,那份惬意、那份享受真是无以言说。

我想,我的前世一定是一条鱼,看到水就莫名地欢喜;几天不下雨就着急;去一个地方旅游,如果见不到水,就会兴味索然;看到一片美丽的水域,就会深深地感恩,觉得那是上天的恩赐。

如今身陷在热热的泉水里,不知是我在拥抱泉水,还是泉水在拥抱着我,仿佛在世事碰撞中伤痕累累的心,如水般柔软起来,一冬的疲累也烟消云散了。

也曾在室内泡过几次温泉,然而在露天中甚至在纷落的雪花中泡温泉的场景,

麦田在歌唱

以前只在影视剧中见过，从未想过和自己有什么关联。

而此时，深陷冷与暖的奇妙交汇之中，看着天空深远默默无言，大海波浪摇曳无边，心中腾起融融的喜悦，有对包容我、爱着我的亲人和朋友们的感恩，也有对大自然与生活无尽的热爱。

按照达尔文的进化论，我们生命的原初应该是在水里。水是生命体最重要的组成部分。可以暂时没有食物，但是不能没有水。我们探索外星球是否有生命存在，最关注的是这个星球是否有液体水。所以，人类对水有着格外的敏感。所以，人们热爱溪水、河流、湖泊、大海！

水，让山川灵秀，世界明媚。

我相信，温泉是大自然对人类的格外犒赏。

有水的世界，永远生机勃勃。

海上日出

虽然不是身居海边，但是离大海也并不遥远，见过各个季节的大海。夏天的就不用说了，冬天的海就在眼前。

见过月光下的大海。那一年在海边，正是农历八月十六，圆圆的月亮在彩云间穿梭，真应了那首《彩云追月》的曲子。海上的日出也是见过的，那是在夏天的海边。

而在冬天，泡在温热的泉水里，看着海上升起一轮红日，这种新鲜的感觉，确实不曾有过。我们起床后，即刻滑入温泉中，等待看海上日出。

冬天的早晨，天亮得晚。大概六点半以后，大海渐渐地清晰、明亮起来。雾一层一层地褪去，天边渐渐发红，紧接着，红色的雾状早霞中发出金色的光来，激动人心的时刻到了，一轮红日从霞光中跳出海面……

那一刻，仿佛一个崭新的我也诞生了。

冬天的菩提林

按照行程，此行的最后一程是到距离月坨岛不远的菩提岛一游。

之前曾几次到过菩提岛，但都是在夏秋之际。这里最吸引我的是大海上翱翔的鸟群，所以，这里也被称为鸟岛。岛上有各种好看的植物，这些植物还被挂上了标牌，让观赏的人一目了然，是一座天然的北方植物园。

秋天来的时候，水边的芦花格外漂亮，而禅音缭绕的翠色菩提林清凉静心，是岛上最让人流连忘返的所在。

这次冬天上岛，本不抱特别的期待。

然而没有想到，此行又遇惊喜。

上岛之后，我们坐上游览车，慢行观景。突然发现，在寒风中招摇的芦荻，虽然不如秋天好看，但在蓝天的背景中，依然十分动人。依芦而笑，留下我们的光影。

当到达我最喜欢的菩提林时，眼前的景象让我呆住了！

没了叶子的菩提林竟是另一番奇景。黑色的虬枝，特别有质感，其曲曲折折、交错盘桓的造型，在蓝天的衬托下，画面清奇，让人联想到超凡脱俗、豁然开朗、顿悟这些词语。

一片菩提林，让我们不虚此行。

庸常的日子中，需要意外、波澜和起伏去点缀，长而寒冷的冬天需要温暖去抚慰。

在寒冷的冬日里，给劳累的自己放个假，约上朋友，去赴一份温暖之约吧！去享受一份独特的体验，分享大自然带给我们的恩赏。去热爱每一个属于我们的季节，也更加热爱生活！

麦田在歌唱

阿那亚的美好时光

"你行走的眼界决定了你看世界的境界。"阿那亚之旅，让我对这句话深以为然。

这个暑假，在孩子们的建议下，我们来到阿那亚度假区体验了几天真正的度假游。来之前是有疑虑的，花这么多钱，真的好吗？然而就是这几天度假的生活，让我有很多感悟。

这个度假区名字起得洋气，高大上，让我的朋友们以为我到了国外。

这是一次真正的度假。我们住的不是酒店，而是民宿的形式，租住了一套于我们来说是比较豪华的住所——一套200多平方米的公寓式海景房，位居顶层（22层），有专门的管家负责打理。

这套200平方米跃层的房子，有三室两厅两卫。有一个大大的阳台，看起来既简单又奢华。与我们家的房子相比，显得高大疏阔。打开门的刹那，凉爽的海风立刻扑了进来，非常舒适。与我们进楼前濡湿的天气恍若两个世界，隔窗就能望见辽阔的大海和非常漂亮的私家海滩。

小孩子也很喜欢这里的环境，自从进了门，跑来跑去，看看这儿，看看那儿，特别兴奋、开心。

房间里有大大的厨房和餐厅，舍不得浪费这么好的资源，让人有做饭的欲望。于是孩子们开车到外面买了好多海鲜、蔬菜等食材，一桌丰盛的晚宴就上桌了，一家人度过欢乐温馨的夜晚。

从22层的公寓楼望去，楼下是一片草地和绿树掩映的红顶别墅。下楼走几百米就到海边了。也可以坐观光车各处逛逛，最后来到海边。来这里度假的私家车多是北京牌照，据说这边的房子也大多是北京人买的，这里的房价相对北京来说，真是太便宜了。

早上我们吃完饭，乘观光车，在优雅安静的小区里转了一圈，然后来到海边。海滩是围起来的私家海滩，人少，非常干净。湿润的风、凉爽的海水、柔软的沙滩，站在这里，心神舒畅。即使不想下海游泳，吹着海风、迎着排浪，趟一趟海水也是很舒服惬意的。

这里的确有些与众不同。

有一座白色的阿那亚教堂，在浩瀚的大海边，像一位精神的守望者。

最让人感觉很特别的是：这里还有一座全世界最孤独的图书馆。它是一栋灰色的建筑，孤零零地矗立在海边，默默地遥望着大海，思考着人类的前世今生。进入这座孤独图书馆是要提前预约的。从北边的门进去，正好看到两层的一个看书的空间，其实在这里看书并不孤独，反而有一种很温暖的感觉。一层和二层的书架上摆满了图书，看书的人或坐或立，寂静无声。坐在这里的人，看书，也看潮起潮落。阿那亚人骄傲地说：我们这里没有夜总会，但是我们这里有图书馆。对于我这个在图书馆工作的人来说，有一份别样的惊喜和感慨。

这片海域没有码头，但是这里却是帆船、快艇的天堂。你见过风筝冲浪吗？早晨或者傍晚，总有彩色的弯成月牙状的风筝帆船和快艇在大海上疾驰，特别刺激，特别好看。

我们去的时候，正赶上"阿那亚杯"马术超级大奖赛，风中招展的各国国旗、喧闹的广播播报声、跃动的骏马，为这片宁静的海滩平添一份热烈和激情。

阿那亚的确是度假的好地方。

每天推开窗户，就能看到海天风云变幻，看排浪翻卷，看远在天际的帆船恍若梦中游走，看日照大海生紫气，也看云水流烟，大海将你带向诗和远方。

房东还准备了一个瑜伽垫，晚上，坐在阳台上，向着海的方向，吹着海风，听着涛声，低首霓虹闪烁，仰望星星点点，幸福感油然而生。

有一年，我们在海边，正是农历八月十六。晚上，我们在阳台上看到圆圆的月亮在彩色云层里穿梭。大家觉得不过瘾，赶快下楼冲到海边，看月亮在天空、在大海中，缓缓腾腾，仿佛进入了幻境。

麦田在歌唱

　　度假的好处在于它的体验性，能够实实在在地住几天，真正体验那里的生活。这里没有时间追赶，你可以在海边呆坐，安享岁月静好；可以去教堂、图书馆接受精神的洗礼；可以扯动纱巾，把海风拉成彩色飘带，让大海将你的梦想与诗情带向远方；可以玩玩童年的挖沙游戏，体味童年的简单快乐；如果你有体力有技能，还可以体验风筝冲浪、快艇的刺激与激情，过自己平常体验不到的生活。

　　人生苦短，忙碌一年，抽出几天时间，花一点钱，去体验一个新鲜的世界，过几天悠闲自在、与日常不同的日子，是对自己的奖赏，也是一种生活和眼界的拓展。在这里，我们卸去疲惫，养精蓄锐，重新激发奋斗的激情，鼓足勇气，去迎接更大的挑战。

　　我们不是玩不起，只不过是缺少这个意识和观念而已。

　　世界这么大，我想去看看！别忘了，还有一种旅游叫休闲度假。

向往的生活

难得的五一节假日。虽然大部分春花已经谢了,但满眼的新绿格外让人悦目,不冷不热的天气,正是出游的好时节。

女儿女婿早在一个多月前,就规划好了一家人出行的计划。因为要带着3岁的小外孙、80多岁的老父亲,所以此次出游定性为度假游。这也是他们一贯喜欢的出游方式。过年的时候,他们一家3口和孩子的爷爷去了深圳大梅沙度假。这次更是队伍庞大,加上爱玩的姥爷,一家7口,租了一辆车,浩浩荡荡出发了。

车窗外,路两旁,一排排生机勃勃的树木都静静地伸展着鲜嫩而又光亮的叶子,就像安静羞涩的女子。微风拂过,满树斑驳的绿风在阳光下翩翩起舞,每一片舞动的叶子都像是对生命热烈而真诚地告白,自内而外透露出欢乐而蓬勃的气息。

这确是一个美好的季节。

就是这样了,这是一个生机盎然的季节,总有一种蓬勃的、热情的力量让美好勃发成林,让所有的昆虫都投入炽热的狂欢,在树荫下,在茂密的草丛里放声歌唱;让所有的鸟儿一遍遍划过天空,那是对天空和云朵无言的热爱。

我们很幸运,没有赶上人人畏惧的大堵车,经过几个小时的跋涉,我们来到怀柔雁栖湖边、大山脚下的一个度假小村,孩子们提前租好了一套漂亮的民宿。

我们到达时将近下午1点,大家都有点饿了。我们赶紧到离民宿最近的一家餐厅去吃饭。

这里吃的当然是农家饭了,其中一道凉拌菜是以前没吃过的。老板娘说,这是椴树叶,这里常吃的野菜。后来要了玉米面菜团子,发现菜团子的馅也是椴树叶,味

麦田在歌唱

道真不错。

吃完饭，我们才回到租住的民宿。

远远的，我就被门前的两个字迷住了——结庐。好诗意的名字！"结庐在人境，而无车马喧。"而门呢，真的是几十年前，乡村最常见的两扇对插的门。隐隐的古意，让人倍感亲切。那一刻，让我想起儿时姥姥家的门楼，门楼的两扇对插门，一开一关咯吱咯吱地响。

进了门便是金银花的绿藤攀上架子搭出的凉棚。金银花也是我喜欢的花，我小时候叫它金藤花。遗憾的是还不到金银花开的时候，想象着夏日里花开的傍晚，我们在院子里或发呆、或赏月，看着一簇簇金的花、银的花开满院门和两边的墙垛，闻着花儿散发着特有的香气，会不会有"梦里不知身是客"的感觉？

进得门去，院子里有花有草，院角有棵葱郁的苹果树，已经接了一簇簇小青果；挨着院门的一侧还有一个大凉棚，凉棚下有桌椅，显然是用来烧烤或乘凉的，主人想得太周到了。西窗下还有竹凳茶桌，想象中，一双纤纤素手，斟一杯清亮芬芳的茶汤，满满的惬意就萦绕在初夏的熏风中了。

进得屋门，里面又是一个新世界。

室内清新洁净，安静雅致。沙发和大床整洁舒适，从摆件到挂画，勾勒出恰到好处的艺术氛围。我转了一圈竟然没有找到电视，反倒发现一间卡拉OK屋，还有靠墙的一排书架尤其得我欢心。

看来民宿的主人很不简单，一定不是纯粹的乡村中人，对到访者的需求是深得其道的：来这里是寻求一种回归，回归自然，回归有灵性的、本真的自我，追寻那种"诗意地栖居"的境界。

返回的时候，见到收房的主人，原来是一个年轻人，职业是北京一家报社的记者。他原是本地人，这是他叔叔的一处房子，经他手改造成民宿。原来如此，这证实了我的判断。

我们的计划是，上午趁着凉爽到周边的景区看看，下午、晚上是纯粹的休闲时间。上午时间我们游览了美丽的雁栖湖和大山之秀——青龙峡。虽然游人如织，但波光潋滟的雁栖湖和奇山秀水的青龙峡都是大自然赋予我们的视觉盛宴，感觉非常美好。

令人难忘的是，我们在雁栖湖边还经历了一场惊魂时刻。

相比在人流中穿梭的游览，我更喜欢休闲时光。可以到周边随便走走，感受独属于乡村的花草树木和难得的静谧安闲，可以和孩子屋里院里随心所欲地玩耍。

这正是我生活中难得的惬意时刻，我爱的人、牵挂的人都在身边，不必心心念念，牵肠挂肚。我可以找一本好看的书，或躺在大床上，或坐在清风掠过的窗下，心无旁骛地尽情阅读。窗外是清风花影，室内是清雅安宁。外面是和谐的自然之美，室内是直达心底的艺术浸润，乡村与城市就这样融合起来。

这一段时光是如此美好，我们可以放下负累和戒备，用心去感知晨昏的交替，感知季节的更迭，感知花草无言的美好。可以与亲人怡然地相处，分享老人与孩子发自内心的欢乐。可以在这日出日落，花开花谢的时刻里，获得新的人生力量。这也算是有品质的简朴，有节制的丰盛吧。

我忽然想到央视非常火的一档节目——《向往的生活》。节目的初衷是：呼吸自然的空气，寻找内心的声音。

是的，我们看到，每一个加入栏目的演员都摘掉了平日的面具，露出本真的自己，回归到自然的状态，放松惬意地度过几天美好的生活。这档节目就像引领者，让围观的观众心生共鸣和向往，于是就有了度假的我们。

这样的生活虽好，却也不能长此以往，毕竟一天仅仅住宿就需花费 1500 元，让我老爸听得咋舌。因为种种原因，我们平日里也不可能一大家子完全聚在一起生活，毕竟各有各的使命。所以只能是偶尔，所以才是向往的生活而不完全是生活本身，也更让这样的几天生活显得弥足珍贵。

如果能将向往的生活变成日常的生活很难，但我们可以让向往的生活时常光顾我们日常的生活。这似乎简单又不简单，需要我们为此而奋斗，毕竟，生命的意义在于活出自己的精彩和独特，让我们一起加油吧！

麦田在歌唱

迁西印象

迁西于我并不陌生，记得小时候，村子里那些娶媳妇困难的大龄男子，只要多备些聘礼，多花些钱，就能从迁西娶回个漂亮的好媳妇来。聘礼要得多是因为那里是山区，那些年穷得厉害。我叔伯姑姑家的两个表兄，就是从迁西领回的媳妇。

近年来，迁西给人的印象再也不是穷乡僻壤，而是名声越来越响的"京东板栗"之乡。

2010年我第一次有机会去景忠山游玩，才得以有机会真正走进迁西，领略那里的自然山水，田园风光。

印象之一——绿色迁西

汽车一进入迁西境内，扑面而来的便是满眼的绿。绿墨泼染似的群山，泛着绿光的油油的田野，疏林绿影掩映的小村庄，处处被浓郁的绿色包裹着，充溢着生机，氤氲着清凉。整个迁西就像一座绿色的大氧吧。这里满眼皆画，是真正的诗意山水，画境栗乡。虽然是浮光掠影，却是深深的陶醉。我不禁由衷地感叹：迁西真是个好地方！

印象之二——原汁原味的村庄

汽车在山间奔驰，山脚下，一座座小村庄匆匆掠过。我却看呆了，那可是原汁原味的小村庄啊！依旧是瓦房，是真正的青堂瓦舍，这在其他地方可不多见了。我尤其喜欢青瓦屋顶，与青山绿树相映衬，别有一番幽静、古朴和诗意的味道。

再看那农家小院篱笆墙，串铃似的紫色豆角花活泼得像个小姑娘，迎风摇曳着，一下将我带入童年那些快乐的时光里去了。明黄的南瓜花半掩在肥绿的大叶子中，欲语还休，娇憨的样子着实可爱。还有骄傲的丝瓜花，清幽的葫芦花……

它们是点缀乡村的小诗，是乡村这块温暖棉布的小花边。院子里注定是要有棵柿子树和几株向日葵的，仿佛是古老的约定、千年的传承在这里延续。

喜鹊和一些不知名的鸟儿在悠闲地东飞西落，嬉戏唱歌。这里的鸟儿也是幸福的：住青山屋，饮甘露水，乘清风飞，望流霞醉……

你相信吗，那青堂瓦舍里，慈爱的大娘和俊俏的媳妇们仍在摇着古老的纺车穿梭织布，嗡嗡的机杼声更衬托出村庄的静谧与安详。而今的棉布已然成了抢手的宝贝，喧嚣的生活让人们更加向往这厚实、朴素、温暖而天然的情怀。

印象之三——奇秀景忠山

一路的惊奇，一路的感叹，不知不觉景忠山到了。

去之前对景忠山已稍有了解，有描绘云："景忠山高耸的危崖、蔽日的苍松、缥缈的雾岚、幽僻的岩洞，似天然的诗篇，流淌的画卷，充满了美丽与神奇。"另有描述："初春山花烂漫，盛夏绿林成荫，深秋层林尽染，寒冬银装素裹，一年四季皆是景！"

景忠山更因其悠久的历史，被赋予"天下名山"。

我们去时，正值初秋，天高气朗。一眼望去：景忠山郁郁葱葱，清明朗润，山不太高却有些陡。浓荫里隐约可见庙宇掩映其中。但觉峦雾霭霭，山风徐徐，高山深谷，浓荫蔽日。我们沿阶而上，路两旁是迎风的彩旗。我们边赏景边感悟人生，确是来得值了。

之前也爬过不少山，庙宇亦常见。登景忠山确有些与众不同的感觉。

这里格外洁净清爽。每一方石阶、每一朵小花、每一颗小枣、每一根松针，都似水洗过的一样，分外洁净清润，无一丝一毫纤尘。

再奇之处便是松，这里的松亦是别具风格。每棵松都奇秀无比，神韵非常，像英武俊朗的士兵站个漫山遍野，每一棵松都堪称一景。那壮观的松涛林海，让我

麦田在歌唱

们由衷地震撼和赞叹。

攀阶而上,曲径通幽,时有山花、酸枣跃入眼帘,小花大多为紫色,或星星点点或散布一片,双眼为之一亮!给这万绿的群山平添了一抹温柔。感谢上苍,终归是给了我们一点颜色。我看山花多浪漫,料山花看我亦如是!那一株株酸枣挂满了晶莹翠绿的小果子,望之,便满口生酸,与望梅止渴同效。

此去迁西只是浮光掠影,还有许多我未曾领略的风光,据说迁西的春日梨花是名副其实的香雪海,还有迁西著名的"京东板栗"、迁西的水下长城、迁西的历史,还有许许多多的秀水明山。

迁西的秀美与古朴,富足与安详,注定会成为人人向往的世外桃源。

丰润向北，大山明媚

沿着丰邱公路往北，总能看到身着五颜六色服装的骑行队或者自驾的队伍浩浩荡荡向北而来。我想，一定是原汁原味的山间野趣，以及流传在这一带丰富的史话和传说吸引了玩家们的目光。

城市里生活方便舒适，然而举目皆是高楼大厦、水泥森林，久了当然会视觉疲劳。公园里也有很好看的花草树木，但那都是规划好的，无一不附着人工的痕迹，看久了，会心生疲惫。

人类是有着好奇心的、喜欢探险的生物，对现成的东西提不起兴致。

小时候，我姥姥家有许多花，芍药、石榴、荷包牡丹、菊花、凉丹子等。当然，每样只有一株，别人家没有，是姥爷从方圆各处找来的。物以稀为贵，那花格外稀奇好看，尤其是凉丹子（学名碧玉簪），只有两棵，很宝贝地长在院墙的阴凉处，姥爷说它喜阴。那翠绿的叶子，雪白的花朵，长长的花蕊，浓郁的香气，让我觉得它是世上最珍贵的花。

每年花开的时候，姥姥小心地掐一朵，戴在她美丽的发髻上，现在闭眼想想，仿佛还能闻到花的香气，看到姥姥慈爱的模样，我也为姥姥家养这么好看的花而骄傲。

后来在城里生活，小区里，在公园里，经常看到大片大片的凉丹子，不知怎么，竟然找不到小时候的感觉了，也并不觉得那花有多美，它们变得那么庸常而普通。

大家也许与我有同感吧，一对对的骑行人开始奔向城市之外广阔疏朗的大山、阡陌纵横的原野和陌上自由的花开。

多么美啊！可赏梨花团团笑，可与桃花比妖娆。公路两旁高大的白杨，春天新叶

麦田在歌唱

欢畅，秋天风动飒响。

从丰润向北而行，最迷人的去处是近看绿染远看如黛的连绵起伏的山峦。

这里的山属于燕山余脉，每一座山都有它独特的名字，比如，我老家左家坞镇西边的叩甲寨村的村西、党家山方向有盖子山。这座山在左家坞一带很有名。小时候，小伙伴们在老家的山上玩，常常远眺西方。有人指着远处一座独立的、浑圆的小山说："看，那就是盖子山。"这座山远看像一位慈祥的老人，静静地坐在阳光下，平和而又安详。

左家坞西北有陈宫山，红楼梦里开篇提到的青埂峰就在这里。再往北走，那些原始的大山，峰峦叠嶂，远黛巍峨，气象万千。

左家坞往东行1公里，就到我老家。沿大松林村东侧有城子山（又名朝阳山、松林山），向东依次是刺山、三角山、四角山、横山。听听这山的名字，有没有前去一睹风采的冲动？

对面于庄子村的村北有兴虎岩（龙山），再往东有牛卧、松山、晾甲山，兴虎岩对面有泉玉坡，往东有芦子岭。这些山不是很有名，但也正是如此，这一带少有人来，保留了天然的野性，所以更具魅力。

春天，山里桃、杏、梨、李，一树花开，万蝶飞舞，习习的山风中，花的云，花的霞，花的彩带，让人追逐、痴迷，恨不得自己也变成一树梨花，享受山风的抚慰和鸟儿鸣唱的赞美。

此时的花花草草们从野地山坡羞答答地探出头来，苦麻子、苦碟子、蒲公英、羊犄角、白头翁，悄悄地伸展枝叶。一场春雨过后，那些明黄、艳紫的小野花应时而开，为生养它们的大山，为俯身看向它们的人，扬起婴儿般可爱的小脸，甜甜地笑了。

其实，我更喜欢夏天的山。这时的大山，雨水丰足，万物蓬勃，生机盎然，翠色尽染。登上山顶，居高临下，可感受山风的畅快，可领略一览众山小的豪情。俯瞰四周大片的田野，那些正在生长的庄稼，绿浪翻涌。再远处看，是绿树掩映的村庄。

这怡人的景色，令人心醉神迷。

此时的大山，有无数神秘而美好的植物正在悄然生长，大山真的很神奇。

有时候，我端详一棵植物的时候，就会胡思乱想：为什么它会长在这里？是谁安排的？它叫什么名字？谁给起的名字？它长在这里是有什么使命吗？想想，它们确实负有使命。这些美好的植物，还让大山丰盈秀美，深藏着无数的神秘和神奇，给爱它的人带来无穷无尽的乐趣。

记得小时候，在姥姥家看过一本《十万个为什么》，其中有一句话说，某种特别的植物下面，可能埋藏着矿物。这大大激发了我的好奇心，以后在山上跑的时候，看见长相奇异的植物就会张开想象力的翅膀，想着这底下有什么矿藏呢？

我很幸运，儿时的我，春天挖野菜，夏天捡蘑菇，秋天挖药材，在田间和山野玩大的我，深知这是我人生的一份宝贵财富，每当心情烦闷，就会遥想当年，想那些鲜活快乐的日子，想念我的大山，这是千金也买不来的解药啊！

每年，我都要回去，看看家乡的山，看望山上的大石头、老核桃树，它们就像我的老朋友。

今年，春天的梨花和桃花已经看过，端午节的时候，准备回家采艾草。今年夏天，预想去老家的松山捡蘑菇，想想就会激动，不知能否实现。

秋天的大山，又是另一番光景。深蓝疏朗的天空下，大山明媚。树上的果子熟了：大甜梨、山楂、山丁子、沙果之类，苹果的品种就更多了，黄元帅、红元帅、国光，还有一种绿皮的印度苹果，空气里弥漫着果子的香气。

这时候，山上的叶子红了黄了，秋色绚烂，这是摄影师们的最爱，他们扛着家伙上山了。

其实，冬天的山野也是很美的，特别是一场大雪之后，你若登上山顶，远看山舞银蛇，俯视山下的雪野和村庄，是一种不真实的美，宛若童话。有一年，一场雪后，我二哥去山里遛弯，回来跟我说，一下雪，咱这地方太好看了。二哥不文艺，也不善表达，雪后的世界居然能震撼到他，可见有多美。我们常常千里万里地去远处看风景，其实，美景就在身边，我们总是因为离得近而忽略了它们。

我的微友庞博，只要有时间就去山里转，她的摄影镜头永远对准大地。那些野地里、山坡上看起来不起眼的小花小草都是她的宝贝。从第一朵花开，到最后一叶凋零，仿佛一直在寻找，永远在路上。一年四季，她把自己变成了一朵花的微笑、一片叶子的执着，一个属于大山的、行走的自由灵魂。

没有玩过山的人，只想着攀登的苦。其实，大山里的未知最是让人流连忘返。

麦田在歌唱

在山里游玩，你不知道会遇见什么，或许是一块稀奇古怪的石头，一株来历不明的花草，一片奇异的风景，一声声悦耳的鸟鸣，因为未知，才更具探索的趣味，越是山的深处，越是神秘之处。

可以找寻，也可以遇到，偶然和必然都是顺其自然。这里没有规划，没有预设。那些好看的树木、草丛和花朵是大山的礼物，鸟鸣和山风是大山的心情。走在山里，你将由衷地体验，发现的惊喜、探索的快乐、精神的清爽和明亮。迷人的大山，谜一样的大山，野性十足的大山，你不爱吗？

丰润北部形态各异的大山褶皱里，埋藏着许多动人的故事和传说。这些传说大都与李世民东征有关，那里的许多山名和地名都与战争和征伐有关；也与我国四大名著之一的《红楼梦》有着千丝万缕的联系。兼具野性和文化的双重滋养，是这一带大山的独特之处，也是它的迷人之处。

这样的故事太多了，以至于我每次登上家乡的山顶之时，都会遥想当年唐王李世民率领千军万马，浩荡如风的磅礴气势，再看这山里每一块古老的石头和草木，仿佛都留着先人的印记。历史如烟，大山恒在。问花、问石、问古今，大山不言，沉默是金。

据《丰润县志》记载，丰润境内有46座山，父辈口中经常说的山就有很多，比如，银子山、压库山、两山、呼大岭、庵子峪等。而实际上，应该远比这个数字多得多，因为我发现我老家周边的几座山竟然没有写入这个名录。丰润北部的这些大山有太多的故事、太多的神奇和看不完的风景，一年四季，美而不同。那些悠远的故事传说，得天独厚的历史文脉，野性的魅力和文化的加持，令这些大山美不胜收。

那年，我们去大西北（一）

引 子

朋友Emma（艾玛）去西北旅行。每天她的微信朋友圈中，偶有佳人独立于湖光山色之中的倩影，更多的是一路美景、美图和感悟分享。我写这篇文章之时，她依然在路上。Emma外语背景，小资情调，容姿优雅，文字美妙。看她分享的图文，总有一种默契和共鸣。由于走过许多与Emma相同的路线，这让我想起那年与家人朋友畅游西北之行，仿佛追随美丽的Emma又走了一遍，感悟多多，随记于此，和朋友们分享。

意外之旅

旅行中有故事才不虚此行。

那年夏天，几个好友商议去敦煌看看，这个想法真是太令人激动了。

去之前，先百度预行线路的资料，重温了余秋雨《文化苦旅》中关于西北、关于敦煌的描述。雨果说：脚步不能到达的地方，眼光可以到达，眼光不能到达的地方，精神可以到达。我是脚步到达之前，精神提前抵达。

终于要成行了，想着即将要与梦中的长河落日、大漠孤烟、骆驼剪影、神秘的月牙泉亲密相拥，真是醉了的感觉。

然而，生活中总有些意外让你猝不及防。

我们原定从唐山坐大巴到北京集合，然后从北京坐火车到嘉峪关，再跟当地的

麦田在歌唱

旅行社组团去敦煌。

早晨起来，看外边雾气茫茫，我立时糊涂了。这样的天气，大巴能不能开？果然，到了火车站东广场，准备坐大巴到北京火车站，被告知高速封路了。怎么办？等大巴是来不及了，于是赶忙坐出租车走国道，赶往北京站。

出租车师傅还算给力，一直在尽力快开车，可是雾霾加上糟糕的路况，怎么也走不快。快进北京时还要安检，还有一个一个的红绿灯，快把人急疯了。

我们一行人分两个组行动，另一组从唐山坐私家车去北京。他们比我们快一些，李姐不停地和我们电话联系，催促我们快一点，快一点，可这实在由不了我们自己。

千赶万赶，我们还是晚了10分钟，火车准点稳稳地开走了。心急的我直嘀咕：平时常赶上火车晚点，今天怎么就不晚了呢？另一组恰好赶上，留下了不知所措的我们。

我们面临两种选择：要么回唐山，要么改签。我们商量：已经千辛万苦到北京了，多难也要走下去。旅行中就是这样，变化莫测，不一定遇到什么情况。遇到这样的情况，除了沉着冷静，面对问题，解决问题，别无他法。没办法，只好请旅行社小伙给我们改签了下午3点路过嘉峪关的火车。只是这趟车没座位，而原定的是硬卧。这就意味着，两天一夜的行程我们将在没有座位的情况下度过。

没办法，只能如此，也只好如此。

我们从北京火车站买了两个小折叠凳，在忐忑不安中，我们开启了西北之旅。

车厢里的小社会

人真多啊！还不错，我们找到个临时空座位，能轮流坐会儿。还有一对夫妇带着一个六七岁的女孩，两口子非常善良，一家三口挤挤，偶尔让我们坐下歇会儿。

就这样，我们不停地换着地方，消磨着时间，对这个车厢也渐渐熟悉了，竟然窥到了很多不同的人生画面，发现这短短的车厢竟是个丰富多彩的小社会呢！

那个文静秀气的小女孩眼睛大大的，瘦瘦白白的，非常可爱。这是回他们甘肃柳园的家。他们都是教师，小孩子也不认生，和我们快乐地玩耍了一路。

还有一对夫妇带着五个小男孩，据说是去新疆摘棉花。这家人来自贵州，少数民族。男孩中最大的十一二岁，小的还在妈妈怀里吃奶。老大老二俨然小大人一般照顾着弟弟。

几个男孩子非常淘气，在拥挤的车厢里乱跑，爬上爬下，车厢的座位被他们抹上了鼻涕，地上洒了一摊一摊的汤水，人们也无可奈何。妈妈始终抱着最小的孩子，一脸茫然的表情；爸爸非常沉默，似乎没听他说过一句话。一路上的吃喝拉撒，好像都是那个大孩子打理。

还有一对新疆夫妇带着他们的女儿，一个典型的新疆小姑娘，八九岁的样子，高鼻梁深眼窝，精灵古怪，淘气可爱。他们的目的地是库尔勒，让我想起了俺老爸那个年龄的流行歌曲——《库尔班大叔骑着毛驴上北京》：库尔班大叔为什么笑眯眯……

而他的长相也确实是我想象中库尔班大叔的样子。不过这个大叔不骑毛驴，人家是个教师兼画家。他用手机给我们看他的画作，十分了得。他们一家都会汉语，所以聊起来十分顺畅。

小姑娘一刻不闲，一会儿耍怪卖萌，一会儿给我们看她画的画。活泼的小姑娘给我们这意外的旅行，增添了不少乐趣。

很巧的是，我们在车上还遇到了几位来自钢城迁安的老乡，几位壮年汉子，他们也是去新疆，去开启新的创业历程。这让自上学开始就没离开过校园的我打开了新的视界，看到了生活的另一面。

这节车厢就像我们这个社会一隅的缩影，只是他们近在眼前，被放大了。各有各的梦想，各有各的烦恼，谁又不是呢？

麦田在歌唱

那年，我们去大西北（二）

难熬的夜晚

白天好过，夜晚难熬。

火车上又上了一些人，一个空座也没有了，我们只好拿出小折叠凳，坐在过道里。

火车靠站，又有人上来，来来往往的人，不时地躲来躲去，根本不能休息。白天还能聊天解闷，晚上能休息的都休息了，这个煎熬的夜晚啊！

这一趟意外艰苦的旅行，却让我思考很多，收获很多。我想起台湾作家詹宏志的一篇短文，名字叫《短暂地脱离自己》。他认为：旅行的意义就是把你从熟悉的支撑系统拉开，你必须想办法跟陌生的困境搏斗。如果你能活着回来，就证明过去所受的教育已经内化在你心中，你已经成熟，可以独立自主。

这趟旅行虽然吃了许多苦，却比坐软卧看到了更为真实的世界，也印证了詹先生那句话：愈多的不确定、愈多的艰难、愈多的折磨，效果会愈好。

travel（旅行）在拉丁语中表示一种使人痛苦不堪的刑具，所以旅行本来有折磨的意思。只有当你给自己一点机会和陌生的社会面对面相遇，你才有机会变成别人生活的一部分，去感受、去思索另一个世界的生活。

确实，这次被动的、意外的出行经历，部分地达到了我对旅行的自我期许——短暂地脱离自己，脱离我熟悉的体系，变成另外一个人。

人生一世，草木一秋。如果我们总把自己禁锢在固定的时空里，不到另一个世界去经历一种生活，这是不是对自己宝贵生命的漠视和不负责任？

那么，去观赏另一种景观，体味别样的风情吧，这是人生视界扩展的需要，也是旅行的意义所在。

我怀着感恩的心看着车厢里熟睡的人们，祝他们有个好梦。换个角度看现在的自己，竟觉得这夜晚不再那么难过。

意外惊喜——我见到了雪山

终于天亮了。在火车餐厅草草吃过早饭后，回到热闹起来的车厢里。

当无意间望向窗外时，突然发现远处连绵的山，山顶是白色的，难道是雪山？我一声尖叫吓住了车厢里的人们。不知谁回答了一声，对呀，祁连山啊，山顶上是常年不化的积雪！我惊呆了！

来之前，满脑子茫茫大漠，苍凉的河西走廊，月牙泉奇观，就是没想到还能看到雪山，那份惊喜呀！

仿佛我的前世与雪山有着深深的缘，我的大脑海马回里深藏着这个久远的记忆？今天被轻轻地触碰，打开了！

是对我们一路艰辛的补偿吗？我趴在车窗上，贪婪地看着雪山，它在远处，似乎又不远。我坐在火车上，总能看到它神秘的踪影，也不知是火车在围着雪山转还是雪山追逐着火车，从此我的目光再没离开它。

之前读过散文《祁连雪》，曾深深为之迷醉。而此刻，望着车窗外真实的祁连雪山，真正体悟并领会了"千里长行，依依相伴，神之所游，意之所注，无往而不是灵山圣雪，目力虽穷而情脉不断，一种相通相化相亲相契的温情，使造化与心源合一，客观的自然景物与主观的生命情感交融互渗，一切形象都化作了象征世界"这段话的要义。

150年前的秋日，林则徐充军西北路过河西走廊时，曾写下诗句："天山万笏耸琼瑶，导我西行伴寂寥，我与山灵相对笑，满头晴雪共难消。"

这首诗正和我此时心境。

忍不住也即兴一首：千里风尘赴河西，戈壁田畴时断续，长夜漫漫熬辛苦，祁连雪岭送惊喜。

和户外达人们比，我真是大惊小怪了，可是谁没有第一次呢？

麦田在歌唱

那年，我们去大西北（三）

天高地阔嘉峪关

在北京坐火车时，是湿漉漉的桑拿天，当我们从嘉峪关火车站出来，清风扑面而来。这里仿佛是北京的秋天，天空是清爽的蓝色，鱼鳞似的云片浅浅地游在天边，站在树荫里，风是凉凉的。靠在树干上，听着风动叶子的声音，一路的艰辛之感一扫而光。

在这儿，我们终于和李姐、李哥他们会合。吃完晚饭，我们在夜色中溜达，尽情享受着难得的舒爽。

旅行中，想象与现实中的风景常常有差距，让我们心生失望之感，而嘉峪关则超出了我的想象。

第二天，当我们随团来到嘉峪关景区时，这里天高地阔的气势和雄伟的关隘建筑立刻征服了我。

当年学历史时，嘉峪关可是重要的考点。

当年觉得这里太遥远了，没想到有一天会真的来到这里。在导游的引领下，我们参观了天下雄关碑、戏楼、文昌阁等景点。印象深刻的是：进门的马道那深深的蹄痕和存放在西瓮城门楼后楼台上的一块砖。这块砖很有来历。据说是当年修建玉门关时，匠师计算用料特别精确，最后建成时竟只剩下一块砖。这实在是中国建筑史上的奇迹，我国古代建筑师真是太厉害了，令人惊叹不已。

当我们登上城楼，遥望远处白雪皑皑的祁连雪山，迎着大漠浩荡长风，闭上眼睛，仿佛听闻马蹄声声，旌旗猎猎，大地震颤。正配得上那首著名的唐诗："秦时明月汉时关，万里长征人未还。但使龙城飞将在，不教胡马度阴山。"

仰头时，被这深蓝辽远的天空所深深陶醉，头顶上时时划过的飞行器拖着长长的、白白的尾巴，更增加了天地壮阔之感，原来这里还是滑翔基地。小孙家勇敢的小小少年，乘上了滑翔机，到天空遨游了一番。

思绪万千的时刻，风猛烈地抖动着我的丝巾，索性拥抱天空大地，仿佛君临天下。

当那些书中的名字变成眼前的风景

我们从嘉峪关坐大巴到敦煌，这一路其实就是河西走廊观赏之旅。

刚学历史的时候，看到地图册上面的汉唐地图，都会被河西走廊所吸引。那长长窄窄的一条路，集萃了太多的历史遗珠。

坐大巴比坐火车能更近地感受河西走廊的风情。一路上，远处是看不够的祁连雪山，山顶上的积雪在阳光的照射下，折射着让人不能久视的白光。

让我好奇得是，紧靠祁连雪山的内侧还有一溜连绵的黑黢黢的山，好似巨大黑石垒成的，一黑一白对照鲜明，堪称奇观。这都是超乎想象的存在，太震撼了。

老周说：那山真的叫黑山，平时号称地理如何好的我，此刻实在是汗颜。

汽车在河西走廊唯一的公路上奔驰。除了远处的祁连山、黑山，近处地形地貌也十分丰富。沙漠戈壁是不能少的，偶有雅丹地貌从眼前掠过。当然也有生机勃勃、美丽如画的草原和绿洲快速闪过。我们一路猜测着，那黄绿相间的是否是油菜花或者青稞？也有一排排高大的风力发电杆像张开手臂的士兵一样威武神气，莫非是在夹道欢迎我们？

张掖的丹霞地貌在来时的火车上一晃而过，总算是见过了。

麦田在歌唱

那年，我们去大西北（四）

这两天，我的脑子里闪出一个问号：我这样拼命写游记，到底有什么意义呢？仅仅是为了给自己一个交代吗（我曾经去过那里）？我想到的理由如下：

没去过的人们读我的文章，可先期脑补一下路上景点的大致看点，是另一种形式的攻略吧，也就是所谓的脚步抵达之前的精神抵达，不至于走马观花。

去过的人们看我写的游记，可以反刍一下，再现当时场景，加深印象，引起共振共鸣。

于我自己而言，回忆当时细节，用文字记录下来，既是写作能力的锻炼，也是思辨能力的提升，确是很有成就感的一件事，不白走一回呀！

当我们老了，吃不动也走不动的时候，看看当年的足迹，轻抚那些照片和文字，是否会有满足的微笑？

也许没这么多意义，就是看着玩，也挺好！

那些有趣的细节

昨天，李哥提醒我，说我这篇西北纪实嘉峪关段漏掉了许多有趣的细节，我仔细回忆确实如此。

那天下午，我们在嘉峪关火车站下车以后，被当地的地导接到旅馆歇息。

在分配房间的时候，发生了一件很可乐的事。我们一行共7人。我和老周，李姐带着她的女儿，小孙带着他的儿子，就李哥是一个人去的。也是李哥和李姐年貌相当，竟被工作人员误以为是一家人，给分到了一个房间。看到这个让人哭笑不得的分配结果，急性子的李姐气急败坏，责怪工作人员太粗心。李哥性子柔和，却也蔫坏，一旁得意地坏笑，这可笑疯了我们同行的一帮人。旅行中的这个小插曲，成了我们一路上的长盛不衰的搞笑谈资。

从长城关隘上下来，我们又去了附赠的另一个景点——讨赖河大峡谷，长城第一墩。

去嘉峪关，这个"天下第一墩"是一定要看的，虽然是用当地的土修建的一个大土堆，可是这个土堆非同一般。在当年，它具有十分重要的战略意义。

这里有长长的索桥连接讨赖河两岸，河对岸是广阔的戈壁滩，戈壁滩上有万千年河水冲击或风蚀下形成的各色美丽的石头。

贪心的李哥来到戈壁滩上，挑石头挑花了眼，可怜他瘦削的身板，背了几块大石头回来！

我才不捡石头呢，在这广阔的河滩上，天高地阔，长风浩荡，急流峭壁，这是多好的舞台呀！让我们飘动丝巾，和风起舞，嗨起来吧！在这灰黑色的世界，我们的彩色丝巾格外鲜艳，我们的笑脸格外动人！

路过瓜州

汽车在苍茫的河西走廊上奔驰，路经一个小镇似的地方，路两旁堆满了各种瓜摊，有人说：瓜州到了。

人生的美妙也在这里：你永远无法预测，这一生将会发生什么。

很快，汽车熟门熟路地拐进一个大院。院子里搭着大棚，还算敞亮，里面已经有许多人在围坐着吃瓜。

路过瓜州当然要吃瓜！房子里堆着大大的瓜州蜜瓜、瓜州甜瓜、瓜州西瓜、酒泉白兰瓜等，20元一个，卖家负责切好。老周请客，我们一行七人一个瓜已足够。这儿的瓜确实好吃，又凉又甜，清心解渴，只是吃了哈密瓜，就再吃不下酒泉白兰瓜，只能二选一。

瓜州县名副其实，以盛产瓜果出名。瓜州蜜瓜已有多年历史。这里生产的"瓜

麦田在歌唱

州蜜瓜"最负盛名。

  吃完瓜，又逛了特产店。以前只知道锁阳城，不知道锁阳还是这里特有的名贵中药材之一，又名"不老药"。

  每个地方都有自己独特的风俗和地域文化，只有亲自走一走看一看，才能实实在在地了解。这也是读万卷书，行万里路的意义所在吧。

  瓜州这个藏在书中的名字终于走到现实中来。很遗憾的是，我们的行程中没有在这里停留的计划，只是路过而已。

那年，我们去大西北（五）

特别的七夕节

结束了敦煌之行后，我们从敦煌坐火车到兰州。在旅行社的安排中，我们在这里还有一天的行程。

对兰州的印象最早来自《读者》这本杂志。《读者》杂志一直是我的最爱，因此，对出版这本杂志的兰州城也一并有了好感。后来又有大街小巷的兰州拉面，从此，这碗带有强烈的西部味道的拉面，将兰州拉向了全国。对于兰州到底是什么样子，我却一直没有概念。

大概是2014年我们去青海湖时，曾路过兰州，观赏了被兰州人称之为"百里黄河风情线"的滨河路。在这儿，我们用很短的时间，与黄河母亲的精美雕塑群、中山铁桥以及水车博览园等景观亲密合影，留下匆匆的足迹。

这次是第二次拜访兰州了。因为下午还要赶火车，不能玩太久，早餐后，我们再次欣赏了离住处最近的黄河风情线。在这里，我们能看到兰州城的大致形貌。因为这条母亲河，我确信，兰州是一座幸福的城市。

最让我震撼的依旧是水车博览园。这些巨大的水车，让我感叹先祖的智慧和创造才能。站在水车园一侧，看黄河漫漫东去，看河对岸白塔巍巍耸立，让我想起一首词："兰州好，好景在滨河。万里笼荫遮玉路，长天连水剪鳞波，俩俩踏青歌。"这是词人邬惕吾所描述的兰州滨河路，非常形象。

麦田在歌唱

既然到了兰州，拉面是一定要吃的。我们找了一家最具兰州特色的拉面馆，美美地吃了一碗面，只是忘记那家拉面馆的名字了。吃完面我们又抓紧时间，找了一处比较近的兰州著名景点五泉山公园去游玩。小孙家的宝贝还小，吃完饭小孙就带着孩子去休息了，我们5个人来到五泉山公园。

五泉山公园里风景如画，游人如织。可是，一向肠胃很好的我，却接不住一碗兰州拉面了，感觉很不舒服。

等我再找到他们时，竟发生了一件让我至今都很感动、温馨的场面。李姐看到我说："今天是什么日子啊？"我看到公园里有许多卖花的人，才恍然，今天是七夕。李姐说："是啊，今天七夕，老周要给你献花了。"我说："不可能！老周在小周时代就没有给我买过花，现在老了，更不会买啦。"回想每年的情人节，即使我暗示，他也无动于衷。因为，老周坚称自己是坚定的现实主义者，不玩虚的，爱要表现在日常的关爱上。所以，买件衣服、吃个饭啥的倒还挺痛快。这在之后兰州火车站上发生的一切，也印证了他的一贯表现。

到火车站之后，我发烧厉害，老周一路倒水拿药，照顾周到。也许是烧得太厉害，我去了趟卫生间竟然迷路了，跑来跑去，竟然怎么也找不到老周他们了，我吓呆了。后来不知怎么，看到老周正在不远处向我招手，那一刻，我的眼泪止不住地流下来，心里却安静起来，像到了家一样的踏实。

所以在老周买花这件事上，我从来不抱希望。当我嘟囔着，默然地往前走的时候，老周突然追上我，从背后抽出一枝花来举到我面前！我惊呆了，这是从来没有过的场景啊！我激动坏了，别忘了，我是超级浪漫主义者呀！此时的李哥已变身摄影师，忙着给我们拍照，留下这难忘的瞬间，李姐则变成了小孩子，又是笑又是闹，大家都开心极了！

等冷静下来，我定睛一瞧，原来这花根本不是玫瑰花，而是一朵粉色的、很普通的月季花，用漂亮的紫色包装纸包裹着，倒是很好看。然而，这是我从老周手里接过来的第一朵花，依旧非常开心。

后来我才知道，这是李哥李姐特意给我们策划的，算是送给我们七夕节的礼物。真的很感谢他们，善良的李哥李姐给我们留下了难以忘怀的美好记忆。如今这枝花早已成了干花，但我还保留着，保留着那段芬芳的时刻。

那年，我们去大西北（六）

告别大西北

向敦煌行进的路上，随处可见或三五棵或一排排的俊逸的白杨，像整齐站立的哨兵，银白的枝干，浓绿的叶子，特别好看。我忽然想起，这就是我高中课文里《白杨礼赞》里所赞颂的白杨树吧？

我有幸亲眼看见了茅盾笔下的白杨树，上学时背过的课文，终于在这里找到了出处。

已是晚上8点，由于时差的关系，这里还是在日落时分，天还亮着。汽车将我们带到了敦煌市。

我有些迷惑，这就是敦煌市？沙漠呢？根本看不到沙漠，眼前的敦煌市与其他的城市基本没有差异。奔驰的车流，宽敞的街道，繁华的商厦酒店，郁郁葱葱的树木，是个很不错的中等城市。

第二天汽车将我们带到了梦想已久的月牙泉、鸣沙山。

当鸣沙山出现在眼前的时候，虽然之前看过太多图片，还是觉得很震撼，所以，纸上得来终觉浅，还是当行万里路呀！

我们出去旅行，总是希望与自己熟悉的地方差异越大越好，才会更新鲜更刺激，那么这里一定会满足你的愿望。

一座座巨大的金山，起起伏伏的优美的弧线，长长的、缓慢的骆驼队伍，配上深

麦田在歌唱

远湛蓝的天空，仿佛来自远古，仿佛一生一世，从容而安稳。

这里的沙山在晴天或有人从山上滑下时会发出声响，所以叫鸣沙山。

最神秘神奇的是月牙泉。月牙泉的周围是高高的沙山，这里风很大，想象着，这么一点点的泉水，应该很快被埋没吧，可是偏不，因为地势的关系，刮风时沙子不往山下走，而是从山下往山上流动，所以月牙泉永远不会被沙子埋没，被称为沙漠奇观。它真是一种神奇的存在。

这里一点都不荒凉，反而是一种炫目的存在，所有到这里来的人都会感到深深的满足，会深深感叹大自然的奇妙。

可以在滚烫的沙子里打滚，可以摆各种逆天的造型，可以尽情地释放情绪，都不显得突兀。因为在巨大的沙山面前，在包容的大自然面前，一个人显得那么渺小，不必太在意自己的存在，这也是它的奇妙之处吧。浩瀚与细小，荒漠与艳丽，形成鲜明的对照。

去鸣沙山月牙泉，你尽可以夸张地装扮自己，最好把自己打扮成一朵艳丽的沙漠之花。一定要带炫酷的墨镜，买一顶别致的帽子，用最鲜艳、最漂亮的纱巾把自己的头部和身体裹住，再穿上橘黄色的沙地靴。骑骆驼去吧，去沙漠里打滚吧，去月牙泉拍照吧，去呼喊、去欢笑、去释放你的能量吧！

在这里不能不骑骆驼，这是一种新鲜的体验。我是第一次见到这么多骆驼，它们那巨大的身躯让我觉得自己很渺小。在等待的过程中，我观察着这些骆驼：它们似乎有一丝不情愿，并不是快乐的。那一瞬间，我心里涌起一股歉疚的感觉，甚或是心疼，觉得很对不起它们。此刻的我，既想体验在沙山中行走的感觉，又觉得亏欠它们，在心里一直说着对不起。

而当我骑上骆驼的时候，我察觉它们并不如我们想象的、看到的那样温顺，它们也是有性格的。我骑着的是一只身形巨大的、老龄的骆驼。它依仗自己经验丰富，老想冲出队列，甚至挑逗、冲撞它前面的小骆驼，吓得我心里怦怦直跳，紧紧抓住绳子，唯恐把我掀翻下去。还好，最后它还是慢慢回归队伍，终于平安地回到了出发的地方。也许是我胆子小，好多人一边骑着骆驼，一边拍照，我却不敢。

此刻太阳照在金山上，山脚下那一片小绿洲，环绕着一弯清澈的月牙泉，两个世界的场景完美地融合在一起。轰鸣的滑翔机在深远的蓝空中目空一切，潇洒自如。当我把目光投向远处，沙山、缓慢行走的驼队，骆驼上花枝招展的游人，又是一幅绝美而又奇异的画卷。一切都是那么美好！

带着不舍的心情，大巴又将我们带向一处佛教艺术圣地——敦煌莫高窟。

也许我不懂壁画艺术，总感觉这里不是我想象的样子。也许是太珍贵的缘故，所有的壁画都被装在了抽屉里、盒子里。

四大石窟中，除了麦积山石窟，我都看过。我最喜欢大同的云冈石窟。

莫高窟里的洞窟是开放的，洞窟里的佛像色彩艳丽、造型丰富，栩栩如生，仿佛与人更亲近，更接地气。反而是这里高大的白杨树特别漂亮，直耸云天，让我格外喜欢。

再美的景色也不能久留，行程在即，我挥一挥手，带着深深的满足和些许遗憾，告别了壮美的大西北！

谢谢一路同行的亲人和朋友们，有机会，我们再启程！

麦田在歌唱

延安印象

2012年6月3日，成了我生命中值得记忆的日子。这一天，我随民建唐山市委培训班的成员经历一天多的旅途辛劳，即将到达延安。这梦中的圣地啊，你将会是怎样的容颜？

延安来的导游已经提前给大家预热，给我们讲延安的风土人情、延安独特地语境、延安的信天游。车厢里，我们已禁不住导游的热情引导，热烈、奔放的信天游已飞出车窗，洒落在延安飘荡的青枝上，盛放的花朵中！

印象中的延安，依旧是黄土高原、窑洞、系着白羊肚手巾的放羊老汉、穿着花袄甩着长辫子的俏丽女子……

梦中的延安与现实的延安即将碰撞，我期待着那一刻。

延安的色彩

想象中的延安，主色调应该是黄色的，沟壑纵横的黄土高原，奔腾的黄河水。大巴在高原和山峦中蜿蜒而行。有些以前只能在画中、电影中看到的风景在眼前快速掠过。山坡上一孔孔窑洞，最让我惊异，这是我第一次见到窑洞。遗憾的是，只能在高速路上一闪而过。风景在路上啊，我不敢闭眼。

只是越往黄土高原的深处走，绿色越是浓郁，黄土高原已变成绿色高原，不变的是黄河水。

我很安慰，和同行的朋友说，等到河水也变得丰盈清澈的时候，再造秀美山川的愿望就会实现了。

延安最美的色彩当属红色，红火火的剪纸、红亮亮的腰鼓、红彤彤的狗头枣、红艳艳的山丹丹、红羞羞的脸蛋、火一样红的激情信天游……

延安的符号

提起延安，首先想到宝塔山、延河水、窑洞、剪纸、信天游和安塞腰鼓。这些已经成了延安的标志性符号，深深地印在人们的脑海里。宝塔山上宝塔矗立，静静地俯视着这座城市，记载着历史的风烟。

当我登上宝塔山的时候，想到有多少叱咤风云的伟人曾在此徜徉，心里有一种说不出的奇妙感觉；夜晚的清凉山似乎更神秘，仿佛能听得见发电报的滴答声。还有心心念念的延安窑洞。而今，只有在王家坪、杨家岭、枣园，你才能见到那时的窑洞。

很想在窑洞的土炕上看满脸皱纹的大妈给我剪窗花，在山脚下的平地上看一场气壮山河的安塞腰鼓，摘一把挂在树枝上的狗头枣，到山坡上采一把红艳艳的山丹丹。

遗憾的是，延安的符号已经越来越商业化，今日的延安已无异于任何一座现代化的城市：高楼大厦林立，霓虹灯在延河水里旖旎荡漾，喧闹的车流人流。

这些美丽的符号都躲到商场里、剧场里、纪念馆里。吼着信天游放羊的后生，穿花袄挎篮子在塬上等哥哥的女子，已经成了影视剧和剧场的经典。这些淳朴自然的画面，在现实中是很难见到了。

麦田在歌唱

延安的魅力

我一直在想,延安的魅力在哪里,为什么当年有那么多人不远千里万里奔向这里。

这里有朝气蓬勃的战士唱着嘹亮的歌声走过;这里有英姿飒爽的女军人骑着高头大马在夕阳下的河边悠然而行;这里有城里来的清纯秀雅却意气风发的学生们;舞会上跳舞的有高鼻子蓝眼睛的外国人。

这些人们描摹了一个时代独有的风景:他们指点江山、激扬文字,他们生命似火、情谊如歌,他们担负着国家的兴亡,心中燃烧着希望之光。所有这些赋予了延安史诗般的浪漫气质,那才是真正激情燃烧的岁月。

延安是自由的象征,是新生活的希望。这里代表光明与自由,理想之光让贫瘠的黄土高原盛放着绚丽妖娆的精神之花。

延安之行,收获颇丰。我常想物质与精神,那个更有力量。在延安的系列参观与思考,让我体悟到:物质的富有与精神的笃实并不成正比,贫困的黄土高原曾因一群富有魅力人士的聚集而光耀中国,人,才是魅力之源。

人是要有一点精神的,精神上有信仰、有追求、有激情的人,才能具有真正的幸福感,这就是为什么那么多人放弃优越的物质生活而追随延安的原因。自由、理想、希望这些看似虚幻的概念,在当年的延安展现得多么切实而美好。延安,让我看到人格的魅力、信仰的力量。

今天的延安,让我欣慰。山,已是翠绿而丰美;人,亦是饱满而富足。然而,我很矛盾,我不敢说现在的延安比过去的延安更有魅力,我只能说,现在的延安富足了,繁华了,而我还是想念激情年代的延安。

精神的传承不在于几个纪念地、几座纪念馆,延安那些美好的存留如何与现代文明完美的结合,似乎是一个更大的问题。

衷心地祈愿,让延安的精神穿过岁月,光照今天。

延安精神永放光芒。

夕阳下的响沙湾

去内蒙古以前，从未听说过，在这块辽阔的地域上有一个美丽的地方叫响沙湾。

我们去成吉思汗陵的路上，内蒙古的同伴告诉我旅行车将经过那里，自然要玩一会儿了，我心里当然高兴。然而，响沙湾在我的想象中不过是河边的沙丘而已，而我将在那里玩一玩小孩子滑沙的游戏。

当汽车停在响沙湾的面前时，眼前的景象却着实骇住了我，这响沙湾是真正的响沙山啊！

那是一溜连绵的沙山，山体由极细腻极纯净的黄沙组成，无一颗杂草乱石。从山脚望去，高高地，陡陡地耸立着，很有些咄咄逼人的气势。我们要爬的是正中间的那座沙山，据说只有这座沙山在滑行时发出呜呜的声响，奇就奇在这儿，响沙湾因此而得名。不能不说那是造物主的怪手杰作。

想到我们将爬上高高的沙山再滑下来，不禁有些眼花腿软。但是看见别人鱼贯地往上爬，也只好一闭眼跟了上去，好在有从山顶达到山脚的软梯可以落脚。心也颤颤，手也颤颤，眼睛不敢环顾左右，只咬牙往上爬，现在想退下来也不可能了，真有些义无反顾的味道。

此时，已是夕阳西下，我们爬的是阴面，只隐隐的看见山顶有片金光。

我爬得有些气喘，停下来望了望我前后的人，忽然发现，所有的人都光着嫩白的脚板在爬。那是做惯了汽车、骑惯了车的脚啊，那是疏远了土地不沾纤尘的脚啊！此时都毫不例外地嵌入沙土中，与沙子亲切地摩挲着；那姿势呢，极似进香的香客，在一步步虔诚地膜拜。这儿没有庙宇，我们在膜拜谁呢？大自然吗？顶上那轮太阳

301

麦田在歌唱

吗？

　　我忽然悟到了沙山的真谛：在它面前，我们必须脱掉鞋子，不论多么金贵；脱掉你的身份地位，不论多么显赫。在沙山面前，所有的头衔都失了魅力，沙山以博大的胸怀，平等地接纳每一位自然人。在大自然面前，我们都是孩子，只有服从它的规律，才不至于被抛弃。

　　终于，我们登上了山顶，这是怎样的景象，夕阳在晚霞的炫浪中涌动，起劲地挥洒着它的热情，阳光投射到沙粒上，反射着白亮亮的光，山顶是一片炫目的辉煌，所有的人都陶醉了，沉醉在这奇美的景象里，心情格外灿烂。这时我发现浑身沾满的沙子也在熠熠地闪着光。我好似一尊金人，我亦是一粒沙子，我本就是自然的一分子，消融在这金辉里。

　　挥手告别夕阳，作别西天的云彩，我们回到沙山的东坡，开始此行最精彩的程序——滑沙。望着山脚下，小小的人影在晃动，我的腿仍旧不听使唤，慢慢坐下来，轻轻往下滑，抬眼时却见同伴已横卧沙山径直地滚了下去，惊得我大叫起来，而那位可爱的同伴却边滚边笑，将草原人的豪迈情怀展现得淋漓尽致。

　　我也加快了滑行速度，然响沙未响，同伴告诉我，可能是由于上午刚下过雨，沙子未干透的缘故，有些遗憾。但我不悔，在这儿我感受到自然的公平、博大与亲和。而我们这些在喧嚣社会中或平凡或不凡的人，也着实体味了一次尘俗中不可得的愉悦与畅快，不是吗？

　　我们来去匆匆，然而，夕阳下的响沙湾却像一幅精美的水彩画，永远挂在我心里。

　　感谢你，夕阳下的响沙湾！

南国有佳木

20世纪七八十年代，收音机经常播放《步步高》《雨打芭蕉》《彩云追月》这样的广东音乐。明亮欢快的曲风让我很是喜欢，这是我最初印象中的广东。我常常琢磨，《雨打芭蕉》的芭蕉是什么样子呢？我家有芭蕉扇，那叶子一定很大很大吧。

后来看电影《红色娘子军》，里面的椰子树着实吸引我。在我眼里，那高大的椰子树，海边的椰子树，就是南方的象征，是海南的象征。

上中学的时候，记得有一篇课文叫《花城》，是著名的散文家秦牧的大作。这篇课文尽情描写了广州花市的盛况，满大街的花，喜悦的笑脸，想想就让人陶醉，这让我对遥远的南方，又多了一层想象和期待。南方啊，南方，你到底是什么样子呢？

也许是和广东有缘，近几年，竟然有多次机会，到达广州、深圳、肇庆、佛山、中山等地。走过这些我从小向往的南方，让我印象最深的是南方植物。

广州的花、深圳的树，最是令人称道。

广州的步行街和立交桥都被一些不知名的各色花朵点缀着。这里看不到它颓败的痕迹，永远是生机勃勃的景象。11月的北国，已是万木萧瑟的深秋季节，而南国的紫荆花却刚刚迎来它的花季！

这个有着好听名字的花树，那娇俏的粉色花朵又不失端庄大气。终于见到了《雨打芭蕉》中的芭蕉，算是实现了小时候的心愿。

在广州，人们一般是去华南植物园，欣赏那些好看的树。其实，还有一个好地方，就是大学校园。我们没有时间去华南植物园，中山大学是必须要去的，据说，校园本身就像一个大大的植物园。

麦田在歌唱

我们在细雨中到达中山大学。迈进中山大学的校园大门，就被校园的景象震惊了。校园里是树的世界，花草的海洋，蒙蒙细雨中，到处绿荫遮蔽，气象森然，让我们大开眼界。这里几乎看不到褐色的枝条！一棵棵巨大的古老的树木，连枝下也被寄生的植物染成了绿色。南方多雨，草色永远鲜润，而树木的叶子绿得仿佛要滴出水来。

在这所历史悠久的大学校园里，这些生机勃勃、荫绿葱茏的大树，不知见识过多少谈笑鸿儒的雄才大略，令人怀想。

若说南方植物，最让我感到欣喜的地方，还是深圳。

深圳这座城永远是那么干净清新。让人惊讶的是街道两旁的行道树已经那么高大繁茂了。时间过得真快，南方有佳木，十年蔚成林，那些20世纪70年代末80年代初种下的南方乔木，早已浓荫蔽日。

最多的树种当属榕树，我也是问过当地人才知道那树的名字。据说，榕树的品种很多，让人印象深刻的是榕树的气根，那丝丝缕缕的气根从树上垂下来，直扑大地，让人联想到情意深长。而它强大的生命力更是不容置疑，让人放心。

总觉得这榕树很有文艺气质，我恍然明白了当年一个著名的文学网站的名字叫作"榕树下"，站在榕树下的我好像也有了文艺范儿。

我以为，深圳最美的地方，当属深圳大学。

当我迈进这座校园时，被它蓊郁森然的气象惊住了。我们大概是从西门步入校园，沿校园甬路向图书馆方向走去，满眼葱绿，也有不知名字的各色花儿团团簇簇，在主基调绿色的映衬下，格外明艳美丽。

我们向校园的深处走去，高大的南方乔木渐次映入眼帘。忽然看到一棵结了果子的高大树木，路过的学生告诉我们，这种树叫波罗蜜。波罗蜜——经常吃的南方水果，却是第一次见到它生长的样子呢！笔直的、高耸入云的树木叫大王椰，这是最具南方风情的树种吧。

看到它们，就想起吴琼花、娘子军、海边椰树的剪影。站在高大的椰树下，恍若梦中，总算见到了电影中的椰子树。校园里，当然少不了盘根错节的大榕树，还有我喜爱的紫荆树，它们静静地站在湖边、楼前，见证着我与它们——相见的喜悦与惊叹。这蔚然成林的南国佳木，让深圳这座校园、这个城市格外清新雅致，生机盎然。

"南方有佳木，君子当如乔。"

去南方吧，南方有热烈的阳光，酣畅的大雨，还有让我倾情的南国佳木。去感受大自然的神奇与不可言喻的美！

麦田在歌唱

海南岛之行（一）：祖国是如此辽阔

很偶然的机缘，年前腊月去了海南岛。没赶上春节期间的大雾和拥堵，没赶上降温，所到之处皆是碧海蓝天、繁花似锦，仿若被幸运之神给了一个大大的、暖暖的拥抱，真好！

冬日腊月，我居住的北方正是寒凝大地，万物冰封的萧瑟时节。碰巧走的那天，唐山温度极低。坐在从唐山赶往天津滨海机场的车里，我冻得肩膀发麻，好冷啊！

早晨5点40分，飞机准时从机场起飞了。朋友们知道我爱看天上的风景，贴心地把我换到了靠窗的位置。窗外的风景像极了北方辽阔的雪野，不是平铺的，仿佛有被风刮过的痕迹。一堆一堆的雪，随意自然，连绵到天边。那当然不是雪，而是高天上的云。

今年，唐山的冬天几近无雪，纷纷的冬雪没来，落落的春雪也无迹，这天上的"雪迹"是想满足我祈雪的愿望吗？

这两天的新闻里，一直报道江南一带被大雪恩宠。这消息让我这个北方人心情复杂。是雪花找不到家了吗？燕山雪花大如席呢？落落深情的春雪呢？就如某一年我写的一段小文："一次次的失望黯淡了我的眼睛，莫非把雪花盼蓝了，融化在天空里了吗？于是，羡慕南方，今年的雪好似对南方情有独钟，是去寻梅了吗？"

看到好友空间的一句话："如果南方的冬天下雪了，那是我在北方想念你。那种感觉，像是天意。"我心里说：是的，是的！

正想着，飞机开始颠簸起来，向窗外望去，已然是风云变幻，飞机在翻飞涌动的云层中穿梭。到海南岛了吗？是的，到海口了，真快！

下飞机了，一股湿热的气流扑面而来。我们穿着厚厚的冬装，汗水立刻潮湿了衣衫，赶快换衣服！海南人民真是贴心，机场备了更衣室，我们迅速将冬装换成了春装。

　　走出机场，忽然满眼青枝绿叶，万朵花开，街两旁高大的椰树直耸云天。那一刻，有恍如隔世的感觉，仿佛从一个星球到另一个星球。

　　此刻，你会由衷地感叹：我们的祖国是多么辽阔。可以没有任何烦琐的手续，就能来一场说走就走的旅行。

　　不愿过北方的冬天吗？那就去赶云南的春天，也可以享受海南岛繁盛的夏天。而南方人呢，可以去吉林看雾凇，去观赏哈尔滨的冰雪世界。

　　作为生长在辽阔国土上的中国人，你感受到自豪与骄傲了吗？

　　当然还要感谢我们发达的网络和日新月异的交通工具。几个小时，从一个世界到另一个世界，我们真是生在了好地方，活在了好时代。

　　拥有一颗感恩的心吧，唯此，我们才能时时处处接收和感知幸运与爱。

麦田在歌唱

海南岛之行（二）：蓝海椰风

出去旅行，大概都是去寻找一些异于自己日常生活的风景或风情。差异越大，获得的满足感就越多。

我们海南岛之行的第一站到海口。海口这座城市看起来并不繁华，与我们唐山相比，感觉相差甚远。然而，这里的空气太好了！举目望去，行道树、公园、学校、民居，满眼的翠色和大片的花朵，润泽而干净，看着清凉也心安，可以放心地大口呼吸。

海口在海南岛的北端，这里从温度上看，比三亚低很多，大概是春天的温度吧，比较凉爽，据说三亚完全是热带的温度和风情。看着公园里健身的人们，我由衷地感叹：生活在这里的人们真幸福！

人是复杂的社会动物，人的快乐体验来自人与人的交流，最好的方式是，来这里玩上一段时间，感受一下与寻常日子不同的新鲜体验，然后打道回府。

到海口的那个下午也没有什么安排。我们临时客串了一下看房团，便跟随香宇集团的李总去看房。此行也得到了我们民建企业家会员王先生热情接待，有组织就是好！

这些高档别墅确实看了令人心生向往，全部是向海而居，楼顶有游泳池，室内装饰极有品位。

看完这些华美的别墅房，车子又载我们去了有许多高大漂亮椰树的海边公园，晚上在当地小吃街吃了特色小吃。这一天过得紧凑而又丰富。

第二天，从海口出发，我们一路向南，到达陵水，这里有一座美丽的小岛——分界洲岛。据说这个岛也叫美女岛，在这里，我第一次领略南海岛屿风光。

这里的海水颜色是翠蓝色的，与北方大海的颜色不同，特别好看。洁净的白色沙滩，高大的椰树，海边别具黎族风情的、供游客休息用的茅棚（我给起的名字），构成了天然的美丽海岛画卷。可惜，我们在这里的时间短暂，没有时间在这里发呆。那就去喝新鲜的椰子汁吧，或者光脚与沙滩、清澈的海水以及飞卷上来的白色浪花亲密拥抱一下，再拍点海边风情照就很满足了！

　　幸运的是，我们的行程里还有一个蜈支洲岛。那里似乎比分界洲岛大一些，去游玩的人更多一些。去的时候，有半小时的船程，这可是真正的海上航行，大船在海上时而平稳，时而剧烈颠簸，真正体验并目睹了大海的波澜壮阔，我也被晃晕了。大海中的航行并非想象中的那般美好，终于上岸了。

　　蜈支洲岛同样有非常漂亮的海岸线，是看海的绝佳地方。翠蓝的海水，白色的沙滩，葱绿高大的椰树，让那一弯海岸线宛如玉带天成。

　　站在景色绝美的海边，海风飘起长发，美丽的裙裾随海风翻飞。想想前几天还在冰天雪地的北国，那一刻的思绪也像海一样汹涌，让我们向海而歌吧！

　　生活大多是平凡的日子，而此时，不同寻常的一段时光，是否是花开的时刻，是否是你一生中难忘的时刻！是否是你生命中美好的时刻！

　　令人惊喜的是，这里还可以捡到漂亮的珊瑚石，回去装饰起来，一定非常好看。

麦田在歌唱

海南岛之行（三）：椰田古寨

我们到椰田古寨的时候，正是我们家乡最冷的一天。而这里却是艳阳高照，恍若盛夏。

椰田古寨这个名字，首先让人联想到的是两个字"风情"。这个地方似乎确是以民俗风情吸引游客的，有各种表演，像竹竿舞、黎族织锦、苗银首、吊脚楼等。里面是各种设计的场景，比如，唱歌过寨门；被身穿盛装的苗族姑娘摸耳朵，送祝福；还有各种表现黎族苗族生活的展览，然后就被送进各种消费的地方，像银器店之类。里面有各种银器首饰，琳琅满目，据说都是人工打制的。

按说，这里应该是最让人快乐的地方，体验民俗风情于我而言向往已久。在电视里看过他们原汁原味的生活，特别向往。今天来到这里转了一圈，却让我感到深深的失望。

来之前，我想象着，这里应该有非常浓郁的民俗风情，应该有很多的互动，应该有很多漂亮的手织布。但这里与想象有很大区别，几乎全是程式化的流程，你根本就融入不了场景。然后是商业化的购物，而商业化离不开一个"钱"字，自然就少了趣味。

不仅仅是椰田古寨，整个海南岛除了花树、气候之外，与其他的城市没什么区别。旅游除了看风景，再也难以体验一个地方的独特风情，再也体验不到那种巨大差异带来的震撼的感觉。

这是一个矛盾，是发展与保留原生态之间的矛盾。如何既能保留原有的独特风情，又能享受现代化带来的便利，确是一个难解之题。

海南岛之行（四）：请到天涯海角来

去海南最绕不过去的地方应该是天涯海角。进入天涯海角景区，我再次为穿错衣服难过。

这里完全是盛夏的感觉。一条宏阔的大道一直通向蓝天白云下的碧海。路两旁是高大繁盛的椰子树和许多叫不上名字来的花树。那棵开一树艳红色花朵的树让我误以为是木棉，特意向当地人打听，原来不是，可我还是把它美丽的名字忘记了。

进入景区，一路向右，沿着海边栈道向天涯海角而去。这儿与前面的海景相比更胜一筹。海更蓝，天更阔，花更繁。各种被赋予特别意义的巨石被繁茂的植被环绕。令我意外惊喜的是，看到了面向大海的花开！

这让我想起海子那首著名的诗歌：从明天起，做一个幸福的人/喂马、劈柴，周游世界/从明天起，关心粮食和蔬菜/我有一所房子，面朝大海，春暖花开……

都说广州是花城，在我看来，三亚才是名副其实的花岛、花城。

这里不仅有美丽的大海，岛内繁茂的绿植和花朵令人目不暇接。蓝天白云下，不论海边还是岛内，都有高大的椰树在风中摇曳。充沛的阳光雨水，让上千万种植物在岛上自由活泼地生长，一年四季花开绚烂。有认识的，更多的是未曾见过的。

海岛上无处不在的繁花，繁花之上又是繁花，目力所及，无处不飞花！作为花痴的我，算是过足了看花的瘾。

这次海岛之行，我一直在寻觅这种花，却未能如愿。在南山文化园，导游给我们指认了木棉树，遗憾的是，不在花期。其实，留点遗憾也好，它让我期待下次海岛之行。

麦田在歌唱

这次海南之行，却让我意外看到了常在口中说、不曾见真颜的一种花——含羞草。朋友拉着我，在一块普通的草地上发现了它！我们用手轻轻地触碰它的叶子，本来舒展的小叶子便立刻卷起来，像个爱脸红的小姑娘，真是有意思极了。

来天涯海角，绕不过一个"爱"字！在去天涯海角的路上，导游给我们讲述了发生在天涯海角的各种版本的故事，并一路鼓动：到了天涯海角一定要给你的爱人打个电话，告诉他们你爱他（她）。

在去天涯海角的大巴上，导游郑重其事地跟我们说，来到天涯海角，走遍天涯，莫到海角。其实这是看问题的角度不同。我脑子一转，对大家说："可不可以这样理解，到了天涯海角，我们转身就是另一个好运人生！"大家纷纷应和，对呀！

愿所有来到天涯海角的朋友，都能好运永相随！

但是，本着"人生还是留点遗憾的好"的原则，放弃了前往海角石的行程，此刻只求走遍天涯，来日再求一睹海角。

肇庆，你想不到的美

偶然的机缘，去年的此时，我正在广东。而那一带给我印象最深的是肇庆。

此前对肇庆没有什么印象，只在历史地理书中看到过它的名字。因为要去这个地方，所以临时百度了一下：肇庆古称端州，乃中国四大名砚之首端砚的产地。肇庆之名的由来，全因为宋徽宗——端王登上皇帝宝座，亲笔御书"肇庆府"三字，肇庆之名沿用至今。用力脑补了一下：岭南文化、端砚、七星岩，仅此而已。

偶遇"荷塘月色"

一行人谁都没去过这个地方，从深圳去肇庆之前，从网上搜了一个酒店，名曰：荷塘月色。

当我们风尘仆仆到达肇庆，又坐出租车赶往酒店时，发现这座酒店就在风景区七星岩里，这可真是意外的惊喜！而更大的惊喜还在后面。它不是孤零零的一栋楼，最先映入眼帘的是一座相当雅致漂亮的小院。

院子里，花团锦簇，池鱼欢畅，曲径回廊，诗意缭绕，到处氤氲着植物的芬芳。可茶歇，可赏景，还可荡秋千。当我们进入酒店的大厅，立刻被这里浓郁的文化氛围所感染。

店主人显然是一位文化底蕴深厚之人。从墙上挂的牌匾看，这里居然是肇庆的一处文化基地，书画大师、温雅诗人们应该常在这里聚会。大厅里有诗书，有画册，有各种特色茶具，当然也少不了肇庆的一大特产——端砚。

麦田在歌唱

当我们办好手续，往房间走时，就像走进了画廊里，主题当然是荷，处处荷色生香，与这座酒店的名字极相符。

进入房间，更是令人欣喜。房间宽敞明亮，宽大的落地窗，抬眼便是如玉石般温润翠绿的七星湖，临窗拐角处，还有一个小小的茶歇之处。床边有一方小桌，桌上带着一面镜子，精美的镜框上雕着荷花。最难得是：桌上放着几本文学刊物，有西江文艺、星湖诗刊等。屋内，所有的物品，包括淋浴用的毛巾、拖鞋都与荷相关，极其雅致。荷塘月色虽不是特别高大上，但却是我住过的最有品位的酒店。

惊艳美食

入驻荷塘月色后，我们先绕七星岩外围走了一圈，回来后，在附近买了些当地的水果：小芭蕉、阳桃、柑橘。人们都说，水果要在产地吃，才能吃到原味美味。确实如此，我们买的一盘小芭蕉，才两元钱，味道相当好，跟在北方吃的不一样。

晚餐，我们就在荷塘月色旁边的东湖农家菜馆品尝当地的农家菜。这又是一个从不以为然到震惊的过程。这里最流行的是蒸菜。我们点了一份蒸鱼，不一会儿，店家拿来一个电蒸锅，点火，只嘱咐我们8分钟后揭锅。

我们几个看着蒸锅有点发呆，看着服务员忙来忙去，一杯茶的工夫不到，不知谁说了句：到点了。于是大家手忙脚乱地揭开了锅，蒸腾的热气，闻起来味道不错！白嫩嫩的鱼片、黄白鲜嫩的娃娃菜，还有点缀的几粒红色大枣、枸杞，看上去也十分悦目。

猜想店家一定是把要蒸的鱼片、娃娃菜之类，用调料先腌好了，然后上锅蒸的。尝一口吧，大家一致赞叹：太鲜美了！新鲜的鱼片自不必说，单那娃娃菜真是鲜软可口。大家一致认为，咱家里吃的娃娃菜是假的！反正跟人家那里的不是一个味道。

初到肇庆，印象良好！

翡翠七星岩

既然来到了著名的景点，一定要去看看才好。

我们先沿着外围栈道走了一圈。这里满眼的绿植，连七星湖的水也是墨绿色的，仿佛连呼吸的空气都透着茵茵的绿，特别清新。走着走着，忽然闻到一股浓郁的桂花香，我们顺着香味寻去，竟然真的看到几株桂花树，米粒似的小骨朵散发出浓郁的香，第一次见到桂花呢，好惊喜呀！不对，不是八月桂花香吗？怎么现在还在开呢？我们问了当地人，原来桂花可以开两季的，我们赶上了桂花开，真幸运啊！

我们沿路赏着美景，闻着花香，看七星岩碧水青山，说不出的惬意。沿栈道走的时候，还看到一棵长得高高的植物，枝杈上长着大青果。我们都是北方人，没见过这种植物。我猜是木瓜，问了当地人，果真是。好得意呀，我们常吃的木瓜，原来是这样长的！

我们走的是外围栈道，并不是真正的景区。但现在去，显然时间已经来不及了，明天，还有参观任务，怎么办？大家决定起早去公园，这样，既不耽误参观，又能看看七星岩真正的风景。

第二天早上，天还没亮，我们就步行出发了。进了景区，看岩峰、湖水、各种高大的南方绿植，在晨曦中渐次清晰，像剪影一样，有一种朦胧的美。空气清新如泉，晨练的人们在这大氧吧中轻快地行走。

七星岩位于肇庆市区北约2公里处，景区由五湖、六岗、七岩、八洞组成，面积8.23平方公里，湖中有山，山中有洞，洞中有河，景在城中不见城，美如人间仙境。七星岩以喀斯特地貌的岩峰、湖泊景观为主要特色，七座排列如北斗七星的石灰岩岩峰巧布在面积达6.3平方公里的湖面上。

我看七星岩则如一块巨大的美玉，湖面是泛着柔光的玉，岩峰是雕刻得栩栩如生的玉，这块静卧于天地之间的稀世珍宝，可随天气的不同，幻化出各种奇妙光彩。当然还有深藏的文化内涵，佛道文化沉浸其中。因为时间关系，我们没来得及看溶洞，但大部分景区都看过来了，留下美好记忆。

美丽的肇庆学院

从园中出来，匆匆吃过早饭，便赶往肇庆学院。

肇庆学院分3个校区。我们去的是主校区。这个校区在国家级重点风景名胜星湖景区内，背靠北岭山森林公园。一进校区便能看到背后的山顶上缭绕的云气，森

麦田在歌唱

凉清润。校园里是满眼的绿，茵茵绿草，行道树是叫不出名字的南方绿植。我们去的图书馆叫作福慧图书馆，看起来很有故事。

与肇庆学院图书馆同仁座谈之后，主人热情地领我们参观这座美丽的校园。

一路看来，校园确实很美，花木森然，清湖荡漾。更能感受到这所学院悠久的历史，深厚的文化底蕴。这里有祖冲之、鲁迅、陶行知、吴大猷的雕像，对先祖、前辈的敬仰之情令人难忘。还有造型独特的音乐楼、体育馆等，彰显校园文化气质。特别喜欢倒映着楼宇花树的一方小湖，让校园更添明媚，主人告诉我们，这是行知湖；还有一方水，名曰翰墨池。这里处处有文化提点，浸染在诗画的氛围里，这里的学子着实幸运。

我喜爱植物，对着校园里目不暇接的、各种没见过的南方植物深感兴趣，就像个饶舌的孩子，问东问西，嗅花拂叶，陶醉其中。

11月份的北国已是万木萧瑟，而这里依旧生机勃勃。走着走着，忽见一大片粉色花树，特别明艳动人，真漂亮！问了随行的人，原来这就是著名的紫荆花，这条路叫作紫荆校道。难道紫荆花这个季节才开吗？询问之下才知，原来南方的花木不似北方，只开一季，也可能开两次、三次呢，就像前面说的桂花也是这样，南方有嘉木，名不虚传。

真是一座美丽的校园，除了紫荆花道，还有容海校道、福慧图书馆、国砚广场、花开兰蕙、文笔峰等景观处。昭示了这座校园的主人，处处用心、处处慧心，令人称赞！

陌生的地方总有风景。这座深深浸润着岭南文化的历史古城，这座有着七星岩等美丽风景的旅游城市，带给我们许多意想不到的惊喜！

再见了，肇庆，有机会还要再来！

六 图书及影视评论

我最初的诗与远方

——读《撒哈拉的故事》有感

时光荏苒，转眼又到了放暑假的时间。对于许多学生来说，读书与旅行、诗与远方很自然地要提上日程。恰好，阅疗小屋要推送一本书，我选来选去，忽然就想到了《撒哈拉的故事》。那么，谈谈我对这本书的感悟，算是送给孩子们的假日礼物吧。

此生有幸学习图书馆学专业，毕业后顺理成章地来到一所高校图书馆工作。天时地利，每天能在书架间逡巡，公私兼顾，顺便搜寻自己喜欢的书，这是多么大的快乐。有一天，我发现了这本《撒哈拉的故事》，自此便一头扎进了三毛的世界。我被书里一个个奇异精彩的故事深深吸引。《悬壶济世》《荒山之夜》……

我有着深重的好奇天性。单单一个广袤无边的撒哈拉就足够我想象了，况且那里还有一个感性、丰富、热烈的女子，一个为爱而不顾一切的女子。在那片神奇的大漠里，要发生多少动人的故事啊！而这个女子偏偏又极会写故事,《沙漠中的饭店》《结婚记》《白手成家》……浓郁的异域风情，活泼有趣而又出神入化的文字，带我去感受大漠风情。

当然不乏艰辛，然而每一个细节都充溢着满满的幸福和快乐。在有爱的世界，多么简陋恶劣的环境也能过得丰富多彩。《沙漠观浴记》《芳邻》《死果》《天梯》则让我们深陷异域风情之中，看这个女子以一颗怎样丰富的心灵，缓缓融入这片神奇的精神故乡，用她积淀已久的文明与智慧将单调的大漠打造成活色生香的世界。

不记得看了多少遍，以至于不舍得再把它放到图书馆的书架上。于是，它便成了毕业后我买的第一本书，这也是三毛所有的书中，我最喜欢的一本。甚至有一种

麦田在歌唱

执念，仿佛只要把它放到自己的书架上，就能把三毛的世界——那个大大的奇异的沙漠搬回自己的家。

我曾经问自己：为什么我会这样迷恋它？渐渐发现，是因为这本书里住着我自己，一个外表文静，内心却有着热烈向往的自己。其实，我们往往并不了解自己，很可能由你读到的书，看到的一片风景，或者遇到的某个人，忽然叫醒自己，你会惊奇地说：哦，原来我是这样的自己。

由这本书开始，我爱上了三毛和她写的书，爱上了她笔下的世界和她丰饶的灵魂，这是我最初的诗与远方。记得那时候，心生感慨的我曾写过一句话：读三毛的书，做丰富的人。

寻常的每一天，我们在自己的世界里，过着重复的日子，总以为这就是全部。读过三毛的书，你才会深刻理解"世界那么大，我想去看看"的深切含义。打开一本好书，就是打开一个新世界。

平凡如我们，总要受到许多约束，不可能走遍万水千山，这世界总有你抵达不到的地方。就像三毛笔下的撒哈拉，我虽心向往之，此生却未必真的能够踏上那片大漠，但阅读可以部分地弥补。就像雨果说的：脚步不能达到的地方，眼光可以到达；眼光不能到达的地方，精神可以飞到。撒哈拉，我的精神已经抵达。

有人说，旅行回来不还是那个自己吗？不，不是！我们今天已经不是昨天那个自己，而是被神奇的大自然洗礼的那个自己；是畅游山水间，精神更加明亮的那个自己；是与更多优秀之人相遇后，思考更加多维的那个自己。每次出行都会看到更多或壮美或优美的风景，思想也愈加辽阔，于是，渴望下一次的诗和远方。而看过世界的人，在生活或工作中会更加谦卑豁达。

井蛙不可以语于海，夏虫不可以语于冰。让我们由《撒哈拉的故事》开始，读书、行走、遇见、思考，一步步向高向远，不断突破自己，从井底之蛙到行于陆地，再到星辰大海。从仰视、平视到俯视，拥抱无限深远的宇宙。

她叫阿勒泰李娟
——读《遥远的向日葵地》有感

有个找好书的窍门，当我看到一篇好文章的时候，一定会留意文章的作者，然后到图书馆或网络里检索这位作者写了哪些书，再找书来看。只要那篇文章是你喜欢的，那么他或她写的书一定也很好。

从《读者》杂志上看到李娟写的一篇散文，从文章最后标注的出处顺藤摸瓜，找到了她写的散文集《遥远的向日葵地》。看着开满葵花的封面，让我深深地喜欢，甚至联想到了凡·高的向日葵。

这向日葵也真是幸运的花儿，独特的气质，使它成为经典的承载者。

最新出版的《遥远的向日葵地》是李娟写作并发表在《文汇报》笔会的专栏——"遥远的向日葵地"的文字结集。作品中"遥远的向日葵地"坐落在阿勒泰戈壁草原的乌伦古河南岸，是作者母亲多年前承包耕种的一片贫瘠土地。作者记录了劳作在这里的人和他们朴素而独特的生活细节。

大凡好书都有个特点，就是读它时会忘记时间，可以迅速融入文字故事之中，恍若和它们一同经历，心灵激荡，同频共振。

李娟的文字为何让我如此痴迷？

也许是她笔下描写的与我们日常迥异的生活吧。她写的故事发生在距离我们天遥地远的新疆阿勒泰，有些遥不可及的神秘感。

不能说她描写的生活是美好的，这并非是我们向往的诗和远方，这个远方更多的是苦涩和艰辛，环境的粗粝，生存的艰难，播种的不易。包括的内容又大又小，

麦田在歌唱

辽阔悠远的地域，广袤的沙漠原野，这里的主人公却都是小人物，仅仅有"我""我姥姥""我妈""我叔叔"以及鸡鸭鹅狗。

就是这样简陋粗糙的生活却被李娟描写得生动无比。笔墨用得最多的是"我妈"——一位经历丰富、长于折腾的女汉子。种下的葵花地终于出苗了，却遭鹅喉羚一次次啃噬，不是旱灾就是蝗虫。但执着的"我妈"不言败不放弃，一次次种下希望，硬是让这片土地开出金灿灿的向日葵花！粗粝中有细腻，苦涩中有温情。

就是这样的日子，也一样过得热气腾腾。当她带着鸡鸭鹅狗骄傲地巡行在那片广袤大地上的时候，我知道，这位生活在底层、为生计奔忙的女子，也有她的高光时刻。热爱生活的人，这世界总会以各种形式给予她奖赏。

《牧羊少年的奇幻之旅》这本书里说，每个人生来都是有天命的。李娟是谁？她没有受过正统的高等教育，更别说中文系了，可是她却能将生活中的一切信手拈来，变成笔下生动有趣的文字，她写的书各种大奖拿到手软，被人们称为天才作家。

在《在荒野中睡觉》一文中，她把云写活了："我知道这是风的作品，想象着风在我不可触及的高处，是怎样宽广地呼啸着，带着巨大的狂喜，一泻千里，一路上被遭遇的云们，来不及'啊'一声就被打散，来不及追随那风再多奔腾一截，就被抛弃，最后在风的尾势下，被平稳悠长地抚过……这些云是正在喘息的云，是仍处在激动之中的云。这些云没有自己的命运，但是多么幸福……那样的云啊，让人睁开眼睛猛然看到，一朵一朵整齐地排在天空中，说'结束了……'让人觉得世界就在自己刚刚睡过去的那一小会时间里发生过奇迹了。"

看似漫不经心像云朵一样到处游移的思绪，竟被她紧紧抓住，妙笔生花地叙述下来，如此的鲜活生动，令人叹为观止。

我总是怀疑，她手中的笔是否被上帝吻过，文字有着婴儿般的纯粹，闪耀着自然的光亮。世界是奇妙的，也许她被派到那个地方，就是负责书写那片土地以及土地上的生灵，她的使命就是记述这些可爱的鸡鸭鹅狗、开满葵花的大地以及这土地上勤奋劳作的"我妈""我叔们"。

再次印证了人类之神奇——不论多么寂寥空旷之地，只要有了人，就会有动人的故事发生，便是一个生机勃勃的世界。作为平时也写点小文章的我，对这样的散文可能更敏感了些，特别喜欢那些偶尔跳出来的灵动句子，那些神来之笔，几乎在每篇文里都能看到，那么含蓄隽永，令人回味。

在《孤独》一文中，随处可读这样的小句子："真的再没有人了。在戈壁滩上，走一个小时也没遇到一个人。如同走了千百万年也没遇到一个人。不但没有人，路过的帐篷或地窝子也没有炊烟，眼前的土路上也没有脚印。四面八方空空荡荡。站在大地上，仿佛千万年后独自重返地球。关于地球的全部秘密都在风中。风声呼啸，激动又急迫。可我一句也听不懂。它拼命推我攘我，我还是什么都不明白。它转身撞向另一场大风，在我对面不远处卷起旋风，先指天，后指地。我目瞪口呆，仿佛真的离开地球太久。风势渐渐平息。古老的地球稳稳当当悬于宇宙中央。站在地球上，像站在全世界的制高点，像垫着整颗星球探身宇宙。日月擦肩而过。地球另一侧的海洋，呼吸般一起一伏。"

一个人如果一个人能把她的全部感受用文字表达出来，包括那些细微的、宏大的、柔软的、坚定的，该是多么幸福的一件事。没有宏大的叙事，却能直达心底。仿佛漫不经心，却能令人千回百转。

这是不是另一个三毛？一个瘦小孤单的背影，在寂寥的天宇下，在广漠的大地之上，与万物默默对话、深情拥抱，带领我们体验生命的卑微与浩大，尊严与光芒。

叫李娟的姑娘很多，她叫阿勒泰李娟。

麦田在歌唱

因为消逝而怀念
——读《古典之殇》有感

　　王开岭是我非常喜爱的散文作家之一。我的床前放着一本他写的《古典之殇》，想来已经有两三年了。这本书很独特，仿佛书里的文字都是有生命的，每次拿起来读它，总会有新鲜的感受，就像一部看不厌的电影、听不厌的歌。对我来说，读王开岭的这本《古典之殇》有两大收获，一是获得美学意义上的洗礼，二是获得精神意义上的洗礼。不论何时，翻开这本书读下去，就会陷入巨大的美的享受之中。全书共分四辑，我最喜欢第一辑和第二辑。这两辑很符合封面上的内容：自然美学卷。

　　他笔下的那些风物是多么令人着迷，又多么令人怀念啊！他写天上的星星，地上的流萤；写蟋蟀在堂，入我床下；写曾经的河流、水井和荒野；写天上的风筝，地上的草木；也写那些消逝了的校歌和人。

　　在诗意的文字里畅游，仿佛穿越回了曾经的美好时光。文字亦是极致的优美典雅，令人想到高贵的青花、宁静致远的国画和深不可测的星光。

　　他喜欢《诗经》，也大量地引用了《诗经》，因为《诗经》的时代一定是草木葱茏的时代，是他向往的原配世界，《诗经》里的风物生活在幸福安然的天地间，润泽着作家的心灵和笔触。他说："最美的水在《诗经》，最俏的女子在溪畔。""关关雎鸠，在河之洲。窈窕淑女，君子好逑。""蒹葭苍苍，白露为霜。所谓伊人，在水一方。"在他文字的天空中，那些巧妙嵌入的诗经楚辞、唐宋诗词，如星光般熠熠生辉，如花朵般灼灼泛光，读起来如若含英咀华，令人陶醉不已。

　　在我的印象中，即使是著名的作家，或是有几篇著名的作品，其他就乏善可陈了。

读王开岭的文章绝不会有这种感觉，文中的每一句话都能渗透到骨子里，那么深邃、精准、独到，找不到一句可有可无的废话，其语言的高度有令人难以企及的绝望感。

《河殇》里有这样一段话："河流一词，我惜的是个'流'字。流，既是水的仪表，更是水的灵魂。有次在朋友的画里，发现一条极美的河。我问，'你是怎么想象它的？'她说，'画的时候，我在想，它是有远方的水'。这念头太漂亮了。流水不腐，当一条河有了远方，有了里程，才算真正的河吧。水，在天为星，在地为溪。每一滴水，都有跑的欲望，哪怕一颗露珠。水的冲动，水的匀细，让古人发明了滴漏，收集光阴。河姆渡出土的陶罐，早期刻的是水波纹，后来是浪花纹、漩涡纹、海水纹……人类最初的美，是从水里捞出来的。"

可谓字字闪光，篇篇精彩，每一篇散文皆可以入语文课本。

读《古典之殇》这本书，除了美学意义上的享受，还能得到精神上的沐浴，借此洗刷心灵的尘埃，做一个精神明亮的人。让我们回望来路，清醒当下，努力找回生活的原貌。

《古典之殇》于我理解，就是怀念那些已经逝去的美好。这本书的副书名是纪念原配的世界。原配的世界大概就是世间本来的样子吧？然而，我们都知道，这个原配的世界已然变形，就像作者的诘问："谁还记得从前的世界？谁还记得生活本来的样子？"

曾几何时，我们是否忘记了曾经亲密相伴的清澈溪水、古老的水井、仰头可见的繁密星空……这些在我们的城市里再也难以见到。我们习惯了自来水、霓虹、沟渠以及看不到几颗星的天空。一切都是规划好的，再也没有仰望天空的惊艳，在河边溪边洗衣洗菜的场景已经成了遥远的回忆，我们的手已经有多久没有触摸自然流淌的水了？但愿，我们的心灵不要被水泥凝固起来，不要被规划好的一切锁住发现的能力和惊喜的快乐。

读这本书的时候，很是为自己感到庆幸，在那个原配的世界里，有我年少的时光、山水童年。沿着迤逦的文字，我一次次回到童年，回到记忆中的村庄。那些原初的云水风光仿佛在修复我的视觉和听觉。一想到这些美好的风物已经消失，内心就会涌起巨大的惆怅和忧伤。这就是美丽的乡愁吧。因为天然而珍贵，因为消逝而怀念。作者说："好东西都是原配的，好东西应是免费的。"而现实仿佛正在趋向它的反面。

麦田在歌唱

于是痛心疾首的作家在呼吁我们："如大自然般过一天吧，多闻草木少识人，日子你要一天一天过，春天来了，让事物回到它本来的面目……"

读这本书的时候，总感觉到作者隐隐的孤傲和忧愤渗透在文字里，那是因为"消逝"而疼痛；言语中亦有慈悲在闪耀，就像作家写的《那些消逝的歌》，耳畔依然有清脆的歌声在回荡，流连着无限的眷念和惋惜。而我在疼痛中依然对未来满怀希冀。

作家，你是否会有一点安慰？我尊重作者对现实的批判，这样我们可以对发生的一切保持清醒，知道我们的未来在哪里。确实，我们回不到从前了，故乡的风物回不来了，只能在新的格局上重建，重建一个更美丽的中国，只是需要时间。这一点，我比作者更有信心也更加乐观。

最后，我用这部书的封面推荐语结束这篇文章：这是一部唤醒记忆、修复现代感官和心灵美学的书，这是一部追溯古典、保卫生活、怀念人类童年的书。去看吧，它一定不会辜负你的期待。

旅行，是拯救人生的最好方式

——读《一个人的朝圣》有感

我看《一个人的朝圣》缘起于为阅疗小屋推送图书，由于发现自己之前推送的图书竟然都是与疗愈有关的国外经典图书，所以不知不觉地就给自己定位了。在找书推荐的时候，也是自觉地往这个方向走。

首先是被这个书名吸引了，第六感官觉得应该与疗愈有关，事实上确实如此。

这部小说讲述的是：哈罗德·弗莱，60岁，在酿酒厂干了40年销售代表后默默退休，没有升迁，既无朋友，也无敌人，退休时公司甚至连欢送会都没开。他跟隔阂很深的妻子住在英国的乡间，生活平静，夫妻疏离日复一日。

一天早晨，他收到一封信，来自20年未见的老友奎妮。她患了癌症，写信告别。震惊、悲痛之下，哈罗德写了回信。在寄出的路上，他由奎妮想到了自己的人生。他经过了一个又一个邮筒，越走越远，最后，他从英国最西南一路走到了最东北，横跨整个英格兰。87天，627英里，只凭一个信念：只要他走，老友就会活下去！

一部书看下来，虽然没有像看别的小说那样有很大的情绪起伏，却暗自惊喜：这本书简直像一座富矿，能引发深度思考，从中挖掘很多闪光的思想。有些看似平淡的叙述却能从中悟到很多东西。

这本书给我感受最深的是，人一定要走出去，不论年龄。而对于已经退出工作状态的人来说，行走的意义更大。

哈罗德是一念之下开始行走的。而正是因为他毫无攻略地行走，彻底打开了他的视界，让他重新审视了天空、大地、河流，还有脚下不曾留意过的花草，开启了

麦田在歌唱

新的生活。

一路上，他遇到了各种各样的人，各种各样的人生。或许是一段令他惊奇的故事，或者是一段话，促使他不断地反观自己的人生，反思自己的过往和行为，让自己的认知不断得以更新和升华。

就像哈罗德遇见加油站女孩。女孩听说他要看望患了癌症的奎妮的想法后，对他说："你一定要有信念。反正我是这么想的。不能光靠吃药什么的。你一定要相信那个人能好起来。人的大脑里有太多的东西我们不明白，但是你想想，如果有信念，你就一定能把事情做成。"这段话让哈罗德十分震惊。仿佛一道闪电划过大脑。他们本不相识，就是因为这个女孩的一席话，坚定了哈罗德行走的勇气。

87天，627英里，对于一个老人来说，并非易事，但凭着强大的信念，竟然实现了。就像评论里所说：从他脚步迈开的那一刻起，与他600多英里旅程并行的，是他穿越时光隧道的另一场旅行，那便是精神之旅。

一路上，哈罗德经历了被奚落、被质疑、被鼓励、被追捧，也有过筋疲力尽后的退缩，但最终在家人和朋友的支持下，终于看到了患病的奎妮，虽然结局并不美妙。

但哈罗德重生了，他不再是那个沉默、闭锁、毫无自信的老头，而是身体健硕、生气勃勃，他可以爽朗地大笑了。就连他的妻子莫琳也由当初的愤怒、怀疑到最后支持哈罗德继续前行，心态发生巨大变化，两人的关系也由僵持如陌路到相爱如亲人。

作为一个普通人，特别是退出工作状态的人们，最忌闭锁在家里，因为下来可能就是灵魂萎缩，被衰老迅速捆绑，在与时间的战争中，落败而逃。

走出来，哪怕看看天空的云朵，脚下的花草，也会鲜润你的灵魂。

作为花草控的我，还惊喜地发现小说中有这样的情节：哈罗德买了一本《野生花草百科》，这样他就能随时叫出那些花草的名字，将它们认作亲人。

最呆板的哈罗德竟然干了一件最浪漫的事。当他俯身观看花草的那一刻，我相信，他那僵硬的心一定会瞬间柔软起来。

与这部小说宏大的叙事相比，仿佛这一细节不值一提，但我却始终认为，热爱自然是与痛苦和解的最好方式。那一刻，他放下所有，与美好的自然相拥，他的表情一定是微笑的。

看，这就是走出去的意义，走出去，与陌生的一切拥抱，去碰撞，去感悟，去重生与升华，这是拯救人生的最好方式。走出去，世界会变，而你也将变成你想要的样子。

麦田在歌唱

遇见自己
——读《牧羊少年的奇幻之旅》有感

阅读疗法让我进入经典疗愈作品的世界，打开了我的阅读新领域。阅读它们，仿佛一束束光照进心的角落，那些茫然或混沌在阅读中逐渐找到答案，恍若洞开光明，令人心生喜悦。

这本书真的非常好看。奇幻之旅必然有超出现实的奇思妙想，那么让我们暂时告别平日的庸常，乘着想象的翅膀，在奇幻的世界里飞一会儿吧。相信你很快会走进满脑子怪念头的少年圣地亚哥的世界，跟他一起跨过海洋，闯过大漠、翻山越岭去探寻宝藏。

我还想说，这绝不是一本简单的奇幻小说，更像是一本哲理之书。似乎每一段里都有令人醍醐灌顶的金句：关于信念、天命、世界之魂、炼金术、宝藏等。读这本书的人都能从中撞见平时思而不得的问题，也能找到他们需要的温暖、方向与爱。

可写的东西太多，最引发我思考的是关于经历的话题。

这本书情节安排很独特，少年连续两次梦到金字塔附近有宝藏，由此展开系列话题，但是当他克服重重困难，终于到达埃及看到金字塔之后，却意外得知他所探寻的宝藏就在他平时牧羊的坍塌教堂里。寻宝的少年仿佛又一下回到原点。

但是这个少年早已不是出发之前的那个少年了。因为他在探寻宝藏的过程中，遇到了各种各样的人，比如，巫师、老撒冷国王，也遇到了骗子、水晶商人、寻找炼金术的英国人、少女法蒂玛、炼金术师等；历经了被骗，给水晶店老板打工、被叛军抓捕等波折。

也正是这些经历让他学会倾听自然的声音，找到了美好的爱情，看到了雄伟壮美的金字塔。更重要的是，他经由此学会了取舍，学会了感知世界之魂与思考人生；认清了万物归一的本质，体验到信念的力量，找到了属于一个人的真正的宝藏。

可见，人生贵在经历，经历是一个人最宝贵的财富。生活智慧来自经历，人生的感悟来自经历，你的人生是苍白还是丰富，均来自你的经历。经历是一个过程，人生也是一个过程，结果重要还是经历重要，人们往往重视结果而忽视经历。

想象一下，如果少年没有这一段经历，而是直接获得财宝，他将有怎样的人生？或许是平凡富裕的一生，或许是掩藏的悲剧。这让我想到那些突然中彩票的人，也许下一段人生不是光芒万丈的幸福，而是难以想象的结果。

在我看来，经历有三个核心要素，那就是读书、行走、遇见。

少年圣地亚哥是一个爱读书的少年，也正是这一点，让他没有听从父母的劝告，顺理成章地成为一个牧师，而是做了一个自由自在的牧羊人。每天都在行走的牧羊人，总能遇到各种各样的人以及各种各样的人生故事，这是让他满意的地方。而寻找财宝的天命，让他不断行走、遇见，这样的经历让他成为丰富而独特的自己。

读这本书让我想到，我们大部分人其实都是书中的水晶店老板，日复一日地做着重复的事情，不敢梦想，更不敢行动；或者有梦想，没有勇气行动，最终成为一个没有故事、乏善可陈的乏味之人。

至此，我们可以理解那些不断折腾的人，那些不断走出舒适区突破自己的人。那些经历让他们不断打开一个个窗口，视野越来越开阔。或许在这个过程中历经艰辛，但却能收获一个生动、鲜活、丰富的人生经历。

所以，我们一定走出去，在读书和行走中，在实现梦想的旅途上勇往直前。当夕阳西下，回首往事的时候，我们可以自豪地说："没有虚度人生！"

春天来了，春风十里不如读书的你，春风十里不如行走的你。让我们在读书与行走中，遇见风，遇见雨，遇见美人与美景。亲爱的朋友，我多么希望你读一读这本书，读过之后，你一定会认同我上面的唠叨。

让我们在经历中感知世界，在经历中认知自己，在经历中丰富人生，在经历中成就梦想吧。

有怎样的经历，就有怎样的人生！

麦田在歌唱

是什么遮蔽了我们的天空

——读《遮蔽的天空》有感

也许是年龄的缘故，心理承受力竟然越来越差，经不得悲伤，而所有疗愈类图书，都有一段悲伤浸淫其中。

《遮蔽的天空》亦是如此，其故事的内容和结局并不美妙，品读过程也并不愉快，但整部作品读下来，收获巨大。比如，我能感受到作者对文字以及故事氛围的超级把控能力，这种不可言喻的体悟是另一种形式的享受。

在默然的阅读中，可以感受70年前非洲沙漠略带神秘感的异域大漠风情，也会有种强烈的代入感，假如，我是这部小说的主角……，引发深刻的思考，这也许就是经典的魅力吧。

故事描写的是，三个富裕家庭的美国人波特、姬特和特纳去旅行。波特和姬特是夫妻，他们渴望通过这次旅行来恢复亲密的感情。

不幸的是，在空旷浩渺的沙漠中，他们逐渐迷失了自己，两人的关系反而更加疏远。旅途中的故事曲曲折折，令人唏嘘感叹。

波特所谓的旅行，留有战争的痕迹，确切地说，是在莫名的恐惧之下，慌乱地逃亡。最终，将年轻的生命驻留于浩渺寂寥的沙漠。

直到面临死亡的时刻，波特和姬特才意识到彼此深爱着对方，但为时已晚。姬特在爱人离世后，在无尽地逃避中，迷失于茫茫的大漠，不知所终。朋友特纳漫长地等待、苦苦地守候，终是等不来朋友的归程，在落寞中蹉跎岁月。

一段人生的旅程，呈现了我们难以想象的人生况味与形形色色的众生相。涉及爱情、婚姻、旅行、死亡、存在价值和人生意义等系列重大生命问题。

这部小说是 70 年前的作品，为什么现在又受到人们的关注和追捧？我想是因为它触到了当下社会的痛点：物质生活逐渐富足，而精神日渐萎靡空虚。

《怎样让人生变得有意义》的演讲者 Emily Smith（艾米丽·史密斯）在演讲中说道："现在的人们的生活水平变好了，应该更加享受生活才对，而现实却是有更多人感到无助、悲伤和孤独。"

物质的丰足也是一把双刃剑，有些人迷失了，不知所为何来，找不到生命的价值，试图通过旅行来化解。

希望在艰苦跋涉中，在良辰美景中找到真实的自我，寻求生命的意义。这也是"世界这么大，我想去看看"这句话受到热捧的原因。

旅行确是探索世界，寻找自我的最佳形式，但前提是必须根植于现实生活的基础上。旅行不是救治百病的灵丹妙药。

书中的波特和姬特的所谓旅行，意在逃避生活，逃避责任，有起点无终点，不知未来在哪里，就像一只脱了线的风筝，终究会迷失在自己的天空。

到底什么才是有意义的生活，书中没有给出答案，却留足了思考的空间，戳中了人们的痛处。

抚卷沉思，我常常想，怎样才算有意义的生活？我想没有完美的答案。

李银河说："从宏观看，人生是不可能有意义的，从微观看，人生可以自赋意义。"

在我看来，每一个生命的降生都是有意义的。从宇宙看，人生就是随机而来的生命体，从此地球增加了一个可爱的生命，如花草树木一般，令地球更具生机。也许多了一位仰望星空思索神秘宇宙，或望月而歌的人，这是多么美好。

从社会角度看，每一个小生命都延续了家族的传承，关于基因相貌，关于家族的希望和未来。

从个人的角度讲，所谓的人生意义，不过是找到自己存在的价值。而每个人的价值是不同的，没有完美的答案。

读余华的小说《活着》，你就会明白，其实活着本身就是意义。《牧羊少年的奇幻之旅》里说，每个人都有天命，用通俗的话说，每个人都身负使命。有人担负着国家的使命，承载着国家的未来；更多的人则是一个家庭的希望和未来，完成了自

麦田在歌唱

己的使命也就实现了人生的价值。或许也没那么复杂。

昨天看一位网友的微信朋友圈，颇受启发。她说："当我们纠结生活意义是什么的时候，或许吃一碗虾滑豆腐汤就明白了。"又说："做虾滑的确耗时费力，但当美味入口的那一刻，触感和味觉就得到了极大的满足。"

这说明了两个问题，生活的意义就在一汤一饭的烟火日子中，所谓既要仰望星空，更要脚踏实地；人生必须穿过必不可少的复杂性，担起该担的责任，处理必不可少的麻烦，而后获得短暂的快乐，就像书中所说：人生苦短，请多欢笑。生活大抵如此。

特别欣赏书中的一段话："死亡永远在路上，但在它悄然降临夺去生命的有限性之前，你不会真正意识到这件事。我们憎恨的正是这可怕的精准，可是正因为我们不知道，我们才会以为生命是一口永不干涸的井。然而每件事情都只会发生一个特定的次数，一个很少的次数，真的。你还会看到多少次满月升起？也许20次。然而我们却总觉得这些都是无穷的。"

这段话令人醍醐灌顶，也让我们深度思考死亡的意义：告诉活着的人，人生是短暂的，而我们总是想麻痹自己，把它想象成遥遥无期。

生命是多么珍贵，某些特定的场景，你或许只能经历一次；人生是虚无的，但生活是真实的。

人生就是在充满麻烦、困苦、平淡、喜悦等多种样态混合的时间之河上漂流、冲撞，最终走向生命的涅槃，无它。

人生永远不能抵达完美，这是确定无疑的，但可以拥抱美好，这已足够。就像本书封面上的金句：意识到人生虚无的人，比任何人都更渴望真实地活着。

与众不同的女孩

——读《傲慢与偏见》有感

《傲慢与偏见》是英国女小说家简·奥斯汀创作的长篇小说。

小说描写了小乡绅班纳特5个待字闺中的千金，主角是二女儿伊丽莎白。她在舞会上认识了达西，但是听闻他为人傲慢，一直对他心生排斥。经历一番周折，伊丽莎白解除了对达西的偏见，达西也放下傲慢，有情人终成眷属。

这是我最喜欢的一本外国名著，没有之一。具体读过几遍，我自己也不记得了。

最初的喜欢是来自书中描绘的异国风情。关于舞会，关于美丽庄园的描述，关于旅游，关于爱情，都是那么令人感到新鲜。

记得第一次读这本书是上大学的时候，从学校图书馆借来后，便迫不及待读完。

小说里关于伊丽莎白和舅父舅母同游彭伯里的一段，反复看了多遍。优美的庄园风光，激动人心的爱情，让我流连又留恋。也是从那时起，我才有了旅游的概念，有了对美好爱情的向往。

那时的我，是一个懵懂的女孩，对世界充满奇思妙想，迥异于现实的一切都令人充满想象。

再读时，又被简·奥斯汀轻松诙谐、幽默嘲讽又清丽优美的语言风格所吸引。相比于《简·爱》沉郁，我更喜欢这样轻快的喜剧风格。大概我读这本书的时候，表情一定很丰富，时常读着读着就笑出声来。

不得不说，作家对语言的掌控能力太强了，三言两语，人物形象或情境风貌就跃然纸上，仿佛穿越时空，置身于18世纪的英国庄园小镇，心境随着书中的人物悲

麦田在歌唱

欢离合，跌宕起伏。

故事虽然囊括的时空不是很广大，却能管中窥豹，乡村小镇的人生百态是那么生动鲜活，既有男欢女爱千回百转，也有家长里短一地鸡毛，傲慢也好，偏见也罢，最后都有了合理的解释，而结局也很符合中国人的口味，皆大欢喜。

这几天，为了给阅疗小屋推送作品，我再一次细读了这本书。再次感叹书中每一个人物形象都是那么鲜活，栩栩如生。

我喜欢简，她安静，温雅，善良，自是招人喜爱。那么伊丽莎白呢，性格完全不同于姐姐，却是我的最爱。

我喜欢她冰雪聪明，敢爱敢恨，又带一丝狡黠，活泼可爱。不论对谁，不谄媚，不从众，言谈举止发乎本心，即使是俊朗多金的达西也不例外。

正是她的这些与众不同，吸引了傲慢的达西。但是曾经抱有偏见的伊丽莎白面对达西的求婚并不领情，而是坚持自己的想法，尊严不容冒犯，给予严词拒绝。这促使达西不断解释、反思和补救，终于获得美人芳心，求婚成功。

逆袭的爱情引人入胜，令人荡气回肠。掩卷深思，不由得感叹：吸引与追逐是完全不同的效果和感受，做好自己，让自己成为发光体才是王道，正如现在的那句流行语：你若精彩，清风自来。这一点，恋爱中的女孩子最是应该警醒，交友也是这个道理。

我常常想，生在同样环境下的5个女儿，为何伊丽莎白独树一帜？除了先天的遗传因素，更源于她后天的热爱读书学习，却不是像玛丽那样死读书，小说中有多处提到这一点。同时她还善于观察，有思考力，而思考力是万力之源。

伊丽莎白并不完美，正像她自己说的，虚荣，听不得逆耳之言，并由此对人产生偏见。但也正因为如此，奥斯汀笔下的这个人物，格外真实饱满，令人信服。

读书、观察和思考让伊丽莎白思想独立，看人看事有自己的判断标准，不为别人左右。比如，当达西的姨妈凯瑟琳夫人蛮横地要伊丽莎白保证不与达西结婚时，伊丽莎白对这一无理要求断然拒绝。

她略显叛逆的性格竟在同龄女孩中分外悦目，熠熠发光，让人格外欣赏，这真是值得我们今天的女性思考和借鉴的。

读书使人思考，我常常想，这是描写18世纪的英国一个乡村小镇的生活，距今已经很久远了，为什么今天我们读起来仍然是常读常新，依然有着强烈的共鸣？这说明，世上之人对事物、对人的认知是有同理心的，不论古今，不分种族。也正因为如此，人类的文明、文化得以生生不息的传承。

读书真好，每一次阅读，都是一次时空的穿越。读小说、传记尤其如此。我们沉浸在不同国度、不同时代的场景中，暂时脱离现实，到别人的思想领地去驰骋，与书中的人物一同哭一同笑，去经历苦乐悲欢的人生，这是最方便、最直接的人生体验。

读一千本书就是一千种人生体验，多么好，这样的人生值了。

麦田在歌唱

拥抱生命的阳光
——读《生命的重建》有感

如果你足够幸运，那么，你会遇见《生命的重建》这本书。如果你遇见了《生命的重建》这本书，说明你的人生足够幸运！

《生命的重建》是一本经典的身心疗愈图书，是一部重新认识自己，创造理想生活的一部圣书。它曾帮助了千千万万人恢复身心健康，提升了生命质量，在阅疗领域享誉盛名。

多年来，这部书也一直在看顾着我的生命，照耀着我的人生旅程，引领我走在健康美好的世界里。在犹豫是否推荐这本书的时候，我做了一些随机调查，发现我身边的亲戚、同事、朋友竟大多不知此书。因此，我要将这部解放心灵、治愈生命的圣书带给更多的人，让他们也成为像我一样幸运的人。

在人生的流年中，我们经常被茫然、忧郁、内疚等负面情绪所裹挟。如何处理这些情绪，人生将走向完全不同的两面。那么，让我们来看《生命的重建》这本书吧。本书的主人公为我们展示了她谜一样的人生。她的前半生仿佛承受了一个女人全部的不幸：童年的她在飘摇与穷困中度过，自幼父母离异，少年时代一直受到凌辱和虐待。她后来逃到纽约，历经坎坷，成为一名时装模特，并和一个富商结婚，但14年后她又被丈夫所遗弃，已经够不幸了吧？然而癌症还是不放过她。如果在这样的境遇下还能站起来，那她就是个伟大的人！是的，她做到了。露易丝·海用她整个的后半生不断挣扎、探索，走向了喜悦和光明的重生旅程——接受自己的一切，爱自己，感知爱的力量，获得新生。

作为局外人，我们可以清晰地看到她的悲惨人生与幸福人生的来处：一个人的不幸很大一部分往往来自自己的认知，来自错误的思维模式。如果沉湎于抱怨、恐惧和自我压抑的氛围中不能自拔；如果你的潜意识固执地认为这就是你的人生；如果你自设篱笆，走不出否定自己的思维模式，那么，你的人生只能越来越糟。而露易丝·海的成功，正在于她能突破旧我，重新定位自己的人生，开始学会接纳自己、喜爱自己、感恩生命、热爱生命，进入生命认知的良性循环，终将所有的不幸甩到身后，自愈癌症，自愈心灵，走向光明的人生，创造了自己理想的生活。

我特别喜欢书中的一段话："在我广阔的人生中，一切都是完美、完整和完全的。我总是被神奇的力量保护着、引导着，我体验每一个美好的时刻，而且我知道我的将来会充满阳光、喜悦和安全的。因为我是宇宙中一个可爱孩子，这世界乐意照顾我，现在和永远都是这样，我的世界里一切都好。"

1984年，露易丝·海的代表作《生命的重建》出版，很快就译为25种文字，在35个国家和地区出版，截止到2002年，英文版已71次印刷，销量2000万册。至今，《生命的重建》仍在世界各地热销不衰。1985年，露易丝·海创建了名为"海瑞德"的艾滋病救援组织。她还建立了"Hay基金会"和"露易丝·海慈善基金会"，帮助和支持艾滋病患者，被虐待妇女和社会最底层的穷苦人。她每月1期的专栏《亲爱的露易丝》发表在美国、加拿大、澳大利亚、西班牙和阿根廷等国家的50多种出版物上。露易丝·海帮助了千千万万人进入了新的、美好的健康状态，改善了生命质量。这位伟大的女性被世界各地的媒体亲切地称为"最接近圣人的人"。

那么，还有什么犹豫呢？拿起这本书吧，勇敢地面对自己的内心，接受自己的一切！坚信你值得享受这世间繁华！让喜悦、爱、感恩、光明这些正能量词汇成为你眼前盛开的花朵，成为环绕你生命的阳光，你的美好人生就此打开了！

你会惊奇地发现，改变自己也是改变他人的唯一方法。改变你的认知模式，你会发现他们也不一样了。爱的能量会吸引同样有爱的人聚集在你的周围，接受改变，就会成就所向往的一切。那些蓬勃向上的思想，心灵的力量，意识的能量才是拯救并重建一个生命的源泉。

露易丝·海的人生探索仿佛印证了吸引力法则的正确性，吸引力法则其实就是

麦田在歌唱

我们所说的心想事成，就是天助自助者。这部书的核心思想与我国明代心学大师王阳明的理论不谋而合。

我最喜欢关于王阳明的一个小故事。

有一年，王阳明和朋友到山间游玩。朋友指着岩石间一朵花对王阳明说："你经常说，天下一切物都在人心中。这花自开自落，与我心有何关系？"王阳明回答说："你未看此花时，此花与你心同归于寂。你来看此花时，则此花颜色，一时明白起来。便知此花，不在你的心外。"无论身处何种时代，没有人能替你看顾你的内心。唯此心光明了，世界便一同光明起来。

来，让我们一起走进书的世界，重建生命，走进光明！

不能重来的人生

——读《重返19次人生》有感

寻一本好书不容易。当我在网上寻寻觅觅的时候，偶遇了《重返19次人生》这部小说。它一下子吸引了我，这是怎样一部书呢？封面的推荐语是：这是一部令整个英国为之落泪的心灵治愈小说。

在图书馆工作的我很少买书，但这本书却让我迫不及待，我让女儿帮我从网上买下来。当我拿到这本书时，便怀着急迫的心情，一头扎了进去，看它千回百转，看它山重水复。

这是一部思索爱与人生、得到与失去的人性治愈力作。故事讲述了38岁的柔伊为追求美满的婚姻，多年来积极备孕却屡次失败，身心备受折磨的经历。这让深爱她的丈夫艾德痛苦不堪，婚姻一度濒临崩溃。一个寻常早晨，他们大吵一架，艾德摔门而出，却没想到，这竟是他们生命中最后一次对话。

艾德在车祸中丧生。柔伊悲痛欲绝，昏迷后醒来，发现自己跌入时空交错的世界，一次次重回过去，重新与艾德相遇相爱：18岁，她和他初遇；24岁，他们相爱；28岁，他向她求婚，他们怀着美好的憧憬进入婚姻。

柔伊的每次重回过去都是以现在丰富的阅历和成熟的心智去审视过去所发生的一切。在不断地经历和反省中，她恍然明白是生活的琐碎、怀孕生子的焦虑等，消磨了他们珍贵的爱情，使两个相爱的人渐行渐远。19次重逢，让她一次次确信，他们内心依然深爱彼此。

然而，艾德还能回来吗？这是一个发人深省的故事。

麦田在歌唱

这本书的作者和故事的主人公都是女性，女性的视角于女性读者来说，更具有强烈的代入感。柔伊经历的一切，常常触及我心中最柔软的部分。读时，我常常握卷沉思，或环视家人，看他们即使平淡的表情，此刻也是如此生动。看着书中悲痛欲绝的柔伊，平日里那些欲望便低了下来，想着，只要与亲人们平安健康地生活在一起，其实已是极大的幸运和幸福了，不是吗？

如果想弥补什么，一切都还来得及。不至于像柔伊那样，只能在时空交错中去反思，去试图抓住曾经视若平常的美好，甚至想去改变结局。其实，柔伊还算幸运，作者还能想象着让她穿越回去，再体验一番，而平常的人生，失去了就是失去了，只能在回忆里哀伤。

但是，我们不同，一切都还来得及弥补，即使有过遗憾和追悔，这是多么好啊！然而幸运如我们，却经常体会不到，经常不自禁地陷入抱怨、责怪的怪圈，正所谓"生在福中不知福"。

人们常常感慨"人生若只如初见"的美好，其实，如果我们把每一天都当作初见岂不是更好？时间也具有双面性，有时它让我们觉得来日方长，麻痹我们的感官，有时又会给你一个猝不及防，让你感叹人生短暂，就像艾德突然离开。

平常的一天，你觉察过美好吗？是否珍视与亲人在一起的每一天？

现实中，我们常常把很坏的脾气和很糟糕的一面给了亲近和爱的那个人，却不自知。我们也曾经说过，珍视身边人，然而这句话常常变成语言的肥皂泡，好看却瞬间忘却，消失在琐碎的日常之中。柔伊最深的痛是否触动了你的心灵？除了落泪和感慨，是否有反思和觉悟？

浩瀚的宇宙中有一个小小的星球，这个美丽的星球上有无尽的生命，其中，恰好有一个你，恰好有一个我，不知怎样的机缘，我们千里相会走到一起，这是何等的幸运和美好。

那么，当下，就在当下，让我们重新审视我们的生活，拾一地鸡毛，抛却抱怨和不满，用真心的爱，融化心中那些大大小小的块垒；用一句暖心的话语、一个默契的眼神、一张春风般的笑脸，来拥抱每一个珍贵的日子和我们的亲人。

如果有过遗憾和追悔，那么请你像柔伊一样，试着与自己和解吧，这是重获爱与新生的唯一路径。

一部堪称经典的书，大多能起到升华思想，净化灵魂，指点迷津的作用。《重返19次人生》则提醒我们抓住并珍惜那些曾经忽视的美好，过好当下每一天。

让我们成为阳光，播撒温暖，深情地爱吧！

麦田在歌唱

热爱生命
——读《活出生命的意义》有感

去丰南图书馆看书，浏览书架的时候，偶然发现了《活出生命的意义》这本书，便立刻抽了出来。说实话，作为一名图书馆人，每天在书海里劈波斩浪，眼光历练得十分苛刻。我之所以从万千书中选它出来，是因为之前写过两篇关于生命意义的文章，所以格外关注这个话题。

虽然此书的书名鸡汤味较浓，然细读之后，发现又是一本经典著作。作者是位精神科医生，是亲身经历了那种地狱般九死一生的恶劣境况存活下来人。残酷的经历以及专业研究让他深刻领悟了生命的意义，这对我们如何寻找生命的意义、活出生命的意义，有着巨大的警示和启迪作用。因此，在这里隆重推荐给我的朋友们。

这是我第二次触及生命的意义这个话题了。说实话我担不起这么重大的命题。但我们可以触类旁通，用别人的经历观照自己的生命历程，看到更多不曾看到的，思考更多不曾想到的，从而提升自己，少走弯路，活出个性，活出风采，留下痕迹，岂不更好？

让我们来看看这位作者维克多·弗兰克尔，犹太人，历尽劫难的他不但超越了这种炼狱般的痛苦，更将自己的经验与学术结合，开创了意义疗法，替人们找到绝处再生的意义，也留下了人性史上最富光彩的见证。

有这样独特经历和学术经验的人跟我们谈人生是不是非常让人动心呢？

其实每个人都想知道自己存在的意义，只是我们有意或无意地将它忽略，不善思考是我们的通病。

我们都可能有意无意地探寻生命的意义，而书中说：人不应该问他的生命之意义是什么，而必须承认是生命向他提出了问题。生命对每个人都提出了问题，他必须通过对自己生命的理解来回答生命的提问。好吧，不管是探寻生命的意义还是回答生命的提问，其实都是直面如何展现生命的过程。

生命中有快乐也有苦难，所谓苦辣酸甜，五味人生。快乐点亮自己，感染他人，展现生命的美好，人人乐于趋之。而本书重点讲述的是意义疗法，使身陷困境的人如何摆脱绝境，重获新生。

本书最打动我的是对于苦难的认知。我们每个人活在世上，都不可避免地背负一些苦难，如何看待苦难在生命中的意义，是每个人都应该认真思考的。

对待生命，我们只能担当起自己的责任。哪怕是一段狗血的经历，也许是命运的一个暗示，也许是将你从某种混沌中打醒的一根棍子，也许在将来的某一天，你会感谢这段不堪的经历，为你打开了通向世界、找到自己的一扇门。

每一个来到这个世上的生命都身负使命，这个使命是他人无法替代的，并且你的生命也不可能重来一次。不要说一个人在社会上的存在价值，单单就你的家庭来说，你的儿子或女儿的角色，你的父亲或母亲的角色，别人都无法取代。因此，每一个人的生命都有着重大意义，那些不珍爱生命的人，都被斥责为不负责任。

生命历程中，你遇见的每个人、每件事都不是偶然的。紫陌友在微信朋友圈发了一幅秋寒中一朵小花的图片，并附言说：每每看到这个季节的小花，都油然心生怜意，问花儿，你的娇颜怎抵这寒冷风刮？叹你只能刹那芳华，我可不可以带你回家？你看，秋末的一朵小花，让我们心生怜悯，触动我们呵护弱小的善意，这就是它开放的意义。

生命，不单单指人的生命，万物皆有生命，每个生命都有它存在的意义。

无数颗绿植点染大地，让地球生机勃勃；无数朵花儿开放，让我们的生活如此美丽。没有植物相伴，人类也将枯萎。而石头是也恒久的生命，那些刻在石头上的生命，万古长青。

生命的意义也并非高不可攀。一朵花，开放就是它的意义；一棵树，成长就是它的意义；一个人，活下去就是他的意义。对于那些身处困境中的人，没有比活下去更重要的意义了。

麦田在歌唱

寻找生命的意义,活出生命的意义,活出人生好样子,是我们探索生命意义的意义。

也许看到这本书,传播这本书也是我的使命,希望假我之手,让更多的人看到这本书,并及由此书,更加热爱生命!

幸运的小豆豆

——读《窗边的小豆豆》有感

以前有朋友推荐过《窗边的小豆豆》这本书，知道是一本很好看的书，但一直没有机缘得见。今年夏天，在逛书店时，偶然看到它，被它粉色的封面和可爱的小豆豆的形象吸引住了，便立刻将书买了下来。

而当我阅读这本书的时候，竟再一次被震撼了。说实话，好久没遇到能让我如此投入和沉醉的书了。

我是在路上坐着车读的。很奇怪的是，我平时坐车读书会晕车，但这次好像是忘记了晕车。我也从没有想过作者能写出如此既活泼有趣又有深刻内涵的著作，而且这是作者真实的童年经历。

作者黑柳彻子女士，童年的时候，是一个非常顽皮，对万事万物都感到好奇，而且也非常善良的一个小女孩。这个顽皮是超乎寻常的顽皮，让老师接受不了，以至于竟被劝退学。

怎么个顽皮法呢？比如，在连学生写字的声音都可以听见的安静的教室里，小豆豆会突然跑到窗前与燕子聊天，惹得全班同学哄堂大笑；她还喜欢把抽屉的盖子反复开开关关；还有的时候，正在上课呢，她看到从窗边走过的宣传艺人，就会和他们打招呼，或者让他们表演节目，老师上课经常被打断。老师的头疼是可以想见的，任何一个家长遇到这样一个经常被告状的孩子，都会十分无奈。

然而幸运的是，小豆豆遇到了一位好妈妈，她知道怎样保护孩子的自尊心和自信心。她努力为小豆豆找到一所适合的学校。而更幸运的是，小豆豆还真的遇上了

麦田在歌唱

一位非常有耐心、非常懂孩子、非常懂教育的校长——小林宗一。这个校长还建了一所符合他自己心愿和教育理念的巴学园。

就这样，小豆豆来到了与之前学校完全不同的巴学园。太奇怪了，教室是由六辆电车组成的，这让小豆豆觉得很新奇，也很感兴趣。最让人惊奇的是这位与众不同的小林校长。

小豆豆第一次见到小林校长的时候，小林校长将她妈妈支了出去，然后就听小豆豆狂讲了4个小时的话，没有一点不耐烦！想想吧，4个小时，不要说是校长，我们家长有几人能听孩子讲这么长时间的话呢，半小时也不能吧？早就不耐烦了。就是因为这一点，小豆豆喜欢上了小林校长，感受到了小林校长对她的尊重。

其实小孩子和大人一样，也是有强烈自尊心的、非常敏感的，能感受到别人对他的各种情绪。这个奇特的校园和这位懂得孩子的校长，让小豆豆逐渐尝到了被认可的滋味。虽然有一次次淘气的经历，但是她没有被当作异类，而是被正常接受。

这段难忘的经历，让作者黑柳彻子的童年回归为人们认可的所谓正常状态，让一般人眼里怪怪的小豆豆逐渐变成了一个大家都可以接受的孩子，并奠定了她一生的基础。后来，黑柳彻子成为非常优秀的电视节目主持人、作家。

我觉得，作为一个孩子，最痛苦的不是物质上的匮乏，而是不被大人理解和尊重。小时候，我感受最深的就是大人们不能把孩子与大人同等对待。比如，孩子打破了一个碗，不论是何种原因，大人们通常连问也不问，上来就是一顿严厉的呵斥，甚至是暴打一顿，从来不听孩子的解释。如果是大人打坏了东西，就会什么事也没有，顶多有点不好意思而已。所以小时候我总是对大人很有意见，替小伙伴们鸣不平。好在，我很幸运，我的父母从来没有打骂过我们。

幸运的小豆豆，遇到了好妈妈、好校长、好学校，从此开启了她幸运的人生。

为什么说小林校长是一位特别好的校长呢？因为他懂的保护孩子的自尊，懂得尊重孩子的天性。比如，开运动会时，小林校长会设置特别的项目，让有缺陷的孩子也体验到拿冠军的滋味，从而增强他们的自信，并逐渐突破心理障碍。

通过"山的味道、海的味道"、散步、请农民讲授庄稼的种植过程等有趣的环节，将孩子们的目光引向大自然，实现教育与自然生活相融相谐的理念。这种通过自然引导的方式向孩子们渗透知识的方法，非常值得我们学习。这也与我国著名教育家陶行知先生的教育思想不谋而合，他的学校也充分体现了"生活教育"的思想。

　　作为孩子家长，最希望孩子遇上一位好老师；而孩子最幸运的一件事也是能够遇上好老师。老师会奠定孩子一生的底色和基调。那底色是灰白的还是多彩的，对孩子的一生将有着重大的影响。

　　所以我给予孩子们最大的祝福，就是希望他们都能遇到"小林校长"，但这是多么难啊！

　　这确是一本非常有价值的书。语言生动鲜活，故事活泼有趣。读时，常常不自禁地笑，而笑过之后是深深的感悟和思考。

　　希望我们的家长们、老师们都来读这本书，有更多的豆豆妈和小林校长出现，这将是孩子们的幸运，也是教育的幸事。

麦田在歌唱

出发，让我们重新热爱生活
——读《外婆的道歉信》有感

偶然从《读者》杂志里看到一句话：要永远年轻，永远热情，永远不听话；要大笑、要做梦、要与众不同；人生是一场伟大的冒险。看到这句话时，我一激灵，仿佛是混沌中的一道光，仿佛是在茫然的行路中突然看到一片奇异的景色，好刺激。我仔细看了看，这句话出自一本书——《外婆的道歉信》。

来不及购买，赶紧百度。原来，《外婆的道歉信》这本书已经出售了40国版权，受到世界读者追捧。原来已经火遍全世界！仔细看下来，果然不同凡响。

在《外婆的道歉信》中，作者巴克曼描述了一个7岁的早熟少年爱莎与一个70多岁的疯狂外婆的故事。7岁的爱莎有个古怪又疯狂的外婆，她会埋伏在雪堆里吓唬邻居，把重要的事情记在墙上因为墙不会丢，半夜从医院溜出来带着爱莎翻进动物园，在阳台上用彩弹枪射击推销员，基本上想干什么就干什么。这个四处惹麻烦的外婆却是爱莎唯一的朋友，也是她心中的超级英雄。不管什么情况下，外婆都会站在爱莎这一边，为了她去跟全世界拼命。

就算是超级英雄，也有失去超能力的一天。外婆不幸得了癌症去世，留给爱莎一项艰巨的任务——将外婆的道歉信送给她得罪过的9个邻居。收信人包括一只爱吃糖果的大狗，一个总在不停洗手的怪物，一个管东管西的烦人精和一个酗酒的心理医生。这一趟送信之旅让爱莎渐渐发现外婆和邻居们的故事，比她听过的所有童话都更加精彩。

当然，7岁的爱莎也不是一个平常的小孩，她过于早熟与聪慧，没有什么朋友，她的最爱是：外婆、《哈利·波特》全套以及维基百科。她不懂就查维基百科，从不求助他人，除了她的外婆。这一老一小真是一对小可爱呀！

我常常被这个外婆不按常理出牌的疯狂行为惊到，这也是深深触动我的地方。

可是，细想一下：我们是不是太中规中矩了呢？我们大多数人行为规范，循规蹈矩，却也把生活过成了一潭死水；我们很少犯错误，却也没有激情，面无表情，始终如一。"把自己装在水泥壳子里""装在套子里的人"原来是我们自己。

看书的时候，我时常忍不住笑出声来，这位过分活泼的外婆70多岁了，还有天真气、孩子气，还是长不大的样子，活生生是位老儿童啊！我竟有些羡慕，这样洒脱恣意地行走在人世间是需要勇气的，最是真性情，大概只有少数人能做到吧。大部分人都是循规蹈矩、默然从众的。所以，这个活成孩子眼里的超级英雄的外婆是多么让人艳羡；所以，这本书震撼了我的心灵，如果愿意，它也将激活我们的生活，让我们重新热爱生活，这正是本书的意义所在吧。

也时常被这位老儿童的金句颠覆自己的认知。大笑、做梦、冒险、与众不同，这是多么诱人的人生啊！

我们这些平常的人是不是也该冒一点险呢？冒险必将引发心灵的动荡，让沉闷的生活掀起波澜，一个不一样的世界很快就会到来。这个冒险也未必是即刻背起背包奔赴撒哈拉，也不一定是像这位可爱的外婆一样埋伏在雪堆里吓唬邻居，而是每天让自己的生活新鲜一点点，突破自己一点点。可以是每天用心打扮一下自己，或者去同一个地方尽量走不同的路，给自己一个新鲜的体验。

可以尝试自己没做过或者以前没有勇气做的事情，哪怕是纸上出发，比如，练习写作、绘画、学一样乐器等。

其实生命的核心是体验，而种种体验确实有冒险之嫌。我想，只要是合法的冒险，都像是给生命洒下的甘霖一样，能打开我们蜷缩已久的心，让生命的枝杈从框子里探出头来。

既然是冒险，那就无须拘泥于别人的目光，无须限制自己的空间，无须压抑心中的梦想。人生苦短，尽量让自己变得与众不同吧。

活得生动、与众不同是生命赋予我们每个人的使命。过一个鲜活的人生，活出自己的人生才是真正的伟大。

麦田在歌唱

目前，我的激情还停留在纸上，而我的朋友"星月夜"已经跑到爪哇国潜水去了。我也该出发了吧。

我由衷地喜欢《外婆的道歉信》这本书，7岁的爱莎有我童年的影子，70岁的外婆是我努力的方向。因为我也是外婆，希望自己也能活成别人眼里过分活泼的外婆。让我们从此大笑、做梦、冒险、与众不同！好的，出发，让我们重新热爱生活！

地球的美好时代

——观《流浪地球》有感

最近关于科幻电影《流浪地球》的评论可谓铺天盖地，热潮汹涌。但是，如果我只看评论，不看原著和原片，到底是底气不足，隔靴搔痒，所以假期里带老爸去看了这部电影。

不用说，那特效确实震撼，人物情节也可圈可点。看过电影后再看那些评论，又有一番新的感悟。

但是我发现所有的评论都没有说出我观影之后一个最强烈的感觉，或者说我的感觉所有的评论都没有说，也可能是我没有看到吧？在这里，我不想说科学、幻想以及令人震撼的特效。

不知看完《流浪地球》后，从影院出来的各位有何感受。我的反应是这样的：从影院里出来后，定了定神，有意识地呼吸了一下，虽然空气不是很新鲜；抬头望向天空，那一天运气真好，蓝天上还有游弋的白云；想一想，不久之后的春暖花开，我想大喊一声：这真是地球的美好时代，这个时代的人类太幸福了！

对，这就是我当时的真实感受！

回想一下电影里的场景，那时的地球已经进入流浪时代，地球表面已经是可怖的冰封雪裹，虽然也有杭州之类的地名出现，但早已面目全非；有幸的人才得以生活在地下之城。除了人，没见到一棵植物。

今天我们看似特别普通的生活，都是那个时代的人们最美好的记忆。我想那个时代的人们，一定会将我们的时代称之为：地球的美好时代！对了，他们把我们这个

麦田在歌唱

时代称之为：前太阳时代。

前两天，我又读了《流浪地球》的小说版，第一段就再现了我看电影时的感受。

"我没见过黑夜，我没见过星星，我没见过春天、秋天和冬天。我出生在刹车时代结束的时候，那时地球刚刚停止转动。地球自转刹车用了42年，妈妈给我讲过我们全家看最后一个日落的情景，太阳落得很慢，仿佛在地平线上停住了，用了3天3夜才落下去，当然，以后没有'天'，也没有'夜'了，东半球在相当长的一段时间里（有十几年吧）将处于永远的黄昏中，因为太阳在地平线下并没落深，还在半边天上映出它的光芒。就在那次漫长的日落中，我出生了。"

你能想象吗？由于地球衰老造成的极寒天气，不穿特制服装，一个大活人可以秒变冰棍！而小说中的描述更加丰富："生活在地下城的居民们，要面对地心岩浆流的突然来袭，来不及逃避的人，秒变气体……"

我们现在的习以为常，却是那时人类的终极梦想。人类再也见不到太阳，感受不到光线的温暖，当然也没有蓝天白云；体验不到春天到来时的欣喜，夏天生长的绿色蓬勃，秋天收获的喜悦和五彩斑斓美景。人们蜷缩在地下之城，度过暗无天日的时光，唯有靠信念的力量支撑着生存下来。

当然，那时候或是早已超越5G、6G，已经是NG时代了，人们也许可以靠科技的力量来体验我们现在的时代，但毕竟是模拟而不是真实的感受。

也许，你觉得我说得很可笑，这不是现实版的杞人忧天吗？这仅仅是科幻电影啊！

是的，对于科幻作品，有的人角力于科学，执着于某些细节，有人沉醉于玄幻而极具震撼力的特效。但我想说的是，《流浪地球》这部科幻电影还有一个巨大的附加值，或者说福利，就是告知人们：要热爱科学，从某种角度上说，科学引领人类的未来。但更要珍惜我们的地球，珍惜我们眼前看似普通的生活，珍惜我们现在拥有的一切。

人类的天性常常是在失去的时候才真正地悔悟和警醒。科幻电影中展现的一切，虽然不是真实发生的，但毕竟有一定的科学依据，因此拥有巨大的警示作用。

没有比较就没有伤害。当我们享受着春花秋月、雨雪霏霏、长河落日、碧草连天、山高水长、大海滔滔这样的自然风物时，当这一切对我们来说都是平常，想一想，我们的生活是多么奢侈和幸福。

现在，当你走在路上，是不是感到太阳光线渐渐有了温度，风儿已然拂面不寒？突然发现，玉兰树枝头的花苞正欲呼之欲出了；蹲下来，仔细看一看，枯草的下面已然冒出羞涩的青芽，春天的脚步越来越近了。

回想着电影中极寒的场景，想象着小说中永远不见阳光的地下城的人们，以及面临的一次次危机、困境和苦厄，每一次都事关生死，甚至连爱情，这样的人类永恒的主题也已经不在生活的视野，更不要提我们心心念念的"钱"！比较之下，我们现在的生活是多么好！

写完这段文字，看向夜色阑珊的窗外，虽不见星光，但万家灯火令人心安。我的亲人们已安然入睡。阳台上，隔着灯光，看娇憨呆萌的多肉仿佛在悄悄低语，五瓣梅和长寿花正开得热烈。

麦田在歌唱

梦想时刻
——观芭蕾舞剧《天鹅湖》有感

　　生活中总是喜怒哀乐轮流登场。这不，前几天，我又实现了一个小梦想：在家门口看了一场高端的芭蕾舞剧《天鹅湖》。

　　早就听说过这样一段话："如果一生只能看一部芭蕾，那一定是《天鹅湖》！"重点是由俄罗斯芭蕾舞团表演的！朋友们可以想象我激动的心情吧！

　　其实，这个小梦想发端久远。

　　小的时候，特别喜欢看电影，那是乡村唯一的娱乐。国内的故事片不少，偶尔也会放映外国电影。有一部电影印象特别深刻。应该是电影《列宁在1918》里面穿插了一个特别的场景，就是小天鹅舞。至于为什么有这个镜头，电影情节早已忘记。但就是这一段天鹅舞，惊呆了那个小小的我！

　　当时的环境，乡村的小女孩，哪里见过这个？当时就是感觉那么美，那么美，狠狠地击中了我小小的心灵。

　　从此，一棵美的种子就埋在了心里。然而，当时还不敢梦想着看一场芭蕾舞。真正有这个梦想还是在十多年前。因为这一段小天鹅舞太经典了，经常出现在各种文艺晚会中。什么时候，我能看一场完整的《天鹅湖》芭蕾舞剧呢？我心中常常发出这样的疑问。

　　多少年来，这个梦想时而清晰，时而遥远，却不曾忘记，总是心心念念。实现这个梦想，似乎不难，却又很难实现。因为在以前，看这样一场芭蕾舞剧，只能到北京等大城市去看。要看好场次，要住到那个城市，要买票，要协调各种时间。总之，这个愿望总是像风一样，在我心中缭绕着，却一直没有实现的机会。

2017年年末，我到市图书馆开年会，从图书馆开完会到酒店去吃饭时，路过唐山大剧院，正巧看到墙上贴着广告。大意是：俄罗斯芭蕾舞团来唐山演出，时间是2月13日。也就是腊月二十八。

我一下子心跳加速，难道在家门口就能看到这么高端的芭蕾舞剧吗？难道我的梦想要实现了吗？也是机缘巧合，今年不用回保定老家过年了，所以这个梦想很有可能要实现了。

于是开始在各种微信群里呼朋唤友，召唤大家一起去看。在此，特别感谢老周和朋友们。其实，如果我一个人，就算是有时间也难以实现这个愿望。因为大剧院离市区毕竟很远，回来的时候连车都打不到啊！

非常惭愧，大剧院的大门已经敞开很好几年了，可我却是第一次到这里。这一次，我为梦想而来。坐在恢宏的大剧院里，心里确实激动不已。

我像春天枝头上早开的那朵花，骄傲地巡行着后来的花开。看晚来的他们急匆匆找座位，我则笃定安然地观察着这个大剧院：真的很高大上，舞台上方的电子屏，不停地循环播放消息，俄罗斯芭蕾舞团这几个字让我尤其激动。

难以想象啊，当年那个在山坡上与野花为伍的女孩，那个望着天空的白云，做着梦的女孩，那个认为梦想遥不可及的女孩，今天竟然要实现她的梦想了。

灯暗了，大幕要开启了。我又巡视了一下全场，竟然座无虚席。大幕还未拉开，磅礴的音乐先声响起。多么熟悉的音乐呀！我忽然想起，20世纪80年代初，那个电台广播兴盛的时代，收音机里经常播放柴可夫斯基的《天鹅湖》，原来如此，原来我与《天鹅湖》早已结缘。

我急切地等待着舞者们旋转而出。

终于，大幕拉开了。如精灵般的舞者们出场了，大剧院里氤氲着森林和湖水的气息。人们屏息凝神，把自己融进了异域的舞蹈世界。大幕拉开又合上，一场又一场，掌声响起来，小丑滑稽地招呼人们，让掌声更热烈一点。

对于芭蕾舞天鹅湖，也许我说不出特别专业的评语，我只能用梦幻般的美好来形容。小天鹅出场特别唯美，梦幻场景、仙仙的白纱裙、童话情节，都恍如仙境，美轮美奂。

麦田在歌唱

典雅优美的音乐,挺拔轻盈的身姿,旋转跳跃,爱情、善恶、美好……向我汹涌而来。不亲历现场,永远感受不到那种深入骨髓的美的体验。

芭蕾,人类追求极致美的一种表现形式。很难想象,用足尖旋转出来的故事,如此打动人心,音乐尤其震撼。

俄罗斯、芭蕾舞、柴可夫斯基,交响乐……梦想的世界,如此美好!

一边观赏着《天鹅湖》,一边浮想联翩。

我想表达我深深地感恩。

我能坐在这恢宏的大剧院里,欣赏着高雅的艺术,是不是应该感谢我们这个和平、安宁、富足的国家和我们所处的这个时代?也许有人会说我矫情。如果认真地想一想,世界并不安宁,有多少地方处在战火之下,而我们的岁月静好并非凭空而来,有多少人为此负重前行,我们是不是应该感谢他们?

如果有机会,女孩子们要学习艺术。

我现在知道,为什么跳芭蕾舞的女孩气质那么好!她们高高昂起的头,天鹅一样优美的颈项,轻盈的身姿,每一个眼神、每一个姿势都是那么自信,才艺和气质是孪生姐妹,与其羡慕别人,不如成就自己。

要努力为自己谋划梦想,实现梦想。不要吝啬为自己谋划梦想,因为说不定哪一天就实现了呢。而且有些现实确是超越了我们的梦想。

流着鼻涕追汽车的那个傻傻的小男孩,今天竟然开上了汽车,这是当时的他绝不能想象的。小时候将穿裙子当作梦想的我,今天可以任意穿我喜欢穿的裙子,这也是当时的我难以想象的。所以多给自己设定一些梦想吧,有梦想才有目标,有梦想并且向着这个目标努力,我们的人生才有滋有味有意义。

实现一个梦想,就是一片花开,一路梦想花开的生活,不正是我们期待的美好人生吗?

记忆中的一道彩虹

——观歌舞剧《红色娘子军》有感

大剧院里,红色娘子军连歌响起的那一瞬,仿佛一股巨大的潮水袭来,将我深深地湮没,每一个细胞都打开了,那种巨大的撞击力、震撼力让我不能自持,瞬间热泪盈眶。

20世纪七八十年代是广播电台的黄金时代。那个时候,大喇叭里、收音机里,几乎每天播放一些经典的曲子。其中,《红色娘子军连歌》《万泉河水清又清》等歌曲几乎天天播放,太熟悉了!这些优美的歌曲陪伴着我长大。

融入血液里的乐音,在身体里潜伏了好多年,那一刻,突然都醒了过来。《红色娘子军》是童年的一个梦影,是记忆中的一道彩虹。

那时候,看电影几乎是乡村人唯一的文化享受。大部分电影都是故事片,也有将歌舞剧或者戏曲拍成的电影。因为这种形式不如故事片更接近生活,所以我对这类电影不是很感兴趣。但是有两部电影例外,一个是越剧《红楼梦》,还有歌舞剧《红色娘子军》。

那是童年记忆中的最美的两部非故事片。只要想起来,脑海中就会浮现出多彩的画面。剧情已经记不太清了,但是红楼梦中,那些俊男美女、华丽的衣衫;红色娘子军整齐的练兵场景,"万泉河水清又清,我编斗笠送红军……"单是这歌声就已经让人醉了。

毫无疑问,这一切是我童年时代艺术美的启蒙。

曾几何时,去北京看几场我最心仪的歌舞剧、音乐会成了我的梦想。名单里就

麦田在歌唱

有芭蕾舞《天鹅湖》《红色娘子军》和高品质的新年音乐会。

那时候，还想不到有一天能在家门口欣赏这些高端的文艺演出。当得知唐山保利大剧院将上演芭蕾舞剧《红色娘子军》的消息时，让我好一阵激动。

坐在大剧院里等待演出开始的那段时间，脑子里闪过很多过去看电影的场景。

刚开始的场景是昏暗压抑的。吴琼花抗争、逃跑、躲避、追逐、大雨……，这些场景几乎让人喘不过气来。第二场拉开大幕，是明媚的蓝天、碧海和椰风。背景是如此明亮，预示着光明和欢快的来临。吴琼花找到红军，表现军民鱼水情深的《万泉河水清又清》，进入全剧最美的经典桥段。激荡人心的优美音乐，妙曼婀娜的舞姿，扣人心弦的故事情节，巨大的艺术享受来临。

跌宕起伏的故事情节，绚丽的舞台置景，鲜活的舞台人物造型，深深地将我吸引。我最爱的还是这部歌舞剧非常美妙的伴奏音乐。因为20世纪七八十年代的广播里经常播放《红色娘子军》的伴奏音乐。几十年过去了，当熟悉的音乐重新穿过耳鼓，巨大的幸福感涌遍全身。

之前看过俄罗斯芭蕾舞团演绎的经典《天鹅湖》，那当然是非常高水准的演出。而今天看到的中国中央芭蕾舞团的精彩演出，被我们东方人柔美纤细的身材，细腻的情感表达所震撼。实事求是地说，我们中国芭蕾舞的表现力更强，这是一部超越经典的经典，完胜欧美。

难怪这部舞剧在美国引起的前所未有的巨大轰动，特别是在世界著名文化殿堂——林肯艺术中心大卫·寇克剧院引发的风暴般的欢呼、海浪般的沸腾，以及台上台下挥之不去的激动泪水，构成了人类文化艺术发展史上最激动人心的伟大一幕。伟大的文艺作品带给人的感受是相同的，它早已超越意识形态。

同去的朋友说，这部芭蕾舞的表现力太强了，完全不用解说，就能看懂。

演出结束了，演员谢幕，人们报之以经久不息的掌声，这是对这场演出由衷地肯定和赞美。人们依依不舍地离开剧场，那种巨大的满足感和全身心美的享受无与伦比，就像精神饥饿的人安享了一顿色香味俱全的精神盛宴。

著名合唱指挥家、作曲家郭文德先生看过同场演出后，在微信朋友圈发出了如下感想："演出结束了，回到家里《万泉河水清又清》的旋律一直在耳边回荡，那个纯真的年代让人难以忘怀！音乐作品的内在之美深深地刻在了人们的心里，美好的作品是经得住时间和空间的考验的，但愿我们的音乐工作者能够向老一辈音乐家学习，潜心研究，创作出百姓喜闻乐见的优秀作品！"

童年时代，是文化荒芜的年代，我们感受到的艺术启蒙少之又少。也许是因为太少，一点点给予都能令纯真的我们铭心刻骨、久久难忘。当童年记忆中那道绚丽的彩虹再次呈现，已被尘世的艰辛磨砺的千疮百孔的我们，依然被这道灿烂耀眼的光华所击倒，沉醉不已……

麦田在歌唱

十方世界是吾心
——品读秋彬画作《十大奢侈品》有感

  天空宁静，大地安然，山林寂寂，籽实累累。
  时光如此美好，季节的秋天与思想的果实就这样惊艳邂逅，我恰好收到了唐山市著名画家秋彬的一组画作，名为《十大奢侈品》。
  一说到奢侈品，大家首先想到的可能是珠宝、名表、豪车、包包等东西，其实早在2016年美国华盛顿邮报就曾评选出人间十大奢侈品，没有一件是关于物质的。秋彬先生画作的灵感，也许正是发朝于斯。
  用绘画的形式对《十大奢侈品》进行解读，我还是第一次看到。从中也体察到画家热爱生活、善于思考、洞彻人生的精神特质，这是其思想的丰盈沉淀，也是其内心的诗意流淌。我想说秋彬收获了思想的秋实。画卷的背后折射着画家本人丰富而有趣的灵魂。
  十大奢侈品，十幅画，仿佛人生的"十方世界"，或独享时空，或身心俱驰，或深情相伴，或点亮他人，或行走天下，或心生欢喜，或幸得知己，或安然入睡，或觉悟生命。宋代哲学家陆九渊说："宇宙便是吾心，吾心便是宇宙。"
  看秋彬画作的过程，就是对自己生活和生命质量的一次检视，就像茫然前行的我们，突然看到了一道别样的风景，遇到了智者的点化：有欣喜，有感叹，有启迪，更有收获。
  很难评价秋彬的画法，有西方素描的具象，更有中国白描的意象，似春风秋水，不同时空，却在此刻合二为一。他往往从我们熟悉的生活剪影找到切入点，用平民化的视角和散见于细枝末端的生活场景，巧妙地传达出了他对生命和生活的洞察思考，既接地气，又深入心魂。

不光是我吧，我想每一位观赏者都被强烈的引发内心深处的共振和共鸣。每一幅画作所承载的内容，看似容易，实则不易，作者也说，能具其中三项者，便是幸福之人。扪心自问，你我能有几项呢？

他的作品，总能吹散人心的浮躁，让世界沉静；也总能穿透时空，温柔地击中我们那颗彷徨脆弱的心，就像时间从来不说话，却在似水流年里，回答了所有的问题。

《孟子》曰："万物皆备于我矣。反身而诚，乐莫大焉；强恕而行，求仁莫近焉。"秋彬以其独特的生活理念和自我之心，不流俗，不从众。他极少使用微信 QQ 之类的社交软件，而是把生命的分分秒秒都交付给率真的生活、钟情的事业、挚爱的亲人和朋友。

偏安一隅，且听风吟，诗意栖居，应该是他本人了。正是"十方世界是吾心，笔下春秋尽壑林"。行到水穷处，坐看云起时。大地飞花，云水流烟，十方世界，十样奢侈，多欲则窄，寡欲则宽，无欲则刚。雨果说："脚步不能达到的地方，眼光可以到达；眼光不能到达的地方，精神可以飞到。"

感谢秋彬，他用艺术为我们铺排了心灵风景线。当我们被生活的重压窒息时，可以通过艺术和自然找到一条救赎之路。流连画中，我们可以暂时放下一切，与画中的孩童一起在笛声袅袅中放飞自我，与猫儿一起沉醉日月。

在这个美丽的秋天，我们有幸品读了秋彬的画作，感受了他的"十方世界"，"奢侈"生活，恬静本心，我们说"此心安处是吾乡"，不汲汲于富贵，不戚戚于贫贱，人生至乐也。

王阳明言："此心光明，亦复何言？"此画足矣，且请赏之。